文

学

有

大

益

视　觉

译　文

小　说

雲南人民出版社

诗　歌

随　笔

非虚构

T A E T E A　L I T E R A T U R E

TAETEA LITERATURE

大益文学

（2024　夏）

主编◎张亚峰

图书在版编目（CIP）数据

大益文学. 2024. 夏 / 张亚峰主编. —— 昆明 : 云
南人民出版社, 2024. 6. —— ISBN 978-7-222-22907-5

Ⅰ. I217.1

中国国家版本馆CIP数据核字第2024K6U613号

责任编辑：陈　晨
责任校对：梁明青
责任印制：窦雪松
装帧设计：马　滨　越凡文化

大益文学（2024　夏）

DAYI WENXUE（2024　XIA）

主编◎张亚峰

出　版　云南人民出版社
发　行　云南人民出版社
社　址　昆明市环城西路609号
邮　编　650034
网　址　www.ynpph.com.cn
E-mail　ynrms@sina.com
开　本　720mm×1010mm　1/16
印　张　16
字　数　300千
版　次　2024年6月第1版第1次印刷
印　刷　昆明德厚印刷包装有限公司
书　号　ISBN 978-7-222-22907-5
定　价　60.00元

云南人民出版社微信公众号

如需购买图书、反馈意见，请与我社联系

总编室：0871-64109126　发行部：0871-64108507　审校部：0871-64164626　印制部：0871-64191534

目录

访谈

·苏童，一位流淌着少年血的作家　苏童　李锦峰

苏童，当过教师、文学编辑、江苏省作家协会专业作家，现为北京师范大学教授。主要代表作中篇小说《妻妾成群》《红粉》《罂粟之家》《三盏灯》，长篇小说《米》《我的帝王生涯》《河岸》《黄雀记》，另有《西瓜船》《拾婴记》《白雪猪头》《茨菰》等百余篇短篇小说。长篇小说《河岸》获第三届英仕曼亚洲文学奖（2009）和第八届华语传媒文学大奖（2010）。短篇小说《茨菰》获第五届鲁迅文学奖（2010）。2011年获布克国际文学奖提名。2015年，长篇小说《黄雀记》获第九届茅盾文学奖。

李锦峰，1994年生，甘肃会宁人，大益文学院编辑，现居昆明。有作品见于《钟山》《青年作家》《诗歌月刊》《边疆文学》《滇池》等。

苏童，一位流淌着少年血的作家

苏童　李锦峰

"豹子和老虎的队伍，从耿马县边界向东横移，过了大雪山，就从突兀的山脊上往下突进，在小户赛、公弄大寨掠取充足的人畜猎物后，无视身后提着农具叫嚷却不敢近身的哀伤的布朗族追兵，嘿哧嘿哧地往噶告山下走，消失在四十公里长的冰岛峡谷中。"翻开雷平阳的新作《茶宫殿》第一章，率先映入眼帘的是如上这段话，历史、战乱、史诗混合普通人的逃亡与哀求，生动地重现在双江这个太阳转身的地方，这个孕育出神奇瑰丽的少数民族文化、古老的茶山文化以及丰饶的山水文化的地方；同时也召唤着外面世界的来客亲临其境，领略其无法用语言描述的魅力。

由双江自治县县委宣传部主办，大益文学院承办的为期五天的"冰岛的召唤"茶山行活动，正是去往雷平阳新书中所描写的魅力之地——双江①。

也就是在这趟旅途中，我们采访到了著名作家、茅盾文学奖获得者苏童。

初遇苏童是在昆明长水机场的吸烟室外，他穿着件卡其色外套，高大的身子微弓着，拖着20寸的行李箱脚步匆匆地往吸烟室走去，给人的感觉熟悉又陌生。熟悉在于，我已经在《妻妾成群》《红粉》《城北地带》《黄雀记》等作品上见过多次；陌生在于，这是我现实中第一次见到苏童，他像是个穿透二维世界风尘仆仆而来的人。在我认出他后，苏童说："贾梦玮和胡弦已经在登机口那等着了，我来抽根烟。"苏童抽细支烟，在吸烟室抽了两根后才出来。他坦承自己不喜欢长途旅行，云南是个遥远的地方，但冰岛对他有着莫名的吸引力。他问我冰岛到底是什么意思，我尴尬挠头说自己也是外省人，不是很清楚。

在登机口见到邀请他参加这次活动的雷平阳后，这个问题得到了解答。冰岛，原名丙岛，傣语，冰：打捞；岛：青苔；合起来就是打捞青苔送给土司做菜的地方。对此苏童很惊讶，他说自己在来之前以为是因为云南很少结冰，而冰岛是个会结冰的地方。他回忆说曾买过冰岛茶，他还信誓旦旦地给妻子这样解释，结果没想到冰岛原来是个长青苔的地方啊。随即他又注意到身旁的雷平阳，"平阳你是不是也胖了些啊？"接着摸摸自己微微发福的肚子，"我胖了五斤"。说这话时他粗浓的眉毛向上翘着，伸出五根手指，神情认真，惹得身边人哈哈大笑。

苏童的小说，影响了一代又一代的文学青年。登机后我们和苏童坐一排，同行同事禁不住感叹，能如此近距离接触苏童真是不可思议。她对苏

---

① 双江，隶属于云南省临沧市。因澜沧江和小黑江交汇于县境东南而得名，是中国多元民族文化之乡，也是唯一的拉祜族佤族布朗族傣族自治县，而且还是中国勐库大叶种茶原生地。闻名世界的冰岛茶就位于双江县勐库镇北部的冰岛村。

童说："读大学时，宿舍熄了灯，我还会打着应急灯看您的书。"苏童打趣说："没想到是个糟老头子吧？"但其实，步入花甲之年的苏童，完全看不出一丝老态，更像他笔下所塑造的那些在香椿树街上呼啸而过流淌着热血的少年，始终保有少年心性和对未知事物的好奇心。他对不了解的事物都感到好奇，都想打破砂锅问到底，这点在后续的茶山行中更是明显，大巴车上总有他的疑问和爽朗的笑声。

前往酒店的路上，随处可见山腰上弥漫的云雾在密林之间穿梭、蒸腾，不同于苏童笔下阴冷潮湿发霉的南方，双江属于典型的热带季风气候，氧气充足，温暖湿润，苏童喜欢这样的环境。入住酒店时天色已晚，苏童对贾梦玮说："我决定不跟你提前走了，这地方太美，我要多待待。"

苏童不仅抽烟，还喝酒，不过不烫头。欢迎晚宴上，当地少数民族高声欢唱起祝酒歌，苏童因为不懂当地的习俗，听了一曲又一曲，自然也就喝了一杯又一杯。过后他才知道原来可以不用喝那么多，不过他酒量很好，很少见到他不胜酒力，而且别样的少数民族风情也让他开心。吃过晚饭，大家提议坐着喝会儿茶聊聊天再睡，习惯晚睡的苏童自然欣然答应。

和他的好友余华一样，苏童的作息时间也很奇怪。他习惯了夜里三点后才睡，第二天起得很晚，通常要到十一二点才起床。"所以我不太乐意回苏州的家，晚上八点就落锁，每回出门还得打申请。"说这话的苏童，表现得像个贪玩的孩子。某种程度上，苏童和余华都通过创作，"过上了一种不被闹钟吵醒的生活"。不同的是，余华没有苏童那么喜欢喝茶。自从早些年喜欢上喝普洱茶之后，苏童对普洱茶的兴趣也越来越浓。"我去哪都带着保温杯，会撬些自己喜欢的普洱茶装着。"说罢，拧下杯盖，将热水倒进杯盖里慢慢啜饮。谢有顺向他推荐道，"大益的袋泡茶不错，很方便。可惜没能跟酒店合作推广，不然你以后出门就不用这么麻烦。"

奈保尔说："作家必须去观察、去感受，随时随地都要保持敏感。"

苏童无疑是个敏感的人。这种敏感，我们能从他细腻精准的文字中感知，也能从他日常说话中察觉。他内敛，温和，富有共情力，面对年轻人，不会摆出一副"长辈"的姿态，更像是个年纪稍大的玩伴。在冰岛茶树王前，工作人员蹲下身拍了一张大合照，苏童看到照片大笑着说："把我们的腿拍得比易建联的还长。"他也擅于"察言观色"，能时刻照顾到身边人的情绪，所以总控制着说话的分寸和火候，不会在言语上冒犯人，也不会让话落在地上，因此总时不时惹得身边人开怀大笑。雷平阳、谢有顺一幅接一幅给人题字时，他会在一旁打趣："看来会写毛笔字也没啥好的，得不停地写。"

苏童确实不擅长写毛笔字，知名茶人徐亚和请他在制作好的茶砖棉纸上题字，"苏童"二字洇散开来，变得模模糊糊一团黑，徐亚和说："这茶确实不宜再送其他人，要不苏童老师您自己留着喝吧。"苏童大笑着对众人说："我可不是为了多拿茶才故意写坏的，是确实不会写毛笔字。"读者拿着签字笔来找他签名，他接过书，熟练地写上自己的名字，"还是这个我熟，哈哈哈。"

这次活动，于爱喝普洱茶的苏童而言，不仅是一次朝圣之旅，也像是一次老友间的聚会，同行的阎晶明、雷平阳、谢有顺、岳敏君、贾梦玮、胡弦、朱零等人都是他多年的好友。双江温润的环境和老友之间的相互打趣以及丰饶的茶文化让苏童感到惬意、放松、舒适。吃过晚饭，他会和一众老友围坐在一起，玩扑克牌"掼蛋"。情绪激动的时候也会忍不住讲脏话，但那其实是表达激烈情绪的语气助词，倒不是真的在骂人。只是不知道他每次抓到"红桃Q"时，会不会也像他在短篇小说《红桃Q》结尾写的那样："不管是否适合牌理，那张牌我从不轻易出手，我也不知道为什么，我习惯把那张牌留到最后。"

正如网络上戏称余华是个把悲伤留给读者，把快乐留给自己的作家，现实生活中的苏童同样风趣幽默，有他在的地方总少不了欢笑。有时候很难想象将少年青春的凋谢、女性命运的悲剧、人性暴力之恶以及腐败糜烂的南方写到极致的苏童，竟然是眼前如此爽朗的人。但行程结束的前一天，在驱车前往滇濮古镇的路上，当我问起苏童写下的那些作品，当苏童极其真诚地回忆起笔下的人物命运，当他谈论起仍在创作中的长篇，我意识到，就像一枚硬币有正反两面，因文风细腻阴柔而被读者所认识的苏童，和日常生活中风趣幽默的苏童，从来都是同一个人，依然是那个小时候因为一场重病休学在家，面对来慰问的同学，会莫名感到自卑、失落和孤独的少年；依然是那个骨子里流淌着少年血的作家苏童。"我一直相信托尔斯泰说的那句话，一个作家，写得最多，到最后还是会写回自己的童年。"苏童说。

采访途中，疾驰而过的越野车将翁翁郁郁的茶树林抛在身后，但路的前方依然有连绵不绝的茶树兀自生长着，它们也许已经活了几十年，也许是几百年，云雾像披在它们身上的衣裳，身处其中的人会不由得感叹大自然是如此干净、和谐。当鸟群穿过云雾飞向大山的更深处，我不禁想起苏童在《创作自述》中的一段话：

"说到过去，我总想起在苏州城北度过的童年时光……当我远离苏州去北京求学的途中那份轻松而空旷的心情，我看见车窗外的陌生村庄上空飘荡着一只纸风筝，看见田野和树林里无序而飞的鸟群，风筝或飞鸟，那是人们的过去以及未来的影子。"

以下为访谈内容。

李锦峰：作为中国当下最优秀的作家之一，在您迄今为止写过的那么多作品中，您最喜欢或满意的是哪些？

苏童：长篇的话，《河岸》和《黄雀记》我都挺满意的，基本上就是我只能写到这样。

短篇我满意的有很多，那本黑封面的《夜间故事》短篇小说集，里面的作品都是我自己精选的，差不多是43篇吧，其实我还能再选出30篇自己满意的。短篇小说于我是满意度最高的。

长篇和中篇我都可以重写，而且我相信如果重写会写得更好，但是短篇不能，尤其好多短篇我觉得再写，可能就写得不如以前那么好。

李锦峰：从我个人的阅读感受上来说，我觉得您作品中有一种扭曲的或者是碎裂后的对称美。比如中篇小说《红粉》中的主人公秋仪和小萼，两人都是苦命的妓女，原本情同姐妹，但在生活巨变中，最终却走向了不同的人生道路。张艺谋根据您的作品《妻妾成群》改编的电影《大红灯笼高高挂》，就敏锐地捕捉到了这种对称美。我了解到您仍在创作中的长篇小说似乎也具有这种对称性，听说您虚构了两个名字相同的女性，一个生活在城市，一个生活在农村，能不能请您大概透露下这个故事，以及这部小说的写作进度。

苏童：如果按照我原来的预想，我估计再过五年都写不完（笑）。因此我意识到我不能再这样写下去了，就是两家人物的命运不能再按照生活编年史的方式去写，这种写法实在是太漫长的过程。我今年准备把故事切割，依然是按照你刚才提到的对称性去写，这恰好是这部小说基本的架构方式。两个名字相同的女人，生活在我们江苏那边叫"塘"，其实是小湖，一个在水塘东侧，一个在水塘西侧，水塘东侧属于城市的郊区，水塘西侧属于农村。这两个家庭主妇名字对称，生活也对称，而且两人还是同一天生的孩子，两家人的命运永远在交织，但在往后的几十年里，两家人的命运走向是截然不同的，小说的故事大概是这样。

关于小说构思的更多东西我先不透露，我觉得当某一条线索写完之后，这个小说其实也是可以结束的。我已经写好的很多部分，可以作为另外一部出版，所以这个小说我明年肯定能写出来。

　　李锦峰：延续上个问题，您的很多作品都描写了女性的命运。我发现您特别擅于找到那个"分界点"，无论是人物生活环境的分界点，比如新旧社会交替，或是人性的分界点，比如内心欲望与压抑的强烈碰撞，这点尤其在您作品中的女性命运上体现得尤为明显。她们尝试过反抗，但最终都走向了幻灭。您正在创作的长篇，是否仍然会延续"颂莲"们的命运，虽然活着，却仍然要每天面对那口让人发疯和步入死亡的井？

　　苏童：不一样。这部作品里的两个女人早已不是"颂莲"了，她们分别是各自家庭里很要强且当家作主的女人，可能更像是不幸的李双双①。这部小说确实具有强烈的对称性，水塘两侧，一个是工人家庭，一个是农民家庭；这两人的共同特点是"妇女都是半边天"，这两个家庭也成了受女性主导的家庭。所以她们不是"颂莲"，而是"反颂莲"的。

　　李锦峰：随着流媒体的广泛传播，余华一定程度上成了"网红作家"，而通过余华"伶牙俐齿"的讲述，比如1998年，您和余华、莫言、王朔受邀去开"我为何写作"的学术研讨会，余华说是"因为不想做牙医，不想上班"，莫言说是想"买一双皮鞋"，只有您纯洁地写"因为热爱文学所以走上文学道路"等等类似这样的事迹，当以诙谐幽默的方式呈现出来，作为余华的老友之一，您在年轻读者中的知名度也越来越高，对于不知不觉间成为"网红作家"，您是如何看待的？

　　苏童：哈哈哈，余华可不只是"网红"，那是"大网红"，我还远远

────────────

① 电影《李双双》中的女主角，善良勤劳、热情泼辣、爱笑爱吵、快人快语，做事干净利落。

谈不上"网红"。

你知道为啥余华多数时候的采访会提到我们么，因为本来我和余华很难得的在青年时代就有特别好的友谊，我们平时可能一年不联系，第二年见面仍然不会有那种陌生和违和的感觉。而且跟同时代的其他作家大多出生在农村不同，余华和我从小生活的环境一样，我俩都是街头少年，虽然他生活的海盐小一点，我生活的苏州大一点，但我们都是"文化大革命"时期在街头长大的孩子。余华早期写的作品，我读后就是我的少年时代所散发的气息，这也是我和余华惺惺相惜的原因之一。所以因为生活环境的相似，我俩之间始终有那种亲密性，一直保持着友谊。

到了现在，我们又成了同事，我跟余华、莫言都在北师大国际写作中心共事，所以余华每次接受采访，都会下意识地说莫言怎么样、苏童怎么样，不知不觉间，我和莫言变成了他身边的两个"词语"，哈哈哈。不光是朋友，也是他的"词语"。所以余华是"超级大网红"，有着巨大的流量，我觉得我只不过是他们身边的朋友。

不过余华很清醒，也很聪明，他早就看到了所谓"网红"的两面性，早就意识到有时候很可能会因为一件莫名其妙的小事，从"网红"变成"网黑"。

李锦峰：您的作品中，我还特别喜欢《我的帝王生涯》。一个帝王最终一步步沦为走索艺人，他只是顺应自己的天性活着，但走出的每一步都是错的。中国历史上有很多所谓的被定义的"昏君"，看他们的事迹都会让我想到这本书。可以说您通过人的天性这个很微小的点，撬动了宏大的历史话语，从而进行了解构和反思。当下，依然有很多作家沿袭着您的这条道路，写了类似题材的作品。您当年为何会想到写这样一个故事？还有您虽然说故事没有原型，但因为我们读者在阅读时总会联想到古代的很多昏君，所以这个故事到底有没有具体的原型呢？

苏童：这是我1992年发表的长篇小说。因为我不会写历史小说，我当时就是想假托历史、假托古代进行尝试，希望讲述一个穿越千年的人生故事，而且这个人生故事是这么奇特，一个帝王从王宫到江湖，我本身觉得这个故事特别有意思。另外一个有意思的看点是，我希望来一个仿写，从中能看到中国古代很多朝代的影子，比如宋朝啊明朝啊，当然肯定不是清朝，这是能看出来的。但遇到了什么技术上的难题呢，就是那些官员的职位，比如什么节度使，因为每个朝代都不一样，所以我一开始很担心这个问题。后来我就基本上沿用了明朝的，因此给人感觉好像是写了明代朱家王朝的故事，其实不存在，那完全是我想象当中的一个颠沛流离的、辉煌与黯淡都到达极点的少年的故事，一个少年与世界的故事，只不过是放在了最极端的环境当中。

我也确实注意到有好多作家仍然按我这个方式在仿写历史，我好像无意中成了这一代人的"鼻祖"，哈哈哈，开个玩笑。不过这个小说确实也有它的缺点，文字和语言有点"洋里洋气"的。我一直在试想，人生能不能有那么多时间做一个工程，把自己充满各种缺憾的小说能够重写一遍，像《我的帝王生涯》就存在语言上的问题，我重写肯定会更好，但好像又觉得这个工作没有太大的意义。

李锦峰："全世界的少年大部分被武装成了大人，但总有人心里流淌着少年血。"您写了一系列香椿树街上那些飞驰而过的少年们，少年们炽热躁动青春蓬勃的热血在体内肆意奔腾着。文学史上以少年视角或童年视角打量世界的经典作品很多，您写的"少年题材"的作品也是其中的经典之一。您为什么那么擅长描写女性的命运和少年们的成长故事？

苏童：这个得分开来说。第一，你说的关于我擅长描写女性命运，其实不是我擅长，是因为我第一次写《妻妾成群》的时候，我想写的不是关于女性的故事，而是一个传统的中国故事，这个传统的中国故事有家庭模式，即一夫多妻，这才是原始动因。至于后面为什么会有《红粉》和《妇女生活》呢，是因为我觉得很有意思，写出来反响也很好。到了《另一种妇女生活》，其实是有一个特殊原因，因为当时出版社要给我出书，三个中篇太少，所以我就又写了《另一种妇女生活》。这四个中篇小说奠定了别人对我的印象，什么擅长女性命运的描写，其实对我来说，不是一个我擅长写或是我喜欢写的问题，而是有这样一个渊源关系，一开始不是从女性出发的，而是从中国传统家庭模式出发的。

第二，关于少年的成长故事，确实是我自己迷恋的一个题材。从20世纪80年代到现在，我的小说里仍然出现着不同少年的形象，要说的话，可能多多少少带有一点点自传色彩。另外，我一直相信托尔斯泰说的那句话，一个作家，写到最后还是会写回自己的童年。我只不过是回到童年、回到少年的频率高了一些。

李锦峰：威廉·特雷弗曾说过，"短篇小说是一瞥的艺术"，您也曾多次提到过短篇小说的妙处，那如何才能写出一部好的短篇小说呢？

苏童：很多年来我在北师大的课堂上一直在给学生讲短篇小说的写作，但因为学校有规定，不能流传出来。短篇小说有个很微妙的点，很多人认为短篇小说是一个故事生产出来的东西，其实短篇小说的故事可以很模糊，我可以在还没想好故事的前提下就开始写。但是，短篇小说最重要的一个功能，是词语的繁衍。

我经常给大家举一个例子，我的短篇小说《吹手向西》。这个小说其实写的就是一次旅行，但它是从一个莫名其妙的路标繁衍而来的。我当时是在去苏北的路上看见一个大草垛上用石灰水写着"吹手向西"，因为我是苏南人，当时不知道吹手是什么意思，后来知道原来是红白事上吹乐器的人；向西只是一个方向。但就是这四个字，迷倒了我，或者说困扰了我，在我脑子里挥之不去。

我在写这个小说的时候，故事并不完整，不过那次旅行的整个气氛和情绪，我相信我能够从看到那个大草垛后呈现出来，包括后来去参观禽肉厂，看着一只只鸡被扒光毛后从流水线上"咣"滚出来；还有公路上一个撒泼要钱的泼皮；以及我想起来我有个同学，小时候传说他得了麻风病，被送到了苏北某个地方的麻风病院，就是这四个线索最终繁衍出了一个短篇小说。

从某种意义上来说，短篇小说没有一个绝对完美的构思，但是它的繁衍过程特别重要，它是被词语生育出来的。

李锦峰：正如您影响了后来的很多青年作家，每个作家都会提到对自己影响很大的作家，比如莫言说过有福克纳、马尔克斯等，那对您影响比较深的作家有哪些？还有就是有哪些作家相对冷门，但您是比较喜欢的？

苏童：我先回答冷门作家这个问题，我非常喜欢罗伯特·穆齐尔以及另外几个奥匈时代很早过世的作家。罗伯特·穆齐尔属于那种典型的虽然冷门但是伟大的作家，他写的《没有个性的人》牛得不得了，推荐你们去看一下。

至于对我影响比较深的作家，其实和大多数人类似，中短篇的话，有契诃夫，但是契诃夫的问题是写得太多，十几卷的小说，有很多是废品，精品也就三卷，不过有那三卷就足够了。其他的有托尔斯泰、陀思妥耶夫斯基、福楼拜、福克纳等经典路线上的作家，一直到马尔克斯。马尔克斯是离我们最近的"伟人""巨人"，没有人能有和他一样疯狂且爆炸的想象力。当然有的人也想象力爆棚，但那些想象力不漂亮，或者说没有能量。只有马尔克斯证明了自己是天才，而不是伟大的作家，因为是天才，所以才成为一个伟大的作家。很多人是先成了伟大的作家，但是不是天才则不一定。

李锦峰：您这次受雷平阳邀请来到云南，来到双江，您是什么时候认识雷平阳的，能否请您聊聊您和云南的渊源？

苏童：云南是国内我除江苏省外，来的最多的一个地方。早些年，因为我跟《大家》杂志的关系，所以那几年频繁地来往云南，我还有个很要好的同学，在云师大，我们有时候也聚会，会来云南。我跟任何人，尤其是外国人，当他们问我中国最值得去的地方，我告诉他们，北京当然要去看一看，除了北京就是云南，这是中国最值得去旅游的地方，从北到南，可以领略到不一样的风土人情。

我和平阳认识的时间很久了，我现在都记不清是哪一年，应该是通过贾梦玮认识的，之后我们自然而然就成了好朋友、好哥们，所以这次接到他的邀请后我就来了。

李锦峰：我知道您也喜欢喝茶，这次来到双江，您有什么直观感受？对于普洱茶的了解越深，您是否会更喜欢普洱茶？

苏童：我就是为了来冰岛看看，说实话云南太远了，但是冰岛这个地方对我有莫名其妙的吸引力。没来之前，我想着是不是因为云南基本上不结冰，而冰岛是个结冰的地方，到了这之后才知道，原来冰岛是个长青苔的地方。然后因为我也喜欢茶，虽然我没有平阳那么专业，但普洱茶我是天天喝的，所以我没有办法拒绝。这次来到双江，来到冰岛，我觉得更像是一次朝圣之旅。

李锦峰：我注意到您的作息时间，您说晚上三点以后才能睡着，早晨起得比较晚。刘震云曾在某一档节目里开玩笑说，大作家都是白天写作，您写作有对环境和时间的要求吗？

苏童：我基本是下午和晚上写作。而且我后来发现，我还必须在我自己的书房里写作，出门一般不写东西。我有时候因为各种不同的项目，比如应邀在国外做驻市作家，一住就是三四个月，也写作，但是好奇怪，回来一看都不对，要么是要修改，要么扔掉。不知道为什么，必须还得是在自己的书房里才行。

李锦峰：这次的活动是由双江自治县县委宣传部主办，大益文学院承办的，如果有机会的话，您会考虑赐稿给大益文学吗？

苏童：会的。不过我有个最大的毛病，就是我在写长篇的时候，其他任何东西都写不了，而且我抗拒，所以你看这么多年我都没有写其他的东西。一般情况下，我的朋友都知道的，如果有那种硬性要求的写作任务或者我不喜欢的活动，我基本上都不会参加。

小说

刘汀，小说家、诗人，出版有长篇小说《布克村信札》《水落石出》，散文集《浮生》《老家》《暖暖》，小说集《所有的风只向她们吹》《中国奇谭》《人生最焦虑的就是吃些什么》，诗集《我为这人间操碎了心》等。获百花文学奖、十月文学奖、丁玲文学奖、陈子昂诗歌奖等多种。

草木一秋　　刘汀

1

父亲去世后，我又重新拿起了放羊的鞭子。

我家曾经是十里八乡羊最多的人家，我们不是牧民，是农民，可是我家羊最多的时候上千只。后来，盖房子、结婚、生孩子，那些羊就一只一只减少。尤其是儿子冬至出生那年，父亲骑马摔成了瘫子，为了给他治病，我卖掉了全部的羊。

钱花完了，父亲还是个瘫子。他活着太没意思了，就自己饿死了自己。

其实我不想放羊了，可是我想不出该干什么、能干什么。

这两年，村里原来有另一个羊倌，他放羊没有我细心，三天两头丢羊，羊羔存活率也不高。村主任来找我，说：小满啊，咱们村的羊还得是你来放，工钱亏不了你。我其实想拒绝。我动的是出去打工的心思。

前几年，带着父亲看病的那段时间，我在医院里跟人聊天，听了很多以前完全不知道的事。比如股票。说是有人用自己的钱去买一个不存在的数字，然后这个数字会自己涨，涨到一定程度，你再卖掉，你的钱就生出许多小钱了。一开始我不理解，天下哪有这样的事儿呢？但后来想着想着，我就想明白了，这和父亲养羊没啥区别啊。父亲的羊就是那些数字，股票里的数字也就是羊，养着养着，一只变十只，十只变百只，百只变千只。还比如网络，这我听说过，但不知道是怎么回事。在医院里，隔壁病床有个大学生，抱着一台黑色的叫笔记本的东西，竟然能跟千里之外的人聊天。他点开屏幕，里面花花绿绿，密密麻麻的字啊图啊，比布告栏的报纸可漂亮好看多了。那孩子有一天指给我看：哥，你看，这就是你们老家，巴林左旗。这一大片，就是你们北边的乌拉盖草原。

真的，他笔记本屏幕上的山一看就是我们老家的山，我不知道自己爬上过多少座小山头了；还有草原，我不知道自己赶着羊群走过多少草地了，那条银亮亮的木伦河周围，我似乎都到过。只是我从没有在这个角度看过这些地方，我走的时候，山都比我高，就算我上了山顶，也立刻就会发现还有更高的山头挡着；草地永远比我辽阔，我从没走到过木伦河的源头，也从来没走到过乌拉盖的边界。

我能看见一棵又一棵的草，却没法看见整个乌拉盖草原。

那一刻，我在大学生的电脑上看见了，我觉得这就是直升机的视角。大学生纠正我说，不是直升机，这其实是天上的卫星拍摄的。他还说，他用的软件叫谷歌地图，将来，这个地图甚至能看到我家院子里有几棵果树，看见在街上奔跑的冬至。

那时候我心里想，世界真大啊，我真小。所以我想出去打工。北京的大街上，到处在盖房子，一栋比一栋高，整个墙面都镶嵌着玻璃，反射的光晃得眼仁疼。我甚至还在医院遇见过赤峰的老乡，从工地的脚手架上掉下来，摔断了腿。他说他一年能挣五万块钱。五万就是将近两百只羊啊。

但是后来，我还是留在村里了。我去工地只能当小工，搬砖、和泥、筛沙子，当小工一年顶多挣两万块钱。留在村里放羊，村主任说工钱能算到一万五，我还有空照顾家里。两相比较，在村里挣一万五还是比出去挣两万好。

清晨，我又赶着羊出了村，先上西边的山坡，然后往西北边走。我记得这个山坡，许多年前，父亲第一次从东乌旗赶着大尾羊回来的时候，我跑到这里来迎接他。那时候我仍然是顽劣的，我骑到一只羊身上，像骑马一样奔跑着，摔到地下也不哭，立马再爬起来。

现在，傍晚时我赶着羊回村，儿子冬至却绝对不会来迎接我。这小子喝了好几年羊奶，喜欢吃羊肉，可是他对羊和放羊本身没有任何兴趣。他喜欢听我给他讲外面的事，特别是我在北京给父亲看病时听来的那些事。

等我长大了，我也要买一台那个啥笔记本。他说。

我心想，那得要了你老子的命啊。我问过那个大学生，就那个几斤沉的黑匣子，就要一万多块呢。

但是嘴里却说：买，到时候咱们买个更好的。

这年夏天，我又一次到乌拉盖出场。父亲去世后，我很久没见拉西舅舅和萨日朗舅妈了。

村主任找了辆三轮车，拉着米面粮油和搭帐篷用的各种东西送我出场。之前，我先去找了一趟拉西舅舅，他本来不愿意把自己的草场再给外人出场的，毕竟父亲已经不在，他家里的羊现在上千只，自己都不太够用。但是村主任说，你是羊倌，你得搞定这件事啊，找到出场的草场，我给你家里弄补贴。他说的补贴是农业补贴，国家下来的钱，并不是每亩地都有的，更不是每户人家都有的。

我就去找拉西舅舅，把情况跟他说了。我去的时候，正好他儿子达来从大学回来。

这是我第一次见达来。他长得白净、瘦弱，不像草原上长大的孩子。事实也是，他从上初中开始就不在草原上住了，多数时候都是住校，上了大学更是除了寒暑假不回家。回来也待不了几天。他已经研究生毕业，这次回来，是因为要出国留学，需要开一些证明之类的。

我给拉西家里带了几只鸡，一些蔬菜，还有一些苞谷酒。那天晚上，我们就在他家里吃饭。因为是来求人帮忙的，再加上还有一个不熟悉的达来，我始终不太自在。为了缓解尴尬，我没话找话，问达来哪天出国，去的是什么大学。他说他去美国西部的芝加哥，那里的西北大学。

听说他们那儿吃的喝的，跟咱们都不一样啊。我说。

对，他们吃西餐，牛奶面包。也吃牛肉，不过大都是煎着吃，不像中国人红烧或者炖煮。达来说。

喝了一点酒之后，大家都自然了不少，我一直犹豫着该怎么跟拉西说出场的事儿，反而是达来，直接问了出来。

小满，你这回来有啥事吧？

我便把村里的情况、我的情况详细说了一遍，拉西还没有搭话，萨日朗舅妈就说：来吧孩子，咱们两家几十年的交情了，这个忙我们当然要帮的。

我说我出一点钱，也不能白用你们的草场。

达来说，你们村里现在羊还多吗？

我说羊不少，每家都养着呢。

达来摇摇头，说，跟草原上一样，只知道扩张，不想草原能不能养得起这么多羊，早晚要出事的。

你啥意思？拉西这次张口问。

就是羊多草少呗，达来说，这还不好理解吗？

达来端了酒，说：小满，羊你到时候赶过来，我们家草场虽然不大，也不差你们那点羊。

后来酒喝得有些多了，话便说得更开了。但是因为最后我断了片，第二天有些话回想起来似真似假，也不好再问。比如，我记得达来说，小满，你就打算一辈子放羊了啊？我回答说，我也想出去打工，可是什么手艺都不会，出去也赚不到钱。达来说，留在家里也不是只能放羊啊？现在经济发展，生活也提高了，你完全可以做点小生意吗？但是，他到底说了做什么生意，我却一点也回想不起来了。

回村的路上，我想了一道，也没想出个子丑寅卯来，但是这些想不起来的话在我心里扎了根，等着什么时候天暖和了，它可能就发芽了。

我没回家，直接去村主任家里，告诉他草场谈下来了，今年夏天出场没问题了。村主任很高兴，让他老婆从柜子里掏出两瓶带外包装的白酒给我。他老婆有些不情愿，说：这就不是留着等收羊毛羊绒的来喝的么。村主任说，没事没事，等他们来了再买，这两瓶给小满，他解决了大问题。

他把酒递给我，说：放心吧，年底工钱一分也不会少的。

等我拎着酒进自己家门，一眼瞅见在外屋做饭的小芹时，我想明白将来干什么了。我怎么忘了我岳父呢？他可是附近有名的羊毛羊绒贩子，我跟着他去学贩羊毛羊绒，这不比放羊强？后来我明白了，自己以前之所以没想起这个茬，是因为父亲活着呢，他虽然瘫痪了，但仍然活着。他活着，我就不能到岳父的手底下去讨生活。现在他死了，我也顾不了那么多了。我也知道，这两年岳父主要是坐镇家里，收购倒卖的事儿，主要是小芹的弟弟小康负责。小康不怎么看得起我，不过没关系，我不用人看得起，我只要有活干，有钱赚，能把老婆孩子养活就行。

有了这个主意，我不那么焦虑了，出场的那些日子，也不再觉得无聊。我脑子里开始回忆这些年里，父亲养羊的时候家里怎么剪羊毛、抓羊绒，又怎么卖掉。我心里还想着，凭借我家和拉西家的关系，他家的羊毛羊绒肯定会卖给我，还能帮我联系不少客户。

我得买个摩托，这样才方便坝前坝后跑生意。

2

第二年，青草刚开始冒芽的时候，我的羊倌生涯就结束了。

村主任说，咋，你还嫌工钱少？我说不是，我说我放羊放够了，想干点别的。

村主任冷哼一声，说，你还能干成啥？他不说还罢了，他这么一说，我心里憋了口气，就更想去做别的了。我努力回忆起自己少年时的那种倔强，多多少少还留存着一点儿，我小心翼翼地把这点倔强守护好，最好能把它养大。

小芹和我还有冬至，一起回了趟岳父家。这里我们这两年来得少了，日子过得不好，就不好意思过来。只是逢年过节，我拎点东西来走一走，全了礼数。岳父家前两年新起了五间全砖的房子，还买了一辆二手桑塔纳，小康整天开着在镇子上转悠，有人没人都摁几下喇叭。

小康看着我拎的一箱牛奶，一箱白酒，还有点水果什么的，撇撇嘴，觉得不是什么好东西。我不恼他，这些东西的确不值钱。岳父对我也不满意，主要是他认为我不该把那些羊都卖了给父亲治病，搞得一家人陷入困境。有时候，我心里想，要是你成了瘫子，你儿子不给你治病，我看你还这么说不。这就说到小芹的好了。小芹嫁给我，虽然没怎么受过苦，但也算不上享福。因为岳父和小康瞧不起我，她自己还跟父亲弟弟吵了两回。他俩说，当初让你嫁给小满，就是看中他家那一大群羊了。哪想到小满这么窝囊呢？你连他的家也当不了。小芹说，我们家有困难的时候，你们没帮一点忙，就会说风凉话。回到家，她跟我说：以后咱再也不回娘家了，我就这一个家。

我跟岳父说，爸，我是来求你的。

他不搭话，夹了一筷子猪头肉，抿了一口酒。

我想跟你学着做买卖，倒腾羊毛羊绒啥的。

他又吃了一筷子羊肉芹菜粉，粉条在他嘴里秃噜出一阵动静。

这事我没意见，岳父叼了一根烟，我赶紧给他点上火，他终于说了话。但是现在都是小康在管了，得他拿主意。

我端起一杯酒：小康，你受累，带带姐夫。

小康腾一下下地，把我带来的白酒拎起一瓶，用牙咬掉盖子，说：你要敬我，得用这个。你能敬我三个，我就答应。

他的意思是让我一口一瓶，喝三瓶酒。

这时候小芹从外屋进来，说：你疯了吧？走，小满，咱们回去。

我往外推小芹，说：这是男人之间的事，你别掺和。

小芹被我硬推出去了。我满面带笑，拎起那瓶酒说：小康，我敬你。然后咕咚咕咚一口气喝了。

见我真干了，小康有点吃惊。他哼了一声，又开了一瓶。

我继续一口气干了。

岳父说，行了，小满也算表达了诚意。

小康不接茬，再开一瓶。

我微笑着接过来，说：小康，我再敬你。

小康这回端起酒杯，跟我碰了一下。

我干了第三瓶酒。真是怪了，我酒量不好，前些年因为夏天在乌拉盖草原出场，常一个人喝闷酒，涨了点。但是连喝三瓶白酒，再大的酒量也撑不住。今天真是神了，我甚至喝不出酒的辣味来，三瓶酒灌进肚子里，头脑依然清朗，眼神更加坚定。

小康说，行了，看我姐的面子上，我带你玩儿。

我摆摆手，把酒瓶拿起来给他们看。我没有全喝光，酒瓶还剩了个底儿。

我喝三瓶酒，是因为你们是小芹的父亲和弟弟。剩了一点，是我给自己留三寸脸面。从今往后，我再也不会来求你们了。我会好好养媳妇儿子。

我啪一下把酒瓶摔碎，起身到外屋，抱起冬至，拉上小芹，扬长而去。

那俩人在屋里张着嘴，半天合不上。

走了半里路，酒劲终于彻底扩散了，我一头栽倒在路边的黄豆地里。黄豆正在开花，淡黄色的花瓣小小的，香味也很淡。土地很松软，我躺在那里，天上的云朵像是在一个蓝色的钟表盘上，倒着旋转着。

我醒来的时候，天都黑了。小芹说我已经睡了四个多小时。我就躺在那里，一动不动，她隔一会儿就伸手在我鼻孔探探鼻息，就像我当年对父亲做的那样。

"后来觉得你没啥事，就是喝醉了，也就放心了。"小芹说。之后，她就带着冬至在大豆地里玩，她们很快找到了一种野生的小果子，俗名叫蔫悠，一种紫黑色的果子，大豆那么大，吃起来甜甜的。她们吃了很多蔫悠，又开始逮蚂蚱。小芹教冬至念童谣：蚂蚱蚂蚱，蹦跶蹦跶。一蹦一里地，坡上蒿草绿；一蹦二里地，草盛麦苗稀；一蹦三里地，除草又浇地；一蹦四里地，邻村看大戏；蹦来又蹦去，草黄秋满地。蚂蚱蚂蚱，蹦跶蹦跶，今年过了冬，明年又一季。

一边唱着，冬至一边蹦到了我旁边，他摸摸我的脸，说：妈妈，爸爸为什么不动了啊？

你爸爸累了，小芹说，让他睡吧。

她们就继续唱，继续跳，直到把太阳跳到山下去，直到把我跳醒。

天黑了，可还没全黑，西边的青羊山顶留着一层光边，我躺在大豆垄沟里，抬头看见大豆叶子晃动着，豆荚正在形成。

我站起身，吆喝小芹：媳妇，咱们回家啊。

冬至先跑了过来，跑着跑着摔倒了，爬起来继续跑。小芹也跑过来。

我不忧愁了，也不焦急了，因为刚才，我梦见了父亲。他变成了一只羊，一只金灿灿的羊。金羊开口说话：儿子，你哭啦？

我抹抹眼睛，的确湿漉漉的。

爸，我嘟囔着，活着好难呀。

大益文学（2024 夏）

傻小子，活着多有意思啊，能吃能喝，有亲有故，美得很啊。他说。

那你咋还自己死了？我问他。

咳，爸不是因为瘫了么，瘫了，那些有意思的事就都做不成了，爸才死的。金羊说。

我不知道自己该咋办了。我说。

金羊停顿了一下，又开口了：你呀，从小就没啥志向，都是走一步看一步。受这些挫折是应该的，好事，正好想想自己想干啥，能干啥。也怪我呀，用一群羊把你绑在身边半辈子，忘了你有你的道儿。

爸，你后悔过吗？

后啥悔，你问一只羊，你当羊，结局肯定是被杀了吃肉，羊后悔吗？羊只会咩咩叫一声。你问一根草，春天绿，秋天黄，夏天喂了牛和羊，它后悔吗？它只会随着风摇摇身子。不用悔啊，羊死了，还有新一茬羊羔活着呢。草黄了，草籽已经撒得到处都是了。我死了，这不是还有你呢？还有冬至呢？

我好像懂了。

我薅了一把青绿的大豆，递给金羊。金羊叼在嘴里，慢慢咀嚼着，飘得越来越高，最后消失在夜空中。

回去的路上，冬至骑在我脖颈，小芹挎着我胳膊。每一步我都走得特别踏实。

爸，青羊山变成了金山。冬至指着西边晚霞中的青羊山说。

嗯，山上有山神呢。

赶明我就要上去，见见山神。

好。

我们走出了黄豆地，走到了那条土路上。

我要收羊毛羊绒，还要倒腾羊肉。我说。

小芹神色一暗，说：你还是要跟小康干。

我笑一下说：谁说搞这个就得跟他干？我自己干。

小芹愣一下，说：我支持你，咱自己干。

说着，她把手腕上的金镯子退下来递给我。她可真是瘦了，刚订婚那会儿，这枚镯子把她的手腕箍得紧紧的，现在，用手一抹，镯子就摘下来了。

我接过来，说：这镯子旧了，以后我再给你打个更大的。

驾，驾！

冬至在我脖子上喊。

我立刻跑起来了，像一匹马，一匹两条腿的、刚学会奔跑的马。

3

小芹的金镯子卖了，合上家里的所有存款，凑了两万块钱。这就是我做生意的全部本钱。我还从中拿出一千五，买了一辆二手摩托。在乡下和草原上跑买卖，没有摩托不行，这个村到那个村少数也十里八里，去一趟草原，就四五十里。

我开始骑着二手摩托，穿行在附近的各个村庄，还有乌拉盖的蒙古包中间。

我的第一笔买卖是拉西舅舅照顾，把他家夏天的第一批羊毛全都卖给了我。其实说不上卖，因为我没那么多本钱，拉西舅舅让我先赊着，等我把羊毛倒手了，再给他们钱。就为这个信任，我也得找个靠谱的好买家。以前，拉西舅舅家的羊毛大都是给小康，今年小康又去，还是拎着一袋子现金去的，拉西舅舅拒绝了他。

我和北斗是兄弟，小满是我外甥，我只能卖给他。拉西舅舅说。

小康说，有钱不赚呀，我的收购价可比他高了百分之五呢。

萨日朗舅妈接话说：你回去吧，以后只要小满干这个，我家的羊毛羊绒肯定都给他。

小康不理解，出门的时候看见拴马的木桩子，狠狠地踢了一脚，嘴里骂道：真是脑子有病。

他来的时候，我正搭车去东乌旗，见一个羊毛老客，也就是最大的羊毛贩子。现在通班车了，坐在颠簸的车上，我想起父亲当年的故事。二十年前，他就是揣着一点钱，只身一人到这里来买新品种大尾羊的。二十年后，我兜里只有路费，手边的尼龙袋子里是一袋子新剪的羊毛。出发之前，我已经把十里八乡的羊毛价打听了一遍，基本都是五块左右。东乌旗的价格，据说能到六块钱，好一点的，甚至能到六块五。我想去跟大羊毛贩子谈一谈。

羊毛贩子姓周，大家都叫他老周。老周不是内蒙古人，是南方人，似乎是温州还是哪儿的，说话嘴里总像含着水。南方人和北方人真不一样，北方人说话嘴里刮风，一张嘴就呼呼的，南方人说话嘴里淌水，一张嘴就汩汩的。

我等了两天才见到老周。在这边，他算是大商人，每年定期过来收羊毛羊绒，也收羊，但主要还是羊毛和羊绒。东乌旗所有的人都知道，老周说今年羊毛五块，那就是五块了，说今年六块，那就是六块了，好像价钱是老周定的一样。没办法，这边的百分之九十的货，都是从老周那儿走的。为此，他还在镇子西边的空地上，建了上千平方米的简易厂房，用来装羊毛。

我到了厂房那儿，打听老周，说明来意。接待我的人说，你有多少货？我说有一万斤。那人冷笑一下，这么点货你还想跟老周谈？那就十万斤，我说。他一愣，问：不能吧，整个东乌旗，谁家有多少羊，我们都有数的，不可能有人家有这么多羊，我们没掌握。我说，我不是东乌旗的，我是左旗的，乌拉盖草原。

那人盯着我，看了一会儿说：脑子坏了？你知道乌拉盖离这里多远不？你知道一车羊毛的运费是多少不？我们只收东乌旗的羊毛。

我还想搭话，他不理了。我掏出烟来，想递给他一根烟。

他一下把我的烟打到地下，喊道：这啥地方，你还敢抽烟？一看你就不是倒腾羊毛的，你是不是奸细？

奸细，啥意思？

肯定是，你是王大耳朵派来的，再不走，我打断你的腿。他恶狠狠地喊。

后来，我才打听到，王大耳朵是老周的竞争对手，有几年，他俩的地位在这里平起平坐，现在已经是老周独霸一方，王大耳朵被排挤到附近的旗县去了。据说，王大耳朵一直不服，经常派人来捣乱。他们把我也当成了王大耳朵的人。

我不能退，只能进。我想起父亲当年来买大尾羊的故事，他没专门和我讲，但是这么多年的只言片语和母亲的唠唠叨叨，早已在我心里扎了根。我只要一想，父亲在寒冬风雪的季节，急走在乌里雅斯太大街上的情形就会浮现脑海。我不过是努力重复着父亲的动作。

老周的人总有松懈的时候，他们好酒，每天都喝，喝着喝着就喝醉了。我偷偷摸进了老周住的旅馆。这家伙可真胆大，门都没锁。或者是他从没想过有人会摸到他的住处来。我开灯，灯光一下晃醒了老周。这家伙以为我是王大耳朵或者别的什么仇人，光着屁股就往外跑。我早想到这一幕，提前把门在里面锁上了。老周晃了半天门开不开，转身说：好汉，有话好说，要钱给你钱。

我说，老周，周老哥。我不是来抢钱的，我是来送钱的。

老周蒙了半天，打了个哆嗦。他的老二像条死去的蚯蚓，挂在裤裆下面，那附近的毛都白了。

我指指被窝。

老周兔子一样跳跃着回到床上，钻到了被窝里。

我真是来送钱的，我说，我不是东乌旗的，来自巴林左旗，林东。这地方你也应该听说过。

他点点头：咱们往日无怨，近日无仇，我从不到那边去抢生意……

大益文学（2024 夏）

不用你抢，我就是来和你做生意的。我说。

接着，我把自己的来意和想法和盘托出，大概就是：我有办法把乌拉盖草原的大部分羊毛羊绒拿到手，转手卖给他，我就赚个差价。

他一撇嘴：你知道得多少运费啊。

我点点头，说：我算过了，运费我出。我一斤就挣一毛钱。

他有点不太相信，说：你干嘛卖给我呢？你直接运到赤峰或者西部的羊毛衫厂，赚得比这多多了。

我知道。我说。但我现在还没能力赚这个钱，我只能赚点差价。我没本钱，所以这笔生意，你得出收购的钱。

老周笑了，说：原来你小子是想空手套白狼啊。

我就问你这钱挣不挣吧？这不是一笔买卖，只要咱俩合作成了，这以后就是长期的买卖。

他还在犹豫。

我使出了自己的撒手锏：你今年的羊毛还没收到去年一半的量吧？

你去我库房了？他吃惊地看着我。

不用去。因为我了解情况。

啥情况？

据我所知，现在整个自治区都在搞生态保护，很多半农半牧区已经禁止自由放牧了，就连草原上的草库伦，都改成轮换制了。牛羊的数量这两年减少厉害。还有就是，去年开始，羊肉价就跌了下去？为啥跌？因为卖羊的人多。卖了羊的，剩下的羊自然就少，而且留下的肯定是产毛产绒量低的小羊，这样羊毛羊绒价就上涨。眼看着涨价，可是你却收不上来货，急不急？

老周在被窝里蛄蛹了半天，再掀开被子，已经把红色的秋裤穿上了。他又套了个红秋衣，一身红。

本命年，嘿嘿。老周笑着说。

我掏出口袋里的烟，点一根递给他。

他接过，狠吸一口：没想到，你小子懂这么多啊。我还纳闷呢，今年的价钱这么好，怎么来卖羊毛的人却少了呢。原来是这么回事。

我伸出手。

他也伸出手，我俩握了一下。握的时候，我手上的茧子跟他手上的茧子碰到了一起，像两块石头。我心里想，看来这个大老板也是个辛苦人。

老周当然不放心把钱给我，他带了一个人，跟我回了左旗。他有辆大众，还有辆皮卡，我们开了那辆皮卡。

我直接带他去了乌拉盖，找到拉西舅舅，给他看了拉西舅舅家的羊。老周一见那群羊，嘴巴就笑得裂开了，膘肥体壮，毛厚绒多。

老周高兴地说：小满，我不能让你亏了，如果都是这个质量，每斤羊毛我再给你涨五分钱。

来对了，来对了。老周摸着那些大尾巴羊念叨着，羊把粪蛋拉在他手上，他抬起手闻闻。

老周和来的那个人住在了乌拉盖附近的镇子上。这边没有库房，新收的羊毛只能连夜送到东乌旗去。怎么送呢？雇车太贵了，刨除运费，我一分钱也赚不到。我去东乌旗的路上想到了好主意，我只需把羊毛送到汽车站，让每天的班车帮我运，虽然班车空间小，一次运不了多少，可它每天都发车啊。我只要给司机出油钱，他就高兴坏了。运输公司前年搞改革，线路承包，每条长途线都是一组人承包的，最大的支出就是油钱，有人出油钱，这等好事他们不可能拒绝。

老周知道我运货的路子后，特意请我喝了一顿酒，说：你小子行，我服。

剪羊毛的人好找，每年到这个时候，都会有一群人带着推子在草原上游荡，给人剪羊毛。以前都是常规的推子，现在开始流行用电推子了，剪毛的速度就更快。

以前小康来收羊毛，都是牧民们自己剪好的，自己如果不剪，就得赶着羊群到小康的站点来，麻烦得很。我们不这样，我们上门去剪，三轮车跟着，当场付钱，剪完就拉走。这样一来，乌拉盖的牧民们排着队等我们去剪。

一天晚上，吃过饭，老周说：小满，这么多人排队，咱们多雇点人剪毛，再找几辆车不就行了？

我摇摇头，说：别，咱就这速度。就要让他们等等，等来的饭吃着才香。你想想，这是多大的广告啊，明年咱们再来收羊毛，就不用一家一家动员了，他们都会提前来排队的。

老周啧啧两声：这你都能琢磨出来。

咳，有啥可琢磨的，天下的事都是一个道理么。我说这话有点心虚，但是为了镇住老周，必须得显得心里特别有谱。

当然，这话也不是凭空说的，也有来处。来处还是我带父亲看病那些年碰到的，可是当时没在意，现在才想明白。我们去城里，大医院的号总是挂不上。哪怕我半夜去排队，有时候也挂不到那个专家号。这时候，就有号贩子过来问你要不要专家号，他们能挂。我一直纳闷，为啥我挂不上他们就能挂上呢？后来跟病友们闲聊，病友说，那肯定是医院跟号贩子有勾结呀，你给号贩子的钱，他们肯定和医院分成的。我就明白了，这世界不是只有傻愣愣地排队守规矩这一条路。当然，如果我哪天排着队挂到了一个号，那可比从号贩子那里买号高兴多了，好像自己省了两百块钱一样。

那年春末，我们在乌拉盖收了三十万斤羊毛。我一斤毛利一毛五，再扣除一切杂七杂八，纯利一毛一，算下来赚了三万三千块钱。为了感谢我，老周还给了我一棵山参，也值一千块钱。

当我揣着三万块钱回家的时候，发现大门倒了，院子里锅碗瓢盆扔了一堆。我进屋，看见小芹抱着冬至在炕梢哭。我问她咋回事。小芹说，早晨来了一群人，开着车，把大门撞倒了，进屋就砸东西。

你和孩子没伤着吧？我说。

她摇摇头，说：他们倒是不打人。

我心里想了一下，想清楚了怎么回事。我知道这是小康的人干的，就算不是他指使的，他也知道信儿。他没阻止，可见也就是默许了。因为我把老周带来了，他今年收购的羊毛量减少了一半，他恨我是应该的。想着想着，我笑了，心里有种畅快感。

冬至睡着了，小芹把他放下，下地收拾乱七八糟的东西。

我一把拉住她，说：别收拾了，都扔掉。咱全换新的。

我掏出那三万块钱，塞到她怀里。

小芹被花花绿绿的钱惊了一下。她吃惊的不是钱，我们家有过更多钱的时候，她吃惊的是我真挣到钱了，还不少。

我新打了一个金镯子，花了两千多。给小芹戴上。

小芹说，这么沉，我咋烧火做饭呀。

戴习惯就好了，我说着，搂住她，把她抱到了院子里的麦秸垛上。

麦秸垛的底下，有一个洞，是冬至和小伙伴玩的时候掏出来的。我们钻进去，开始亲热。

我们的动作太大了，最后把麦秸垛都搞塌了，厚厚的麦秸覆盖着两个人，秸秆的干燥味道里有种奇特的清香。

媳妇，我想吃小鸡炖蘑菇。我说。

行，咱杀鸡，炖肉。小芹说。

4

倒卖羊毛羊绒的生意干了三年，在冬至八岁那年，一切都归零了。

不止是零，还是负数。

我跟老周的合作十分顺利，这三年来，他当了甩手掌柜，各种收购的事儿都是我来操持，甚至东乌旗那边的也是我来管。我呢，提成涨到了两毛

大益文学（2024 夏）

钱，不管收购价和出售价是多少，我只拿两毛。收购价低，出售价高，老周赚得多，我是两毛；收购价高，出售价低，老周赚得少，我依然两毛。我的私心是，通过这种方式把整个流程蹚熟，跟大买家建立联系，早晚有一天能自己独立干。老周的心思呢，是他找了个靠谱的经理，自己不操心，稳赚。

我自以为算盘打得好，甚至有点得意忘形了，忽略有人一直对我心怀怨恨、虎视眈眈。从第二年开始，小康主动缓和了和我的关系，当然是打着他姐姐的名义。他先是来家里，给冬至送了一辆山地自行车，那时候村子里的孩子还都骑二八大杠，够不着坐包，只能骑插裆，就是把右腿从车大梁下面的三角形空隙穿过去，踩住右踏板，身体斜在左侧，别别扭扭地蹬自行车。冬至有了村里第一辆儿童山地车，还有三个变速，每天骑着出去显摆。

我当然也买得起这车，只是我从来没想过这事。冬天，赚到了倒卖羊绒的钱，我给小芹买了镯子衣服耳坠，第二年赚了倒卖羊毛的钱，我又给她买了个项链。我老顾着给媳妇买东西了，儿子就是弄些吃的喝的，哪想到给他买自行车啊。他舅舅一下就收买了冬至的心，也就等于收买了小芹的心。

有一天，我回到家里，小芹做了一桌子菜，桌上摆着一瓶茅台酒，旁边坐着小康。

那是我笫一次喝茅台，也是最后一次。

小康给我倒酒，倒完了端起来递到我眼前，说：姐夫，以前是我不懂事，你大人不记小人过，原谅我一回吧。

我不想原谅他，我忘不了他当年看我的眼神，骂我的口气，更忘不了他找人砸了我家的院子。可是看看旁边的小芹，瞅瞅院子里正骑着车转圈的冬至，我又做不到不原谅。

我接过酒，喝了。人啊，就是这样，要么坚决，要么妥协。妥协是什么呢，就是水坝上的一个小洞，你觉得不大，没事，但一天一天下去，整个水坝就慢慢溃掉了。可能是茅台酒有劲，那天几杯下肚，我就晕乎乎的了。小康的嘴倍儿甜，不停地夸我会做买卖，说我有眼光有手段。当我对他的恨一点一点消失，这些话就开始悄悄钻进我的耳朵里，我听了，心里越来越受用。

姐夫，我觉得你还是找机会自己单干，跟着老周，只能喝汤，好肉都让人家吃了。小康说。

我不说话，嘴角一抹笑。

我知道姐夫肯定心里有打算了，对不对？老周这个人，绝对不可靠，现在他信任你，是因为他还没建立根基，等他把乌拉盖这片混熟，肯定一脚把你踹了。

我哈哈一笑，说：咱们在家里不说买卖，喝酒吧。

我喝多前心里还在想，你小子想蒙我啊，搞离间计，让我跟老周掰了，你再和他合作。我不上当。

后来我碰见老周，老周果然说：你小舅子可没少说你坏话。

我问他，那你信不信？

老周说，我信他个鸟儿，咱俩是啥交情？

小康越是从中作梗，我和老周的合作就越是牢靠。牢靠到什么地步呢？牢靠到第二年，老周把一大笔钱直接给我，让我去采购羊绒。他一点也不担心我卷了钱跑了，或者吃回扣。然后是第三年，快到收购季了，老周找到我，一脸难色：小满，不瞒你说，今年咱们暂停收购吧。

啥意思？我问。

你知道鄂尔多斯吧？

听说过，鄂尔多斯在西边呢，离咱们这儿一千多里呢。

我跟人合伙在那边买了一个煤矿，把手头的现金都砸进去了，今年没现金去采购羊毛了。我给你说，煤矿可是赚大钱的，坐在热炕头上赚钱。

我心里打鼓，如果没有老周，我也能干这个买卖，但是他最大的买家我还是没联系上。我本计划着靠今年的采购，想办法联系上他最大的买主的。我知道，他的大买主就是鄂尔多斯的，是那边的一个羊毛衫羊绒衫厂，现在如果断了，再想接续上可就难了。

我让老周想想办法，借点钱周转一下。老周摇摇头。

后来，老周说唯一的办法就是我们先跟牧民去收购羊毛，不付款，打上欠条，等货物送到鄂尔多斯，拿到货款再回来付钱。

能行吗？我有点犹豫。

那就看你在乌拉盖和周边的信誉了，老周说，只要你能说动大家伙，这事就能成。今年你跟我一起去鄂尔多斯送货，放心了吧？

他这句话一下子把我给吊了起来，我的目的就是去那边联络厂家。

事后我再想起来，才明白这一步一步都是他们挖好的坑，我自己以为心思深，其实被人家看得明明白白的。

可当时我还以为自己的机会来了，虽然犹豫，最后还是答应了。

其实不难，我在乌拉盖收了两年羊毛羊绒，从来没差过卖家一分钱。他们拿来的货，有时候质量参差不齐，我也是尽量按说好的价钱给，所以大部分人都信任我。今年，我开车过去，说因为特殊原因，没有现钱，我打欠条，等货物出手了，马上把钱补齐。为了让大家更放心，我还提高了两分钱的收购价。

货收差不多的时候，老周不见了。

一开始，我以为这家伙又跑哪儿去喝酒喝多了，可是三天都不见人，我慌了。我问库房的所有人，都说好几天没见过老周。问到最后，看门的人说，前几天我在草原上的时候，来了一辆桑塔纳，把老周接走了。那之后他再没回来。

我赶紧调监控。监控是去年装的，主要不是为了防偷，是为了防火。我们害怕有人放火，所以在库房的四周装了几个监控。监控画面不太清晰，我查了大半天，也没看清开车的人是谁。老周的身影是能认出来的。后来，就在我要关掉监控画面的一刹那，我看见了车牌号，有一种熟悉的感觉。

那天夜里，我突然从梦中惊醒，想起了车牌号在哪里见过。

那是小康的车。

我浑身冷汗，但那时候还不相信老周背叛了我，仍然觉得是小康绑架了老周。

我去找小康，这小子不在家，也不在他常去的地方。没了老周，我根本不知道这些货物往哪儿发，堆在库房里一天，我就得赔一天钱。

过了半个月，就在我快要为此自杀的时候，老周和小康一起出现了。

老周说，对不起小满，我也是没办法的事。

原来，一年多前，小康把老周带进了一个赌局，惯用的套路，先赢后输，老周输了一大笔钱。小康替他了了赌债，条件就是跟他一起做个局。

我就是这场局的赌注。

我不怪老周，要怪只能怪自己。

小康说，姐夫，商场如战场，兵不厌诈。

我说，对，怪我自己心软。所以我认。

小康说，现在你的货只能卖给我，看亲戚的份上，我半价收，否则你就赔个底掉。

他说得没错，方圆两百里，除了他再没有人能一下吃掉这批货。我只有这一条路了。但是我不想就这么认输。

我打开库房，点燃打火机，对着一捆又一捆的羊毛说：八折，不能再低了。你不要，我也可以烧了它。

小康哈哈笑，说：我打赌你不敢。

我哼一声：你看我敢不敢。说实话，你们如果今天不来，明天我也就把自己和这批货一起烧了。

打火机的火被吹灭了，我再次打着了。

我开始数数：一，二，三。

数到三，打火机向羊毛飞去。

小康惊呼一声。

一只手飞速伸出去，接住了打火机。是老周。

妈的，小康骂道，你真狠。

我其实打着火的时候，眼睛的余光就看见老周的身体动了一下，一副要扑出去的势头。我还判断出，小康是绝对不会放着这么多钱不赚的。我舍得烧这批货，他却舍不得。

七折。小康咬牙切齿说。不能再多了。

成交。我说。

这笔钱还了卖家一大半欠款，我又把家里的所有存款拿出来，还借了点钱，才堵上这个窟窿。

一切完事，我和小芹躺在家里的炕上，想想有点好笑。

辛辛苦苦好几年，一夜回到解放前。我说。

说什么丧气话，小芹说咱们过得比前些年好着呢。她举起手，那枚大金镯子还在，被窗外的月光晃了一下。耳坠还在，项链还在。

再抬头看看，我去年翻新的房子还在，冬至也在，睡在炕梢，呼吸均匀，骨头正在暗暗生长。

我觉得自己塌陷下去的腰杆，忽然又硬了许多。

5

拉西舅舅跟我一起爬上父亲当年盖的羊圈，也就是他自己饿死自己的地方。

这里已经好些年没有羊了，被我和小芹堆了各种杂物，背篓、干树枝、玉米，还有冬至捡来玩的零零碎碎。我有时候要找什么东西，推门进去，已经闻不到原来的那种羊圈味了，只有灰尘的味道。但是我知道，羊圈的地面仍然储存着厚厚的一层羊粪。那些羊粪球，早就被曾经的羊和人踩得粉碎，和着尿液、顶棚渗漏的雨水，板结成了一整块。

父亲活着的时候，尤其是家里羊最多的时候，每年春天，我们都要把整个羊圈的羊粪清理出去。父亲用尖镐刨开一拃厚的板结羊粪，我一块块搬到小推车上，运到大门外的肥坑里。它们会在日晒雨淋风吹牲口践踏下发酵，变成上好的农家肥，不过，羊粪火力大，只能用来滋养那些不怕烧的庄稼，荞麦、玉米什么的。太多了，我家根本用不完，就堆在大街上，谁家里需要谁就推走。那些天里，整个村子都飘荡着浓厚的羊粪味。

羊圈东侧的一半顶棚已经塌陷，我没有修理，也没必要修理了。塌掉的棚顶木头，被小芹今天一根明天一根烧火了。我和拉西舅舅站在剩下的另一半顶棚较为结实的地方，向西北看过去。

太阳正在落下去。人们总是喜欢在这个时刻看向远方，好像只有黑夜来临之前的那一瞬间，我们才能确定自己看的到底是什么。

当年，我爸就是站在这儿望向西北的，我知道那里是乌拉盖。我说。

拉西舅舅没有接话，他盯着那个坠落的火红的太阳。

突然，他唱起歌来。不是，是唱起了呼麦。声音仿佛是从他的骨头里渗出来的，带着骨髓震颤的蜂鸣，我禁不住打了个哆嗦。他的脸红坨坨的，刚才我们吃饭时喝了一点酒，现在看起来，好像天边的那抹火烧云烧到了他脸上。可是，他的眼睛里满是泪水。泪珠在呼麦音的颤动下浇灭了火烧云。

拉西舅舅是来找我商量事情的。萨日朗舅妈病了，病得很重，据说是一种叫骨癌的癌症。

去年秋天，萨日朗舅妈感觉到骨头疼，像是有人在里面放了冰碴子。当时他们还以为就是秋寒早，她的风湿和关节炎之类的毛病又犯了，四下寻了些草药熬了喝，又把去痛片增加了半片，这样熬过了冬天。去年是个怪年，夏天多雨，草原上草长得旺，蚊虫也多，以前半个月碰不到一条蛇，这一年三四天就能遇到一条，甚至有手臂粗的。

立秋刚过，仿佛一夜之间就到了深秋，气温降到了接近零度。那些草也就转瞬从绿变黄，因为日晒不够，没有在短时间内枯萎，所以它们的黄便不同往年的黄，是一种湿哒哒的黄，黄得不情不愿。人们看了，反而觉得好看。冬天呢，却又是个暖冬，风少雪少，总是大晴天，太阳整天高高地挂着，不冷，顶多算是清冷。

去年冬天我去过拉西舅舅家两趟，一次是想去找一张羊羔皮，给冬至做一顶皮帽子。这小子不管什么天气，都要跑出去玩，每年冬天都把手冻得肿成馒头，耳朵和脚也是，他妈天天晚上用艾蒿水给他洗，也架不住他天天冻。他以前有个狗皮帽子，现在小了，我想给他换个羊皮的，更轻快。我到的时候，萨日朗舅妈盖着被子窝在炕头上，拉西舅舅正在外面给灶坑添柴火，火很旺，我一进屋就能吸到那股热气。可是萨日朗舅妈还是微微打哆嗦。

见我进屋，她招呼我过去坐。

我坐到她旁边，她拉着我的手。她的手真是凉的。

孩子，你没事吧？她是在问我去年做生意被坑了的事。欠她们家的羊毛钱，我是最后给的。拉西舅舅和萨日朗舅妈都说，我们不急，你先给别人。其实我知道她们过得也不宽裕。现在养羊和以前不一样了，要花的钱越来越多，草场要维护，牛羊要防疫，价钱不稳定。更关键的是，他家有一个在美国留学的达来，一年连吃带喝加上学费，就得十几万。一年十几万还好，年年十几万，家里的负担就不一样了。

舅妈，你手这么凉，赶明儿我买个暖手袋给你。我在集市上看见有卖的。

唉，也不知道咋回事，我这骨头，烤着炉子还是觉得冷。她说。

中午时，拉西给我找了三张羊羔皮，说：你挑挑，看哪个好。我觉得黑白花那张行。

我也觉得这张好，黑白相间，毛不长，卷着，但是油亮匀称，皮子摸着也软和。兰羔皮的好处是不用熟皮子了，天生就是软的。

吃饭的时候，我跟拉西舅舅说：你带舅妈去市里看看吧，我觉得舅妈这骨头冷不是风湿。

拉西说，是呢。我早就说去看看，她总是不愿意去。

家里这些牲口，怎么脱得开呢？萨日朗舅妈说，也不能天天找邻居帮忙。再说，马上就要下雪了，羊也到了产羔季，等过了冬天再说吧。

暖冬过去了，草原上没怎么下雪。暖冬对人是好事，不冷，对草原可不是好事。没有风，那些草籽就不能四处游荡，均匀地被抛洒在草原的每个角落，来年的草长得高一块低一块的，像斑秃。没有雪，草地里就存不下水，开春的时候青草长得就慢。那时候，干草早已经吃光了，牛羊都急等着冒芽的青草补充营养呢。牧民们都知道，这一年人和牲口过得都要辛苦了。

草出芽一寸多的时候，拉西舅舅带着萨日朗舅妈去了市里。这会儿牛羊在山上能吃饱，不用再夜里添草喂了，他们找了一个人帮忙给放牧。一通检查下来，确定了骨癌，老两口连夜就回了乌拉盖。萨日朗舅妈不想治了，拉西舅舅当然不同意，不管怎么着，他都得给她治病。但是要治病，他们就得去北京的医院，而且不是一天两天的事儿，家里的牛羊和牧场怎么办呢？总不能把牲口全都卖了，那可是他们一辈子的营生。

想来想去，拉西舅舅想到个办法，就来找我了。

他的办法是，让我去乌拉盖放牧。他三千只羊，卖掉两千只，钱用来给达来念书和给萨日朗舅妈看病。剩下的一千只，辟出一半来给我，算给我的分成，另五百只算他给自己留的后路。以后羊群不管增加到多少，我俩都是对半分。当然了，条件就是我得整个人扎在乌拉盖。

你舅妈的病，已经不可能彻底好了，但是只要我活着一天，我就得让她好好活一天。他说。

过了一会儿，他又说：达来就快毕业了，他上次来信说，毕了业，他就留在那边了。我也老了，腿脚跟不上了。小满啊，你也别琢磨着去做买卖了，就到乌拉盖来放羊吧。草原从来不欺负牧人。

我想想。我说。我得和我媳妇商量商量，这可是个大事。

大益文学（2024·夏）

要是你爸还活着就好了，他又说，让他去放羊，他得高兴坏了。

嗯。我应着，想起父亲这个汉人一生和羊的纠纠葛葛，心里很不是滋味。又想到自己这大半生也是跟羊纠纠葛葛，便感到人生的无常。当年把家里的羊全部卖掉的时候，我以为我这辈子也不会再拿起那杆鞭子了，可后来还是成了村里的羊倌；跟村主任辞掉羊倌的时候，我又以为再也不会拿起那根鞭子了，可现在，我又要放羊了。放羊的苦我吃了那么多年，放羊的乐我也享了那么多年，放在秤上一称，分不清哪头沉哪头轻。

其实不用跟小芹商量，我知道她会同意的。这是我们家现在最好的出路。

然后，我拉着拉西舅舅上了羊圈的顶棚，一起看向傍晚的西北方向。

我们看见了那道横在远方的大坝，乃林坝，过了这条山梁，就是乌拉盖草原。父亲曾经痴痴地望过，如今，到了我痴痴看的时候。我能想象，等我去了那里，小芹会带着冬至站在这里，同样痴痴地看的。

好吧，那就在我去之前把西半截羊圈修理好。我会找一些大石头，在墙下面垒一个小石阶，方便他们娘俩上下。棚顶破了的石棉瓦也得换换，争取不再漏雨，秋天的时候，也能用来晒玉米和大豆。

太阳落到底儿了，一丝晚霞都没有了。

不怕，我跟自己说，它明天还会升起来的。

6

每年入秋，秋草渐渐变色，牛羊最为肥壮的时候，拉西和萨日朗会回到乌拉盖。萨日朗舅妈的病折腾了几年，勉强维持住了，她大部分时间在赤峰或者镇子上疗养，方便去医院，少部分时间去北京的医院复查。只有每年的这个季节，她的身体状态最好，心情也好，便回到乌拉盖来待一个多月。这一个月也是我的假期。拉西承担了放牧的工作，我则难得回趟家里，跟小芹和冬至团聚。

冬至已经长成了一个少年，学习成绩不错，有我小时候的淘气，却比我天真。我那时候是倔强，认死理，他是单纯，认准一件事便想尽办法去实现。不过，他可不会像我一样卖掉一只羊或一条狗之类的，他感兴趣的东西是其他的。比如我家里那台14英寸的彩色电视机，还是前些年我倒卖羊毛羊绒时买的，那时候在村里是最贵的，但现在早就落伍了。电视经常信号不佳，冬至常常因为看不了动画片，导致第二天去学校时没法跟同学交流而失落。农村没有有线电视，仍然是竖着一根高高的杆子，杆子顶上支着铜管或铝管弯成的接收天线，另一端连到电视机的视频和音频接口上。我常年不在家，小芹忙地里和家里的无数活儿，电视成了冬至的专属品。他比一般人家的孩子有绝对看电视的自由，但同时，电视没信号时也只能自己想办法去解决。他把电视机的各种外接线都搞得门清了，甚至总结了一套规律：半人半雪花是哪根线的问题，全是雪花怎么回事，有人影没声音如何处理，有声音没人影动动哪根线。只是总有些问题是他解决不了，也找不到帮手。

这一年初秋，我骑着摩托，风尘仆仆地回到家里时，已经是傍晚。小芹却不在家里，冬至也不在。猪圈的猪听见有人开门，吱吱吱叫起来，一听就是大半天没有吃到食物了。

家里出了什么事？我走进屋里，发现桌子上还摆着碗筷，菜碗里的油已经凝固，大米和小米混合在一起的二米饭盛在两只碗里，一筷子都没动。看得出来，他们一定是连饭也顾不上吃，急匆匆离开的。

我心跳加速，赶紧跑出院子，冲着西边的邻居家喊。

喊了几嗓子，邻居家的老人披着衣服出门，看见我，招手让我跳墙过去。

老人告诉了我情况。

暑假的最后几天，中午的时候，小芹和冬至从玉米地里回来。小芹做饭，冬至开电视看动画片。可是今天电视机一点儿信号没有，冬至把之前总结的十八般武艺都试过了，没一招管用。后来，他只能冒险用最后一招：爬上房顶去检查天线是否被风刮断了。以前有过一次，也是一点儿信号没有，后来发现是木杆上的天线断裂了。这次估计也是如此。但那次，是我踩着梯子爬上房顶把天线接上的，冬至站在地上，帮我把着梯子。这次他一个人，连梯子都没有竖起来，只是顺着羊圈棚顶，直接爬到了屋子的房顶。还真是天线的事儿。他接上线，听见屋子里传来的隐约的电视声，满心欢喜。哪想到房顶上时容易，下时候难，他倒着往下爬，一失手，摔了下来。好在是先摔到羊圈棚，又从羊圈棚掉到地上的，腿断了。

如果直接从房顶掉下来，命就没啦！隔壁的老人感叹说。他妈过来找我儿子，我儿子开三轮车送她们去乡里的卫生院了。

我谢过老人，骑上摩托车就往卫生院赶。

我赶到卫生院的时候，他们已经办好了住院手续。

冬至躺在床上，抱着一个铝饭盒在吃饭，饭盒里是辣椒炒鸡蛋和馒头。小芹不在。

爸。

看见我，冬至怯怯地说，想下床，可腿上打着石膏，没动得了。

你妈呢？我问他。

她去打开水了。

说着，他把饭盒递过来：你吃吗？

我摇摇头，说：你吃。腿怎么样？

冬至指了指旁边的一张片子，说：大夫说没事，就是骨头裂了个缝儿，没真断。养养就行了。

我摸摸他的头，他轻轻躲了一下，但是动作幅度不大。我还是摸到了他的后脑勺。

那一刻，我心里挺惭愧也挺后悔的。村里大部分人家已经不再用这种竖起来的天线了，都改成了卫星接收器，也就俗称"大锅"的，这种不但信号稳定，而且能收到很多频道，甚至还有一些香港和外国的频道。去年夏天我回来时，冬至曾央求我也换成大锅，被我骂了一通。

我骂他：整天就知道看这些玩意，有这个时间，你多做点作业不行吗？

他说：我暑假作业都做完了。

我说：做完了再做一遍。你昨天还吃饭了呢，今天咋又吃？

他闷声不说话。

我心里烦躁，长时间一个人在草原上放牧，人的性情也会变得有些乖戾。现在的我，面对那空荡荡的大草原，那浩瀚无际的夜空，早已没有了十五六岁时的心情。它们在我的眼里，既不是美的也不是丑的，草就是草，狗尾巴草、苜蓿、蒿子，天呢，不是热就是冷，不是黑就是白。现在出场住的条件好了，有房子有院子，做饭也有锅有灶，我躺在拉西舅舅家的炕上，睡得沉沉的。窗帘拉着，为的是挡住明晃晃的月亮。

我真正烦的是，羊群这两年产羔量并不好，我接手的时候，有一千只羊，好几年了，现在还是一千只。倒不是说羊群没长，而是每年秋季我和拉西舅舅都会卖掉一百只左右，他用来给萨日朗治病和给达来学费，我用来养家糊口。这只能说明，每年羊群也就增加了一百只，这可是一千只的羊群啊，产羔率将将十分之一，太低了。拉西舅舅没说什么，但是对这个结果也不太满意。我知道他的压力，萨日朗舅妈的病就是个无底洞，那些年我带父亲看病时早就经历过这些了，把羊当钞票数，羊可太轻了，一捻手就没了十几只。

怎么回事呢？第一年冬天，母羊怀上的就很少。那的确怪我，我没经验，接手的时候没细数群里种羊的数量，只有两头，还有一个是五岁口的老家伙，这哪儿够啊。第二年呢，我们从别处置换了十只种羊，可这年竟然有三分之一的母羊在怀羔三个月内流产。当然了，不只是我们一家这个样，乌拉盖那一年所有的羊群都流羔。老牧民们说是长生天的惩罚，年轻人则到处找原因，找到下一年，才弄明白，是木伦河的事儿。木伦河本身没事，事儿是木伦河中游的一个地方，那里河滩平坦而宽阔，河底是少见的细密砂石。那两年，不管是村里的人还是牧民们，都在疯狂地建房子。建房子需要沙子。也不知是谁第一个发现河滩这里的沙子好，第一个开挖的，后来那些挖沙子的三轮车、四轮车甚至大卡车，就在这里排成了队。最开始大家还是手动用铁锹挖，人一多，有人看到了商机，就搞来了挖沙子的机器，扎在河滩上，机器开动，长长的运输带直接把湿漉漉的砂石撒到河岸边的车厢里，装满了一辆又来一辆。那些挖沙子机器排出的废油废料，工人们丢掉的生活垃圾，都顺着水漂向下游了。下游牧场里的牛羊喝了被污染的水，导致了流产。

如果今年的产羔率再这么低，真是说不过去了。我想起了父亲，父亲养羊的时候，就是卡在了一千只，这个数字像个诅咒一样，曾经箍在父亲头上，现在又箍到了我头上。回来前，我跟拉西舅舅好好聊了一下。他哈哈笑话我，说：啥诅咒？你这都是胡思乱想。要说诅咒，你看看你舅妈受的苦，这也是诅咒吗？她从小就没享多少福呀。现在啊，只要骨头不疼的时候，她都是乐呵呵的。

拉西舅舅说的是，萨日朗舅妈每年这个季节回来，是她身体最舒服的时候，只要按时服药，身体上的疼痛感特别低。她就会点火，给我们烧奶茶，炸粿条。我们都会烧茶，但她烧的茶确实更好喝。我跟拉西舅舅喝酒，她就斜靠在炕头，手里摆弄着几根草棍，笑眯眯地看着我们。那几根草，很快在她手里变成了一个小物件。

她看着我，但我知道她在想儿子达来。

"达来谈了对象了，"她说，"他没告诉我，可我从他写的信里看出来了。这小子长大了，不是光念书，晓得要过日子了。"

"我儿子都这么大了。"我说，"达来早就该谈对象了，让他赶紧结婚呀，好给你生孙子。"

聊着聊着，萨日朗舅妈会迷瞪着，但过几分钟又醒过来。

"别喝多呀，"她说，"多吃肉，多说话，多喝茶。"

说着，又睡过去。她就这么睡睡醒醒的，但整个人都很开心的样子。这种时刻，拉西舅舅是最放松的。他几乎一整年神经都紧绷绷，去医院做检查，怕检查结果不好；做化疗放疗，担心萨日朗舅妈难受；做完了，她犯恶心，什么也吃不下，他就也什么都吃不下。

我跟拉西舅舅说了羊的事。说很抱歉，我没能把他的羊养起来。

你能接受我就很高兴了，他说，要不是你，我这里连一只羊都剩不下了，拿啥给你舅妈看病？

我沉默不语，独自喝酒。年纪大一些，对酒的辣味产生了依赖，只有一口酒落进嘴里，再火辣辣地咽下去，一路烧到肚子，然后全身一热，眼眶也热，才觉得自己仍然活着。

这都是有定数的，拉西舅舅说，就像乌拉盖的草木和牲口。秋天，草木结了籽儿，这是必然，可是这些草籽会落在哪里，谁能知道呢？吹来的是西风，你就往东边走，吹来的是北风，你就到南边去。有的落在泥里，那就跟着季节生根发芽吧；有的落在河里，随着水漂啊漂，漂出了乌拉盖，漂到千里万里之外了。

我们就像这草啊。我说。

嗯，但是我们是扎了根的草，达来是那顺着水漂的草，冬至，我看将来也是顺着水漂的草。

我心里舒服了些，我理解拉西舅舅说这些意思就是，那些你管不了的事儿，就不管它了。的确，哪根草也不想在秋天的时候黄，在冬天的时候死，可是老天让你黄让你死，你能怎么办呢？你只能去黄去死，真不甘心了，那就来年春天再长出来，继续青，继续黄，继续死，继续生。

冬至睡着了，小芹下午搭车回了家，她得收拾收拾，带一些生活用品过来。

我走出卫生院，找到一个公用电话，从怀里掏出那个记了好多电话的小本本。

我打给乡里的王大锅，他本来叫王大国，原来是个电工，后来不干了，开始给十里八乡装接收电视信号的"大锅"，所以大家就叫他王大锅了。

"大锅啊，我是小满啊，放羊的小满。我想装个大锅，要信号最好的那种。"

我想让冬至出院的时候就能看上。

7

"你给我打电话的时候，我正在青羊山上装大锅。"王大锅一边摆弄着手里接收器的角度，一边跟我说，"那才叫大锅呢，感觉能一下炖一百只羊。"

这时候，冬至在屋里盯着屏幕，一会儿喊一声有了，一会儿又喊没了。他说的是电视屏幕上的画面。我没能让他出院的时候看上电视，就是因为王大锅说，他那些天太忙了。

后来，等屋里的电视信号稳定了，我跟王大锅进屋时，小芹已经把饭菜摆满了炕桌。手把羊肉、羊盘肠，还有一只从小卖店买来的烤鸡。现在的小卖店，快赶上大城市的超市了，什么都有，烤鸡、牛奶、酸奶，还有小孩玩的各种塑料玩具。村里这段时间流行吃烤鸡，尤其是请客的时候，桌子上如果不摆上一只烤鸡，就算你自己炖一只漂着一层油花的老母鸡，客人也会觉得你请得不够真诚。我怀疑这话就是小卖店的老板传出来的。

王大锅说最近装信号接收器的人比较多，我得排到半个月之后。我等不及，请他帮忙给加个塞。王大锅说，看在你儿子我冬至大侄子的份上，我早点儿给你装。冬至和他闺女王秀琪是同学。他给我加塞，我当然得好酒好菜招待他。

冬至已经津津有味地看上电视了，画面确实清晰，连里面人的眼睫毛都能数出来。而且有十几个频道可以选，冬至挑了一个外国频道看了半天，里面的外国人叽里哇啦的话，一个字也听不懂。

你能听明白吗？我问他。

他摇头，说不懂，不过等明年上了初中，开始学英语，我就能听懂了。

我喊冬至过来给王大锅满酒。满酒的意思就是让孩子跪在炕边上，双手端起酒杯递到客人面前，说："大国叔，给您满酒。"冬至很听话地拖着石膏腿蹦过来，跪是不能跪了，他半个屁股坐在炕边，受伤的那条腿直溜溜地支在地上，端起了酒杯。

"大国叔，给您满酒。"

王大锅接过去吱一口干掉，说："行了行了，现在早没人让孩子满酒了，你爸真是老传统。"

的确，我小时候，每当家里来客人，父亲必然叫我跪着给他们满酒，一杯还不行，至少三杯。如果那天有个五六个客人，我的膝盖都跪疼了。父亲让我满，客人们拒绝，我端着酒杯等着他们其中一方胜利的时刻，胳膊酸痛。当然，最后总是父亲胜利。那时候，我极其痛恨这个程序，感觉自己像个小奴隶。有一天，父亲和客人拉拉扯扯五六分钟，也没能确定到底要不要喝这杯酒，我实在端不动了，大喊一声：你们不喝我喝。我把面前的三杯酒都喝了，然后一头栽倒在地上。

那是我第一次也是唯一一次喝醉，感觉自己像是掉进了饺子锅里，水沸腾着，有人还在不停添柴火。煮不烂，但是那种燥热的感觉令人发疯。天地是旋转的，我也是旋转的。从那以后，父亲再也没有逼我给客人满过酒。

我无论如何想不到，自己后来竟然成了父亲的角色，让冬至去给客人满酒。我都记不清第一次是什么时候了。但是冬至跟我小时候不一样，他乖顺，甚至有点享受这个过程。

"大国叔叔，你给我讲讲你们在青羊山上安的那个大锅呗？到底干啥用的？"冬至问。

有人问，王大锅的兴致便更高了。他告诉冬至，其实那里最主要的不是装大锅，而是要建一个塔。那是个信号塔，至于是什么信号，他也说不清楚。跟信号塔配套的，是一口大锅，也就是一个大的信号接收器。

"我听施工的人说，那口大锅能收到外星人的信号。"王大锅一边撕扯烧鸡的第二条鸡腿一边说。

外星人！冬至有点痴迷地喃喃道，到底是哪个星星的？天上的星星太多了。

我们都没搭他的话茬，聊起了村里其他人的事。冬至见无人理，转过头去，继续看电视。电视里在放一部动画片，里面是一条小鱼，在无边无际的大海里游，想找回自己的家。

立冬不久，天气冷了，但还没有特别冷，空气干净得像不存在。没有月亮的晚上，西边青羊山山顶会亮起特别闪的一颗星星。村里人说，是文曲星下凡了，咱们这地方要出状元了。后来发现那颗星并没真的坠落，而是一直悬浮在山顶，像是谁钉在西天上的一枚金色的钉子。人们慢慢明白了，那不是星星，是信号塔的灯光。于是，有些年轻人开始结伴向青羊山进发，他们好奇这么亮的灯光到底是多大的灯泡，还有那口能煮一百只羊的大锅到底有多大。

一开始，那些年轻人是白天去的，费了好大劲爬了上去，只看到了一个四层高的铁架子，还有那口大锅。铁架子的确很高，被围栏围着，贴着警示标语，大锅却没有想象中的大，别说一百只羊，五十只都煮不了。他们失望而归。

过了一段时间，他们又想，那颗星星只有晚上才出现，天上的星星也是晚上才发光，如果有外星人给地球发信号的话，也一定是晚上。所以，应该晚上的时候爬上去才对。他们又相约着下午出发，爬上去的时候正好是星星闪烁的时候，也是外星信号最强的时候。

他们在一个天气十分晴朗的傍晚开始爬山，夜里爬起来十分舒服，速度竟然比白天还快。他们到了山顶，天还没有彻底黑，星星只有淡淡的光。他们翻越了围栏，爬上了铁架子塔的第三层，坐在那里吹着冷风，遥望山下的村庄和田野。村里灯已经亮起，比天上的星光还要微弱。天渐渐暗下来，大地越来越黑，星星也越来越亮。

流星！有人喊了一声。

众人顺着他的手指方向去看，却只看到星空，并没有流星。

真的是流星，不骗你们。他补充说。

所有人都以为他眼花了，开始扭头看那口大锅，说：现在是不是锅里的信号特别强？可惜我们没有信号接收器啊，要不然就能收到外星人发来的信息。

流星，流星，流星！

那个人再次喊起来，手舞足蹈，差一点从铁架子上掉下去。

这次，不用他指认，所有人都看见了，在天空的西北部，流星像银色的雨一样倾斜着坠落，把那半边天照得十分明亮。他们还不知道流星雨这个名词，也不知道自己误打误撞赶在了流星雨爆发的夜晚爬上了青羊山。他们都觉得，这只是因为这里有信号塔，有大锅，所以外星人选择把信息传递到此。

在这个人群里，就有冬至。

他第一次没来，这一次偷偷瞒着小芹跟来了。他的腿伤并没有彻底好，因此，他比所有人爬上来的都要晚。他们坐在铁塔三层看流星雨的时候，他才刚刚爬上来。他的腿让他不敢跟他们一样爬铁架子，于是，他躺倒在那口大锅里。大锅的中间支着几根白色的金属棍，顶端则是一个圆形的部件。他躺在里面，两腿稍稍岔开，整个人刚好和三根金属棍的角度一致。

他抬起头的时候，正好看见最后也是最亮的那颗流星从天际滑过。这颗流星火把一样明亮，运行轨迹非常长，几乎飞过了小半个天空，最后消隐在西北方。

那是哪儿？这是冬至脑海中的念头。

那天晚上，小芹找不到冬至，以为他失踪了。这么大，没有人贩子会拐他走。小芹担心他出去玩掉在谁家的井里。她在村里村外喊了半夜，也没能得到回应。后来，她发现这个夜晚村里好几家的半大小子都不在家，开始怀疑冬至和他们一起去了青羊山。

小芹跟几家大人一起，开了一辆四轮车，在夜色中往青羊山去。

等他们爬到山顶的时候，发现这些孩子都蜷缩在大锅里睡着了，清晨的阳光照在他们身上，脸上，婴儿一般可爱。

因为这可爱，孩子们没有受到责备，只是被拍了拍头，擦掉了冻出来的清鼻涕。他们神清气爽，仿佛带着外星的秘密。

8

冬至十二岁时，我才彻底告别在乌拉盖的放牧生涯。

为了让冬至上初中，我们准备举家搬到镇子上。小芹说，孩子上学最重要。我想也是，我希望他将来能像达来一样，出国留学，读硕士，有一份自己喜欢的工作。另外，我和拉西舅舅家的羊发展得不够理想，到这时也才一千三百只左右，因为常年一个人放牧，身体也搞坏了。我毕竟不是蒙古族人，跟他们比各方面都差不少。还有就是，我一个人在草原上，家里只留下小芹和冬至，小芹像一个守寡的女人，冬至像个没有爹的孩子。我想，这不是我一开始去放羊的初衷。

我跟拉西商量如何处理这群羊，后来决定，羊卖掉，钱平分。拉西家的草场租出去，每年也有一定的收入。达来已经毕业，自己赚钱了，并且收入不低，尤其是他赚到的美元寄回国内，再换算成人民币的时候，那些钱花起来就尤其显得多。萨日朗舅妈的病进入到一个稳定期，不再用频繁地化疗和放疗，只需按时服药和定期检查。

"我和你舅妈，也可以过几天安生日子了，不养牲口，也不用操心。"拉西舅舅说。

他戒了一段时间酒，又重新喝起来，不过喝得很节制。

"你们可以去一趟美国嘛，"我说，"去看看达来，顺便参观一下那里，多好啊。"

听萨日朗舅妈说，达来和女朋友感情进展不错，已经准备结婚。他们计划去参加达来的婚礼，如果萨日朗的身体状况允许的话。

"如果老天不让我去，"萨日朗舅妈说，"我就把我结婚时的袍子和手上的镯子寄给儿媳妇。"

她说着，摆起手臂，给我们看那枚银镯子。镯子本来已经被摩挲得发黑，回来前拉西特意带她到饰品店洗了一下，现在又闪闪发亮了。萨日朗的手臂很瘦，几乎只有骨头和一层薄薄的皮。我有点吃惊。她生病多年，但是我依然记得她粗壮的胳膊，骨节很大，难道人的骨头都是可以变瘦的？小芹给她夹菜的时候，也隐隐露出了手腕上的金镯子。金子也变暗了，小芹的手臂也是瘦的，但是比萨日朗有更多的肉。

我心里暗暗想，小满，你得守住小芹身上的肉啊，千万不能让她也变成一堆骨头。

定好了羊的处理办法，然后就是联系买主。这么一大群羊，任何一个羊贩子或一个牧民都很难接收，最后是卖掉给羊贩子五百只，剩下的分成七拨卖给了乌拉盖草原上的牧民。

我和小芹找了一辆四轮车，从拉西舅舅家里把我们的东西都拉回了家里。四轮车突突突离开的时候，我回了回头，看了那栋一个人住了好几年的屋子，心里酸酸的。我好像把什么珍贵的东西留在这里了，心里空落落，像个常年灌满的暖水瓶，突然再也没有热腾腾的水灌进来了。昨天把羊全部卖掉，看着空荡荡的羊圈时也是这种感受。也许，我这辈子都不会再跟羊有这么紧密的联系了，无论怎么样，这些年我都像一个真正的草原牧民一样生活。很多次我都感觉自己支撑不住了，孤独，无聊，辛苦，寒冷，甚至有时候连小小的蚊子也能让我怒不可遏。

在放羊的那些年月里，许多次我都想，老子再也不干了，我对着曾经深深着迷的夜空大喊，我凭什么要受这份罪啊。但是第二天，太阳升起的时候，我还是准时醒来，打开羊圈，把羊群赶到它们能吃到草、喝到水的地方。那些小羊羔找不到羊妈妈，就会到我的身边来蹭我的腿，咩咩叫，我抱起它，帮它找到它的母亲，看着它的嘴头叼上大羊的乳房。这时候，我就会想起母亲，也会想起父亲，想起小芹和冬至。

然而真正让我坚持的，是父亲。或者说，是父亲当年的执着，他执拗地在农村养羊、改良羊种，千辛万苦要让自己的羊群达到一千只。他从未怀疑过自己。我没有他的志向，甚至我的血管里都没有流动他的血液，但是每当我遇到任何事的时候，第一个反应永远是：如果是父亲北斗，他会怎么做？我清晰地判断出他的做法，不管合不合理，我都会按照他的方式去面对。这也可能是一种偷懒，毕竟省去了纠结，就算失败的时候，我也可以归结为是父亲的失败，而不是我的。

只是，我总得为他做点什么吧？比如在草原上坚持住，像个牧民那样去生活，去经营牲口——这是他曾经的理想。他不止一次在酒后跟我感慨：如果我是生在乌拉盖的牧民，我的羊群必定过万只，甚至十万只。我一直疑惑，他是否真的理解自己说出的这些数字代表着什么，他大概率是不太清楚的，但是他的神态和气势又表明，只要满足他说的条件，这一切都可以实现。

我无数次回忆起父亲临死前的样子，又老又丑又脏，瘫痪的身体让他在羊圈里爬来爬去，尤其是后期绝食的日子，他不让任何人靠近。他什么都不吃，可是不吃不代表不拉屎撒尿，他最后的排泄物很少，都堆积在他的裤子里，跟他全无感觉的双腿纠缠在一起。可是当他离去，我们去整理遗体的时候，却发现他的头发像是被梳理过——简单地用手指当做木梳的梳理，几缕头发粘在一起，应该是他没有水，是用吐沫润湿的。我理解了他，也一瞬间对他充满崇拜。这是他给自己最后的尊严。

我想起这些场景时，都是坐在山坡上，羊群在不远处徘徊、啃食青草，我身边的各种草在疯长的同时也在死亡。我就是在这时候想明白自己的人生的，父亲，我，冬至，我们是一根草的前世今生，也是三根草的草木一生。你看，春天的时候，即便是所有草都开始冒芽生长的季节，许多嫩绿的草叶周围，也总是带着枯黄的叶子。夏天就更是如此了，不管多么浓的绿，你只要沿着一棵草从草尖倒着看向草根，地上的那部分也一定是枯黄的。和人一样，它们一边生长一边死去。冬天呢，草都死掉了，可是第二年依然会有新的草长出来，你也说不准它还是不是去年的那些草了，反正它们长得都一样。

想到这些时，我充满了某种自得感，觉得自己好像是个哲学家了。

随即我就会想到，既然我是一根草，那就做好一根草该做的事情吧。

我和小芹的计划是，到了镇子上后，开一家服装店，专门卖羊绒衫羊毛衫羊皮大衣羊皮帽子之类的。放了这么多年羊，别的东西不熟悉，对这些产品的鉴别绝对是顶尖的，我摸一摸、闻一闻，就能知道羊毛和羊绒的成色，那些衣服经过多少道工序、染了多少颜色，也骗不了我。

我又把事情想得简单了。开家店是容易的，跑到城里的服装市场去进货也不算难，难的是怎么把货物卖掉，还要及时卖掉。一开始，我以为镇上的服装店跟村里的商店或者成衣店差不多，一件货物摆在那里，总有一天会卖掉的。后来我才明白，这个世界已经不是这样运转了。比如，我和小芹到山东临沂进了一批羊毛衫、羊毛裤，样式新鲜，质量上乘。回林东镇的路上，我心里一直在默默算着这批货的利润，进价每件羊毛衫110元，羊毛裤80元，卖的话羊毛衫卖150元到180元，羊毛裤卖100元到150元，我一共进了各100件。算下来，羊毛衫最少能赚4000元，羊毛裤最少能赚2000元，这就是6000元。再算上店里卖的一些帽子、手套、袜子、夹克衫之类的，也能有

2000元利润。扣除房租，不算人力的话，我至少有5000元利润。

这还只是一批货，如果我每两个月进一批货，加上年结销量好，一年的利闰就是30000元。

我算得不差，可是我忘了有很多不在这个算式里，却能影响结果的事儿。比如，我以为一批货两个月就卖出去了，最多三个月，却忽略羊毛衫羊毛裤是有季节性的，秋冬还行，一到春夏，销量连三分之一都没有，赔钱卖都没人买。再比如，我觉得自己每次都选了最时兴的款式，却想不到款式这东西半年甚至三个月就一变。我这边刚进了一批针织，电视广告上已经开始宣传新款了，而那些大一点的城市里，不出一周就上了新款，虽然很多都是仿的。

关于做生意，我可能有点天赋，但是又不太够。前些年，我倒卖羊毛羊绒，几年下来，也没赚到什么钱，现在我开店，还是没赚到什么钱。我忍不住跟小芹说："媳妇，我可能天生没有做买卖的命啊。"小芹说，谁知道自己有什么命呢？就算那些皇子皇孙，生下来可能就是好命了，可是有多少最后不得善终？我说，话是这么说，可是日子却不能这么过。小芹便开始给我算家里的账，说，店里今年大概能有多少收入，家里包出去的地大概能有多少收入，卖羊的钱还剩下多少，存在银行里能有多少利息——利息比我想得高多了，小芹把大部分存款都买了定期，定期利息高，还有，她还偷偷做了点别的事，完全没告诉我，现在看我着急了，才开口。她说，她还有一部分钱没存在银行，而是借给别人了，有二分钱的利息。

那不是高利贷吗？我说。

啥叫高利贷，你不知道，有的人往外借，都是三分五分利呢，我才两分。她说。

接着，她又算我们一家这一年的花销，房租、吃喝、冬至的学费、母亲的医药费、人情往来，算来算去，过日子还有富余。小芹的话，一下子把我的心结解了，也让我对她有了新的认识。我从来不知道，她其实比我想得深、想得细，也想得周全。她说，咱们家的日子，我从来没着急过，一切都在我的掌控里。我唯一害怕的那次，就是你倒腾羊毛羊绒被小康坑，那个窟窿太大了，我怕咱们一辈子都堵不上。还好后来渡过难关了，往后遇到的这些困难，都是小事。

她说得对。

冬至上了初中后，开始猛长个，嘴唇边上也冒胡子茬，不过个子高，人却瘦，运动校服穿在身上，像披着麻袋，晃晃荡荡的。我说，孩子咋这么瘦？媳妇说，没事，他现在贪长个呢，光长个，不长肉。你看他一顿吃三碗大米饭，甭担心。我的心略微定了。

现在，冬至学的那些东西，我已经完全看不明白了，她妈也不懂，一切就都靠他自己。每回拿回来的成绩单瞅着还行，不算是顶尖的学生，但都在班级的前十名，学校的前五十名。他们班主任说，按照这个成绩，再努努力，考上林东镇的重点高中一点问题没有。上了重点高中，将来八成就能上大学。

可是，也不见他在家里学习，反而是一有空，就跑到镇子新开的网吧里上网。我去找过他几次，他正坐在一台长得像电视的机器前，手指在一些按键上飞快地跳跃，就像着急逃跑的兔子那样，跳得噼噼啪啪的。我看看电视画面，上面有时候是一群卡通小人，好像在打架，嘴里发出嗯啊的声音，有时候像是古装电视剧里的人，背着剑飞来飞去。更多的时候，冬至都在用一个有着熊猫样子的东西在打字，应该是用文字的聊天。那东西像小鸡一样，不停地叽叽叫。它一叫，就是有消息来了。

你在和谁聊天？我问他。

不知道。他说。

你不认识怎么聊天？我又问。

你甭管，你快回去吧，我玩一会儿就回去。他很不耐烦。

我悻悻地离开，回到家里跟小芹抱怨。

小芹说，只要不耽误学习，那就让他玩玩呗。现在都在说互联网呢，就是用那种电视机一样的电脑上网，你在镇子上，就能跟全世界的人联系。

你也懂这个？我吃惊地看着小芹。

小芹摇摇头，笑了：我懂个屁，我是听别人说的，就是冬至他们一个同学的家长，人家家里都买了一台电脑，用电话线上网。她说。

我的心又安定些，可是总不够踏实。这不踏实似乎慢慢从冬至那里，转移到了我自己这里。我感觉到，就像我做买卖总是踩不上点一样，这个社会似乎变得越来越快了，我紧跟着，依然跟不上节奏。还是草原上好啊，还是放羊好，简简单单，千百年来都是一样的。

我开始有点想回去了。

镇子上在修路，满大街的沥青味。沥青路是黑的，我原来走的土路是黄色的，砂石路是灰白的。不同颜色的路，把我送到不同的地方。沥青路把我送到镇子的院子里，镇上的院子和村里的院子区别倒不大，也有水井、院墙、菜园子，就是没有羊圈了。我往北看，只能看见另一排房子，别说乃林坝，连青羊山都看不见。

小芹看明白了我的心思，她安慰我说：别着急，等冬至考上高中咱们就回去。

我捏捏她的手，心终于定了下来。

唉。她叹口气。

怎么了？我问。

咱们老了。她说。

人生一世，草木一秋。我说。我们已经相当于草木活了几十辈子了。

好在冬至正年轻着呢。小芹又说。

对呀，我说。

你是一个数，我也是一个数，儿子不是我们俩加在一起，是我们俩乘在一起。她说。

嗯，她又说对了。

于晓威，1970年生。辽宁省作家协会副主席、小说创作委员会主任，专业作家。曾任《鸭绿江》杂志主编。在《收获》《十月》《上海文学》《中国作家》《钟山》《作家》《山花》等数十种文学刊物发表中短篇小说一百多万字。著有小说集《L形转弯》《勾引家日记》《午夜落》《羽叶茑萝》《陶琼小姐的1944年夏》，长篇小说《我在你身边》等。获第九届全国少数民族文学创作骏马奖，十月文学奖，辽宁文学奖，辽宁省优秀青年作家奖、《民族文学》年度奖等，作品被翻译成日文、韩文、西班牙文等多种文字。

大街　于晓威

大街。

他"再次"看到了这条大街。

此时，他坐在家中客厅的窗边，漫不经心而又怀有虔诚地望着窗外，似乎在等待着什么。"时刻"。他想，"时时刻刻"。如果愿意的话，他每天都可以无限期和无目的地坐在这里，望着窗外的大街。——所谓"再次看到了这条大街"，不过是内心与上一秒目光之间存在着感觉的断裂而已，也可以说是由于新奇，使眼睛发现了某种不可知的事物变化和延宕。是的，每一秒之间的事物是有差别的，哪怕是凝定不动的景物。六十多岁了，他觉得自己似乎很老了，而且觉得自己越活越胆小，要缩到一个盒子里才行。但他又很害怕一些盒子。这仿佛是一个悖论。他对某些事物的"存在"（或者是消失）存在着好奇和绝望。在他书柜的一角，安放着一个自鸣钟，那个自鸣钟不是纯粹的摆设，也不算古董，它是20世纪七八十年代流行生产的上海

"三五牌"黄油木质座钟。他父母留给他的。当然他小时候，也亲自给它上过弦。在这个世界里，几乎每一处的时间都是需要看的，但他的时间是可以听的。那是属于他的时间。每一天，每到整点，那个座钟仍旧准确敲击和报时。他沉溺于时间的提醒感，但又无所事事。

这条街道，是20世纪80年代市郊最繁华的街道之一。如今它显得蹩脚。无论是街道两旁建筑的样式，还是它外面墙体的颜色和材料，都显得跟眼下流行的风尚格格不入。许多建筑已经矗立四十年，竟然没多少变化。比如，当初最高的大楼是五层楼，如今还是五层楼。它当初是一家大商场，后来变成家具店，再后来又变成工厂，现在几乎废弃了也未可知。他多年再未走进去。也许它变成了居民楼？偶尔，夜晚，他会发现大楼的窗户里，零星会透出灯光，白天，会看到斑驳的墙皮在风中兀立。

在目力所及的一角，北边的方向，有一条横着的街道，当然那条街道是另一个名字，也更窄些，叫南通街。它与他所处的街道形成一个"T"形。楼下依旧是车水马龙，只不过它们比记忆中节奏更慢，影子更模糊。他记得年轻时，远处有一座教堂，它不在面街的位置，是在街后，远远可以看到它的尖顶。街上还有一个出名的雪糕店，经营它的是一对母女，都很胖。他经常走到那里去吃一根。回到家里，他隔着玻璃窗，哪怕是夜晚七八点钟，仍旧可以看到在那家店子的门前，站着许多人，排队等待吃雪糕。那时候，市郊只有这一家雪糕店。雪糕店的旁边是一家冷面店。也有的时候，运送垃圾的车，或者邮政局的绿色汽车，因为装卸或搬送的原因，堵塞了街道，会聚起许多人，许多自行车，就跟有人打架被围观一样。

他在这个街道和楼里住了快三十个年头（之前，他在另一处房子里，度过了他漫长的少年时光）。三十多年前，有一个画家，曾给这条街道画过一幅油画：一些梧桐树，混杂着比较年久的杨树，天际线和每排门店的侧角，以及远处的教堂尖。那无疑是秋天。1986年还是1987年，毗邻的某栋楼里，发生过一起火灾，当时整条街道几乎被封了。如果没记错的话，街上的许多门面店也停业了。

他现在比较喜欢喝咖啡。速溶的或现磨的，进口的或国产的，都无所谓，手边有什么喝什么。还有就是香烟，因为年纪大了，身体乏力，他一直想戒，但是没成，也就罢了。客厅书柜的一角，还放着他太太当初给他买的戒烟贴，已经泛黄了，也过期多年了，但他没舍得扔。他觉得自己挺可笑。

这座房子就是一座时间的博物馆。每一件物品都会引起他长久的回忆。只要天气晴朗，他隔着窗户，就能望见远处大地深处房舍的炊烟（他想，在如今，还能望见炊烟是一件多么奢侈的事啊），他会突然闻到童年时糖果的味道。那种熟悉的幸福感，是从后脑勺和膝盖的部位开始弥漫的，就好比是被阳光或初恋的女友抚摸到那里。他此时再次感觉到膝盖的微微颤抖。

他还保存着一支小时候家里用过的老烛台。这支老烛台就立在玻璃窗下面的窗台上。它的底座是被加工成菱形的绿色的玉石，竖起来的柱子是铝的或锡的，柱子最上端是一根坚硬的铁刺，那是用来插蜡烛的。

这支烛台是什么时候来到他家里的？记不清了。只记得，停了电的漆黑的夜晚，妈妈让他点燃蜡烛，他小心翼翼地划着火柴，将蜡烛燃烧后熔化的蜡油滴在木板上，有时候会滴在手上，烫得很痛。蜡烛被蜡油粘牢在木板上，竖立起来。他把它端给妈妈。妈妈往往正在缝纫机前忙碌，隔壁的房间会传来爸爸的咳嗽声，不知道他在干什么。

也有的时候，一支蜡烛会燃亮在他和哥哥姐姐们居住的小居室里。姐姐在墙角的小木桌前看书，他和哥哥早已躺下了。说是早已躺下，其实也不早，夜里九点。因为第二天还要上课。除非是周末。如果是周末，他还能听到姐姐在临睡前给他和哥哥讲一个故事。爸爸会偶尔进来，问他们饿不饿，他刚刚烤好了几个土豆，他是趁着厨房的灶膛里还有木炭的余温。爸爸关门离开的时候，门框会发出被老式的、镶着四块玻璃的木门关合的清脆的声响。

爸爸在他的房间里写稿。县里的广播电台经常跟他约稿，通常，他会写一些诗歌。也就是那个时候起，爸爸的案头出现了那支玉石烛台。有一天，他一个人在炕上玩，头上的广播喇叭（那时候，每个家里都安有一个小小的广播喇叭）突然响起爸爸朗诵他写的诗歌，多少年过去，他只记得一句："你大义凛然啊——"应该是讴歌张志新。那个"啊"字他记忆犹新，因为带着爸爸蹩脚的乡土口音，并结合着时代化。一个人的作品能像虫子一样钻进房子里，对他来说，是一件多么新奇的事！

在姐姐讲述的故事当中，他快睡着了。但是他又舍不得睡。于是在朦胧中，他看到脚底下的地面上，映着爸爸房间里投进来的摇曳的蜡烛光影，有时候是一列火车，有时候是一个人，它们伴着姐姐的故事，后来终于使他睡着了。

没事的时候，他会到大街上走走。他穿的那件藏蓝色的老式坎肩有些旧了，右边的下摆处沾有一小块绿色油漆，不知道哪年弄上的。每年在清洗的时候，他都会停顿一下，想，这块油漆是怎么出现的，结果总是以叹气告终。年轻的时候，他也喜欢戴墨镜，有时候墨镜被早晨的冷雨蒙上了雾气，他也会掏出手帕来擦一擦。他的衣柜里还有件米黄色的风衣，不过他很少穿它了。

没错，他二十多岁时，是街里出了名的能打架的人。不过他很少欺负老实人。谁欺负他，他就以牙还牙。跟他在一起的还有一位朋友，也算大哥，叫丁峰。不知从哪年开始，他经常会想念这朋友。丁峰留着短胡子，个头比他高，他一笑就会露出一排整洁的牙齿。打架时，丁峰的出手敏捷以及力量，完全和他平时的低调温和不成正比。

"嗨，骡子，不就是那么一回事嘛！"

"嗨，骡子，你把摩托车的后视镜弄歪了。"

"哎，骡子……"

丁峰为什么叫他骡子，也许是笑话他打起架来像个骡子。骡子笨吗？他不知道。他和丁峰从小就认识。丁峰的右眼皮那里有个疤痕，是他给留下的。读初中时，他们邻居几个小伙伴在附近的山上，坐着吹牛，喝那种劣质的啤酒。就在他无比投入地讲着什么的时候，坐在身边的丁峰不怀好意地盯着他的脚下说，"你看——嘻嘻"。他一低头，发现丁峰在他吹牛的时候，已经不知不觉地用手里的刀子，把他的皮鞋割开了，皮鞋底几乎要掉了。那是父亲新给他买的一双新皮鞋，是他已经读到初二时，人生第一次穿的皮鞋。他当时就把手张撒开，惊讶得大叫一声，没承想，手里的烟头一下子拄在丁峰的右眼皮上，那里就此落下了疤痕。

丁峰左肋那里也有个疤痕，不是他给他留下的，是丁峰为他而留下的。在录像厅里，别人故意把痰吐在他后背上，引起了争执，他和丁峰跟对方五六个人大打出手。在追逐中，一个人斜刺里朝他捅刀子，丁峰从中阻拦，死死地抱住那个人，没承想，另一个人用断裂的啤酒瓶，直接刺向他的左肋。那是夏天。大家都穿短袖衫。

丁峰说："当你深呼吸的时候，你就会感觉充满力量。"难怪每次打架前，丁峰都那么沉静，他是在做深刻的呼吸吗？他记得还有一次，群殴，七八个人对七八个人，他的脑袋被狠狠地撞在墙上，鲜血汩汩地流，他倒在地上，感觉真的要死了，丁峰跪在地上，抱着他，大声地喊："深呼吸！深呼吸！"

后来他活了下来。

随着天气的阴晴不定，他身体的疼痛也时好时坏。岁月流逝，这就是老了。他今天故意穿着邋遢，帽子也没戴，一眼可见花白的头发，走在大街上，以显示自己身体的示弱，跟世界达成和解。但谁又认得他呢？这不是四十年前，那时候，只要走在大街上，谁不认得他啊？"骡子来了。"大家小声议论。"骡子"是丁峰最初给他起的外号，后来就传开了。

看了一眼远处的那座五层大楼的楼顶，他想，他不是不想通过用力呼吸取得力量，是身体衰老了，呼吸自动减弱了。

这两年，他经常想起丁峰。他已经离开十多年了。他在一次划船中，不慎失足落水。他走得就像水痕一样，从这个世界消失，抹去了，再也不见。

丁峰没有给他留下任何话语，也没有任何物品。丁峰带着他给他留下的两处疤痕，走了。

街边的一个五金店还开着张，门口堆满了杂乱的钢筋和轮胎。他摸了一下下巴，就近趑进去看看。

他吓了一跳。五金店内还是那么肮脏，昏暗，像是地下室一样，连空气中弥漫的锡焊的味道都让他仿佛如昨。一张老旧的木桌旁，坐着两个人。他以为是老肥和他的儿子，怎么会呢？老肥抬头看了他一眼，没作声。

他这才意识到，不对，时光过去了几十年，眼前这个人，是老肥的儿子。他长得跟当年的老肥几乎一模一样：体重应该有二百多斤，头发蜷曲，戴着眼镜。那么，坐在这个老肥的儿子面前的年轻人，应该是他自己的儿子——就像当年那个老肥领着他坐在五金店里一样。

"要买点什么？"老肥的儿子问。

"你爸呢？"他脱口而出。

老肥的儿子——当年的小青年——现在也有五十多岁了吧，懒洋洋看了他一眼，低头摁了一下桌子上的计算器，在账单上写着，然后说："走了快八年啦。"

老肥死了。他想。他又暗暗想了一下，老肥若是活着，也该八十多岁了。他望了一眼远处的货架，密密麻麻的，摆满了锤子、钳子、各种胶圈、灯泡，还有镐头。其中有一种扳手，一下子让他想起了从前——如果不是在这里见到，他一辈子都想不起来，但是既然见到了，他觉得竟然那么亲切，并且为此感到羞愧。那是一种花式扳手，薄薄的一张铁片，镂空出好多不同形状的孔洞。现在竟然还有人卖这个！他记得，那是小时候，家里修理自行车时经常使用的工具，用它来拧不同大小的螺丝帽。这让他一下子就想起了他的父亲。他人生第一次跟劳动和机械打交道，就是他父亲用这个来教他如何修理自行车。他现在，早已不买任何工具了，他的生活里没处去使这些东西。以前......那是太久的以前了。

他默默地退了出来。阳光一下子刺得他睁不开眼。一个女人从他眼前经过，他没经意地就看到了她闪现着的乳沟。因为她离他太近了，开领又比较低。他怔了一下，望着那个女人离去的背影，感觉她应该很年轻。他一时不知道该怎么办。他默默地掏出一根香烟，送到嘴边点着。他吸烟的姿势和表情，无比决绝，仿佛是刚刚主动跟那个女人结束了一场恋爱一样。他觉得他应该大哭一场。

他站在街头宽阔的T字形路口，尽量让目光变得飘忽。这路口太阔大了，两边的建筑因为低矮和绵长，竟然显得有些变形。有一瞬间，他感觉置身于中世纪的古罗马斗兽场。从这里，可以望见他家住的楼，以及他四楼房间的窗口。是的，他曾无数次站在那个窗口，向外眺望。他记得那里住着一个单身男人，他太太走了很多年了。他每天早起后，洗漱，刮胡子，在涂满剃须液的脸上，端详一个被岁月抛弃的男人的面庞。有时候他走到窗口，向外无由地探望，却又不知道在等待什么。就像现在，他望着那里，就像望着一个替身。猛然地，他再次想到了老钟。

他掏出手机，给老钟打了个电话，约他吃饭。

老钟乖乖地来了的时候，他再次发现自己是那么讨厌老钟。当年，20世纪80年代初，为了拿学历，也为了找工作，在县城读夜大的时候，丁峰、老钟和他在一间宿舍里住着。老钟总是在房间的窗帘下放着一个带铁丝把手的尿罐，他说他肾不好，时不时半夜就要起来解手，可是旱厕在很远的户外，他说自己又胆小。他说自己胆小的时候，丁峰总是狠狠地骂他，怀疑是他懒。因为房间里放着个尿罐也就罢了，他和丁峰经常（也确实）在夜色昏暗和熟睡的迷蒙中，听到老钟窸窸窣窣地起床，接着就会在耳边听到哩哩啦啦的尿水声，可是不管天多么白起来，老钟从来不去自己倒尿罐。老钟的尿罐十有八九是他去给倒掉的。老钟还有个让他瞧不起的毛病，就是从年轻时候起，喜欢跟人借钱。老钟也曾无数次地跟丁峰和他借钱，当然一次也没还。就在去年，老钟还给他打过一个电话，跟他借了三千块钱，当然至今也没还。

他固然也不好意思要。如果他每次都好意思要，老钟也不会这么乖乖地前来。老钟是吃准他了的。

老钟翘着兰花指，坐在西餐桌的对面，端起酒杯说："敬你。"

他自顾呷了一口酒，白兰地。他嘴里沉浸着一种沉木的香气，只不过稍微有点苦。

"后来丁峰跟我说，他说你说得没错，胆子确实小。"他说。

"嘿嘿。"老钟笑。

他指的是有一次，在宿舍里，隔壁几个人为了一点什么事，跟他们约架，他和丁峰甩掉拖鞋，弯腰正在地上换球鞋，老钟坐立不安，说，我去趟厕所。

结果直到他和丁峰把对方砸得落花流水，老钟才装模作样提着裤子回来，说："啊？这么快打完啦？"

丁峰就笑。他笑起来仍旧露出一排洁净的牙齿。

几乎每一次都是，他约老钟见面，吃个饭也好，谈个天也好，话题总是从丁峰那里谈起，并且几乎每次，都是由他起头。他感觉老钟其实不喜欢丁峰，而他也不喜欢老钟。不过，许多事情就像上瘾一样，每当他怀念丁峰的时候，他就只能见见老钟。就像在无数个薄暮时分，他坐在自家窗前，看着夕阳被融金的云彩一点点吞噬掉，最后消失不见的时候，他还能知道落日的方向在哪里。也就是说，环顾这么多年来，能使他回忆起丁峰的往事和氛围的，在他所有的时代朋友中，只剩老钟一个人了。老钟是他当下跟丁峰还原事物的一个纽结，这没办法。

他跟任何一个人谈起丁峰，他们都不认识他。或者只是听说过他，但没法跟自己做更多交流。丁峰就像一个生命中的抹布，被随意地丢弃了。

有时候他想出趟门。比如，他收拾好了行李箱，把它放在简陋的通往门厅的走廊，甚至他连钥匙都交给邻居了，请他们帮助他定时浇花。可是当他第二天起床的时候，却又打消了念头。他不知道自己想去哪里。他望着那个走廊，想起某年，或某日，在一门之隔的外面，抄表员曾给门上贴过欠费的条子。那一个条子，就让他觉得仿佛欠生活许多。他还想起在走廊内，他和太太刚搬进来的时候，他俩在走廊里做爱。他的太太带着一点小心，脱了一只鞋子，后来不脱了，他们用双脚的不规则表达对生活的热爱。不，他不认识丁峰，为什么即便在他感觉生命最酣畅的顶点的时候，他要想起丁峰呢？他想起丁峰为他挡过一刀。那也许是生活中的一枚刀子。他还想起，在他跟太太谈恋爱的时候（那时候她多么年轻啊），她妩媚，从容，跟谁都充满亲和力，身上仿佛贴着一层海绵，与人为善，当然也吸收外界贴给她的能量。那一次，夜大毕业之际，同学们组织去郊区远足和旅游，他带了未婚的太太去。在旅途中，同学们不断埋怨和咒骂活动的组织者，选了一个什么破地方啊，虽然有林荫，但是到处都是沟壑，简直是一群农民被号召上山劳作。他落在队伍的后面，尽管所谓的队伍，也是七零八落了，变成三三两两。在一处溪涧面前，他看到未婚的太太不敢过，于是身边的丁峰拉起她的手，扶着她跨过去——那一幕，他恰巧看到了，也恰巧丁峰看到他看到了。他们的目光对峙了一下，然后他们彼此温暖地笑了。不过从那以后，丁峰再也没接近过他的太太，哪怕是许多年后。丁峰毕业后，甚至四十多岁，也没有处过女朋友，直到他离开这个世界。

"苏伊士运河是哪年开凿的？"

"什么？"老钟正吃着一块甜点。

他也不清楚自己为什么突然问了这么一句话。他的脑海里还是当年读夜大时的课堂。考试的时候，他急慌慌地抽出事先藏好的小纸条，看到了密密麻麻抄写的答案："1859年。"

“这个东西多少钱一块啊？”老钟问。

“什么？”他诧异。

“这个，”老钟说，他仍旧翘着兰花指，把手里的多士甜点转圈翻着，“这个。”

他觉得讨厌死了老钟。但是他仍旧笑着，耐心地说：“大概二十多块一只？我猜的。”

“嚯，嚯，好贵。”老钟说。

老钟吃掉那只多士，连纸巾也不拿，直接用两只手搓了一把脸，目光瞥向别处，似乎在想着什么。

他静静地坐着，不去打断老钟。他觉得老钟也陷入了回忆。

他觉得老钟也老了。两鬓不仅白，而且鬓毛稀疏。他的嘴角一边是翘着的，一边却又是耷拉着。他希望老钟能主动跟他攀谈些什么，但是老钟耽溺了片刻，突然说一句：“我肾一直不好，下个月还得去治疗一回，你借我两千块钱好吧？”

他起身，用手机给老钟的信用卡里按了一串数字，然后告别。

他发誓再也不找老钟了。

但是事实是，以上镜头，不过是他后续不断在重复的一个场景而已。他的生命里不能没有老钟，不能没有这个令人极其讨厌的人。他在生活里的某一时刻，总是会有“咔哒”一声，仿佛定时闹钟，他想，完了。

有时候，他会跑到南通街，在他楼下不远处拐角的那个街道，去看看丁峰住过的地方。那里快要动迁了。这条在本地、20世纪80年代市郊最繁华的街道之一的毗邻街道，住过一个叫丁峰的大哥，他要随着街道和岩石、和墙皮、和钢筋一起消失了。无数个夜晚，他和他走在路边的灯光下，彼时也谈起过未来。有时候，兴之所至，丁峰会邀请他到自己家里，他们一聊就是几个小时。直到后来，他粘在太太身上的时间多了起来，直到丁峰一个人去了另一个地方。

假使，生活中有一种意外，开始的时候就是结束，那他还值得为此去过吗？他摇摇头。不知道。他又一次想起了自己的太太，自己的父亲，母亲，姐姐。他们给自己讲故事，哄他长大。他太太的头发是棕黄色的，发梢在枕边的时候显得透明，他抚摸它们。他也抚摸她结实而弹性的乳房，他用自己的顽强解除她的一切矜持，就像下雨时，他们彼此围拢着一把伞，而这把伞是他给她的。他一遍遍地给她穿好衣服，又一遍遍地脱掉。还有那只仍旧放在走廊处的未被拎起的行李箱，他们一起旅行时用过它。"我的丝袜。"她说，"我的丝袜忘拿了。"坐在车厢里，她随着车轮的颠簸，晃动着身子。他有时候觉得，他父母给予他的生命，就是为了他去忘记一条丝袜。仅此而已。

这个夜晚，他睡在床上不久，就感觉自己发烧了。他不知道抽屉里还有没有药，他懒得去拿。他在想，他能不能在痛苦中，也感觉出快乐。他的头也痛得很，身体像是麻袋浸满了水。朦朦胧胧中，他听到楼下有人打架。一个少年，和一个中年男人。争吵中有摔碎酒瓶子的声音。

他以为很快事情就会过去。但是超出他的判断，殴打声竟然越来越大。他扭开灯光，想了想，又本能地关闭掉，勉强自己的身体，在夜色笼罩的房间里移动到窗前，望向楼下。他看到一个少年，被一个喝醉酒的男人殴打，少年极力挣扎和反击，但是无济于事。

大街上围了一些人，但是没人敢去阻拦。一种力量立刻在他身体里升起。他跌跌撞撞地挪动到厨房，费力地弯下腰，在最下面一层的抽屉里，找到了一只生锈的大开口水暖扳手。它沉甸甸的，他感觉胳膊在传达一种久违和颤抖的膂力。妈的，他想，他想起了自己的名字，和一个叫丁峰的人的名字。他许久不默念自己的名字了。

他向门口走去，只不过摇摇晃晃。他觉得他有冲动和力量去拉开门，走到大街上。没想到的是，走廊里的行李箱绊了他一下，他迎面扑倒在门框上，失去了知觉。

现在，他仍旧坐在阳台的窗边，看着对面的街道。那个叫南通街的街道已经不见了，代之而起的是一排排比他居住的楼房还要高出几十米的楼群。楼下依旧是车水马龙，只不过它们比记忆中节奏更慢，影子更模糊。他还能看到远处的教堂，以及它的尖顶。与以往记忆不同的是，他第一次看到那里落满了冬天的积雪。

那次摔倒，使他挂上了一支可折叠式的电镀拐杖。他不经常用它。因为他出门的时候越来越少了。有时候，他会想起一句话，一个故事，是不是小时候在烛光下听过的，他不记得了。也有的时候，他会想起路遇过的一个女人，她年轻，仅仅是跟他笑了一下。他的房间墙壁上贴满了自己写下的纸条："早晨，空腹，恩替卡韦片，含服，每日一次"。"早晨，中午，晚上，洛索洛芬钠片，一片，每日三次"。"卡托普利，每日一片"……

这一天，他自感心情不错，在房间里，他竟然抛弃了拐杖，慢慢走到盥洗室，剃了胡子。有没有端详自己的面庞他不记得了，他擦干了双手，迫不及待地给老钟打了个电话。他想约他见个面，吃个饭。

电话响了许久才接通。对方是一个女声，他不熟悉。

"我找老钟啊。"他说。他觉得自己的声音充满了深情。

"老钟，他走了。"

"啊？走了多久了？我怎么不知道？"

"走了三个月了。你是谁？"

对方问他，可没等他说出自己的名字，对方就已经把电话挂了。

他缓缓地把目光看向那支倚在墙角的拐杖，他已经不用它了。它孤零零立在那里，像是一把脱落了伞骨、准备被主人丢弃的雨伞。

朱山坡，1973年出生。祖籍广西北流。小说家、诗人。出版有长篇小说《懦夫传》《马强壮精神自传》《风暴预警期》，小说集《把世界分成两半》《喂饱两匹马》《灵魂课》《十三个父亲》《蛋镇电影院》《萨赫勒荒原》，诗集《宇宙的另一边》等，获首届郁达夫小说奖、第五届林斤澜短篇小说奖、首届欧阳山文学奖、首届石峁文学奖、广西文艺创作铜鼓奖等多个奖项，多次入选中国小说学会年度排行榜、扬子江文学排行榜、收获年度文学排行榜等。现为广州文学艺术创作研究院专业作家。

罗德曼与少女 朱山坡

　　还在县里工作的时候，我有一个同事叫罗刚，是退伍兵。大块头，胸肌发达，胳膊看上去比我的大腿还粗。业余我们喜欢打篮球。他是我们篮球队的中锋，拼抢积极，球风彪悍，每场球赛他都差不多贡献全队一半的篮板，我们称他罗德曼。那时候，他已经是中年，是两个孩子的父亲。我和他都住在县政府大院，上下楼，不同的是，县长住在他的隔壁。

　　他的妻子身材娇小，跟他不般配，但她很谦和，说话柔和客气，很有礼貌，只是明显不是本地口音。她姓苏，我们都称她阿苏。她的娘家在中越边境的靖西县，跟越南只有一条河之隔。她说过去她家的牛常常跑到越南那边吃饱了又回来，而越南人经常越过界河到她村里看露天电影。罗德曼还是士兵期间，在一次军民联欢时认识了她，觉得她人长得水灵灵的，又善良、贤惠、淳朴，便喜欢上她了。此后不久，罗德曼又上了战场，负伤了。在后方养伤期间，他再次见到了她。她正在河边洗菜，对面就是越南。河水也很美，她洗菜的样子也很美。罗德曼叫唤了一声她。她回头看见他，有些害羞，也很惊喜。罗德曼没有多余的话，直接说要娶她。第二天，他们便私订了终身。半年后，罗德曼退伍回乡。一个月后，和阿苏结婚。婚后阿苏随罗德曼回到了罗的家乡。

这些年，阿苏曾经热心地给我介绍过女朋友，没有成功，她觉得亏欠了我，每次见到我她都觉得愧疚。她是一个很好的人，大院里的人都敬重她，连邻居县长都对她赞赏有加。

罗德曼是司机，负责开中巴。傍晚下班后，如果没有其他事情耽搁，我们都要在政府大院球场打球，接受来自全县不同球队的挑战。只要有罗德曼在，我们几乎都战无不胜，因为他能抢下大部分的篮板。但除了抢篮板，他对球队的贡献可以忽略不计，因为他移动慢，防不住对手，投篮又不准，似乎永远找不到篮圈。可是，如果没有他，我们的球队很难获胜。球赛结束后，我们偶尔要去东门口吃宵夜喝酒。

罗德曼从不喝酒。因为酒精过敏。因此我们总要提醒厨师炒菜时不要放调味酒。虽然吃宵夜里的气氛很活跃，大伙嘻嘻哈哈，喝酒很嗨，笑声不断。但罗德曼总比我们严谨，甚至过于严肃，尽管他不是故意的，而且脸上也挂着微笑。我们说八卦和黄段子的时候，他也很开心，偶尔会插嘴，按他的想象或猜测补充细节。只是他从不说别人的八卦，尤其是对邻居县长的私事一字不提，休想从他的嘴里获得县长家庭生活的蛛丝马迹。也不讲黄段子，因为他的老实巴交压根不适合讲段子。所有认识他的人都说，罗德曼是世界上最憨厚老实的一个人。如果他说假话，那全世界不会再有真话。哪怕在打球的时候，如果犯了规，他永远都主动举手示意，尽管裁判和对手都视而不见或忽略不计。因为他的诚实，大家都愿意借钱给他。他家境不好，父亲在乡下长期卧床不起，也确实需要钱。只要他开口，没有人会拒绝他。但他从不曾向大伙借过钱。因此大家更信任他更喜欢他。

然而，有一次，罗德曼给我们讲了一个听起来很虚假的故事，假得离谱，甚至可以说是匪夷所思。开始的时候，我们认为他缺乏说故事讲段子的能力，又想博取朋友们的笑声，他要学习讲段子了。尽管起步阶段必定显得幼稚、生硬，语无伦次，一点也不好笑，但我们不应该嘲讽和泼冷水，毕竟他是最老实的人。然而，他反复强调说这是绝对真实的故事，不是段子，没有半点虚构成分。这让我们觉得为难和尴尬，因为仿佛他在污辱我们的智商。

这个故事，他只讲了两次。第一次是十三年前，洞房花烛夜，为了缓解尴尬，睡前讲给他的妻子听了。阿苏既害怕又感动，对罗德曼爱得更深。罗德曼给阿苏讲这个故事是为了让阿苏真正爱上他，目的已经达到了。本来他不想重讲这个故事，但那天在我们输了一场重要的球赛之后，在宵夜摊，为了活跃气氛，缓解输球后的沮丧，他给我们重讲了这个故事。那时候，是冬天，北风呼啸，周边的灯光昏暗，路上十分冷清。他讲故事的神情异常严肃、认真，故事也很沉重，我们听的过程中也很认真，不敢有半点质疑。因为彼时彼景，任何发笑和其他不庄重的举动都会伤害到讲故事的人。我听得毛骨悚然，头发直竖起来了。估计其他队友也是这样。讲完后，罗德曼身子往椅子后一靠，重重地叹息一声，好像刚干了一件十分费劲的事情，乃至精疲力竭。对于这个故事，当时我们都信以为真，我也一直没有怀疑。后来，故事被传播出去，县城里很多人都知道了，其中不乏质疑者，竟然亲自找罗德曼核实。罗德曼一如既往，坚定地说故事所述全是真的。见质疑者仍有怀疑，罗德曼脸一黑，斩钉截铁地说：如我所言有半句虚假，出门全家被车撞死。从此质疑者越来越少，哪怕有，也不敢找罗德曼核实。我曾经跟阿苏说到此事，问她：你相信是真的吗？

阿苏以她的全部真诚和善意很严肃地回答说，我相信是真的，比所有的事情都真。

既然这样，就算是真的吧。

故事是这样的：

罗德曼刚退伍回家的第二天，他便闲不住，去山里砍柴，山是一座大山，但光秃秃的，几乎没有什么柴草。罗德曼知道，这些年村民乱砍滥伐，相当于剥了大山的一层皮。大山离村有十几里地，周边没有人烟，山口又窄，山前还有山遮挡，进了山便看不见外面了，几乎与世隔绝，因而十分安静，连鸟叫的声音都稀少。但山里有几个老者放牛，老者们遥遥相望，分头把守路口不让牛乱跑，互相不甚说话。山前有一块不算很宽阔的山塘，也是一个水坝，过去是灌溉用的，现在已经荒废了。塘里的水很黑，很沉静，纹丝不动。坝首上长满了杂草，也布满了各种垃圾。罗德曼午后从坝首的右边上山，傍晚才从左边下来。在这过程中，放牛的老者赶着牛回家了，罗德曼并没有留意。等他好不容易砍够两把柴草下山时，太阳已经下山。其实，夜色开始从远处步步逼近。按村里的习惯，这个时候不适宜留在山里。只是，罗德曼没有察觉时间的流逝，也不在乎夜幕的降临。从山上挑一担柴草下来，对久不干农活的他来说，感觉累了。他决定在坝首上休息一会儿。于是，他放下担子，脱下白衬衫，给自己凉快一下，但露出了他身上的军绿色背心。这是在部队时穿了两年的旧背心，洗得有点褪色了，胸前印着的番号还清晰可辨。罗德曼摸了摸口袋，掏出一根白沙牌烟。这是当年最便宜的烟。他刚吐出第一口烟，便听到有人叫他。此刻连风都没有，非常安静，因而他听得十分清楚。是一个女孩的清脆而稚嫩的声音。

罗德曼环顾四周，没发现有人呀。他不断地四处张望，还是没见人影。他以为是自己一时出现的幻听，因为在战场上偶尔也会出现这种情况。他继续抽烟，吐出第三口烟的时候，他又清晰地听到了那个声音：罗刚，哥……

这次他捕捉到了声音的来向。在他的左边，刚才下山的方向。目光循声搜索，果然看到不远处的山腰上站着一个女孩。

她穿着粉红色的连衣裙，长发披肩，亭亭玉立。头发没有遮掩她的脸庞，因而罗德曼一眼便认出是村里的邻家女孩，叫廖玲，很普通的名字，也很普通的孩子，应该有十二三岁的光景了。因为她父亲早早病逝，母亲又残疾，而且脑子不灵光，所以家境很困难。罗德曼没少帮她家，经常送米送钱送肉。这孩子也争气，不仅学习好，干活也特别勤奋，几乎是凭一己之力支撑起整个家。村里人对她交口称赞。

罗德曼朝着廖玲回答说："噢，小玲，这么晚了，你还不回家呀？"

这个叫廖玲的女孩忧郁地说："我还有活要干……还得等一会儿。"

罗德曼也没有多想，她是一个勤奋的孩子，当然得把该干的活干完才能回家。

"哥，听说下个月你就要结婚了。"廖玲轻轻地笑道。

"是的。谈妥了的。"罗德曼说。

水塘里传来几声蛙叫。罗德曼突然觉得蛙声有点瘆。

"你该回去了。"她说。

罗德曼回答说："我马上要回去了，天黑了路不好走。"

"你很久不走这些路了，不记得有几个坎几条沟几处悬崖，你要小心点。"她说话的语气饱含着担心，像是一个长者叮嘱出门的孩子。

说罢，女孩往山上走，好像她的活正等着她去完成。她双手揪着裙子走路，从背后看，她明显比两年前长高了，有了曼妙的身姿，像一个小女人了。罗德曼看着她消失在山腰的褶皱处，刚好吸完最后的一口烟，然后挑着柴草离开。

回家的路上，罗德曼走路的步伐很快，毕竟夜色开始绊脚了，四周逐渐模糊。但他越走越觉得不对劲，廖玲不怕黑吗？有什么活非得干完才回家？他为什么不帮一下她呢？过去他不是一直都帮她的吗？他开始有些后悔，想回头，但双腿不听使唤，双腿还是往家的方向走。后来，他安慰自己说，村里的孩子都不怕黑，习惯了黑……可能她也已经在回家的路上了。

就这样想着，罗德曼回到了家。父母和他的妹妹正在等着他吃晚饭。他的妹妹跟廖玲差不多年龄，也是干活的一把好手，跟廖玲是很要好的朋友，经常是一起上学，一起干活。

吃饭的时候，父母和妹妹都觉察到了罗德曼的情绪和表情有些不对。妹妹说，"哥，你怎么不说话呀？"

罗德曼轻描淡写地说："廖玲……小玲这么晚了还在山里，她究竟在忙什么呀？"

父母和妹妹脸色骤然大变，面面相觑。妹妹更是目瞪口呆。

妹妹的脸上写满了惊恐："你看见她了？"

罗德曼平静地说："看见啦。她就在半山腰上。我们还说话了。"

妹妹手里的碗啪一声掉到了地上，脸上的惊恐变得狰狞。

母亲意识到了什么，愕然地看着父亲。

父亲叹息一声，艰难地站起来，缓缓地朝门外走去。

罗德曼纳闷了，不解地看着妹妹。

妹妹花了很长的时间才缓过来，说，你遇到鬼了。

罗德曼最不敢想的事情正是这样。虽然从小便听到许多关于鬼神的传说，但他从没有见过。自从入伍后，他压根就不相信这种迷信。

"小玲已经去了。"妹妹说，"就埋在那里。"

罗德曼怔住了。一阵晚风吹进来，他打了一个激灵。到半夜里，他便开始发高烧，第二天，再也没有力气起来。母亲先后请来了几个人给他驱邪，但都没有效果。其中一个安慰说，像他这种情况，做什么也没有用，但什么也不需要做，三个月后便恢复正常。

三个月后，罗德曼果然恢复了常态，啥事也没有了。

罗德曼从妹妹那里知道了廖玲的死因。听起来很不可思议，令他十分震惊。原来，廖玲早就暗地里"爱"上了罗德曼，他多帮一次她，她对他的"爱"就增加一分。罗德曼自己也不知道到底帮了她多少忙。然而，她只是一个邻家女孩，三岁那年随她的母亲到了这个村子里，饱受歧视。她比他小七八岁。他帮她，纯粹是出于本能的善意，因为她家实在太困难了。他也没有察觉小廖玲喜欢他呀。还是一个孩子，一个孩子的心思怎么那么奇怪？

妹妹告诉罗德曼，他离开村子入伍的那天，小玲哭得很厉害，怎么劝都不行。

那么，小玲怎么死的？

妹妹说，去年你上了前线，有一天，外面来了一个人，好像是一个民兵，说你被炮弹炸死了，说得跟真的似的，我们都信了，一家人的哭声把屋顶的瓦片都震下来几块。小玲过来陪我，安慰我。但她自己也哭得撕心裂肺的。结果，我们都挺住了。后来，证实那是假消息，大家都很开心，小玲也很开心，我们还在一起唱歌，彻夜说笑，村里的人都"骂"我们是中了邪的疯丫头。那是我见过小玲一生中最开心的时刻。

那么，小玲到底是怎么死的？

两个月后的一天，家里收到你写的信了。信上说，你跟一个靖西妹子订婚了，妹子很好，干活像廖玲一样勤快，等退伍就娶……父母都很高兴。我忍不住把信拿给小玲分享。结果，当天夜里小玲把家里刚买回来的一瓶农药全喝了。第二天一早，我去她家叫她一起上学，发现她已经不行了，你的信还在她的手里攥着，她用笔在信上打了一个大大的红"×"。此事怪我，我怎么那么傻？但我也不知道小玲"爱"你爱得那么傻啊。我们都是傻瓜。

……

故事至此便结束了。听完后只能沉默，我们能说什么呢？一点也不好笑，也不适宜发笑。

然而，这个被命名为"罗德曼与少女"的故事越传越广，而且越传越玄乎。关键是县长也知道了。县长还郑重其事地找罗德曼，说宣传封建迷信影响恶劣，要他澄清，辟谣，不要让群众以讹传讹。罗德曼争辩说，故事是真的。县长说，怎么可能是真的呢？

罗德曼发现要收回这个故事已经太迟了。无论他去哪，都有人问起这个故事。这让他有点烦。打篮球赛，他每投进一个球，总有人惊呼"神灵附体"。阿苏也不堪重扰，因为大院里的妇女家属也经常跟他打听"罗德曼与少女"的故事。在争辩"鬼"是否真实存在的问题时，正方搬出"罗德曼与少女"作证据，反方就会马上气馁……

罗德曼到处说，故事是假的，是他瞎编的。但没有人相信，特别是那些当时亲眼看见他发毒誓保证故事真实性的人，更不相信他的改口，哪怕他发了同样的毒誓保证故事是虚假的。罗德曼陷入了有口莫辩的尴尬和痛苦之中。

"如果'罗德曼与少女'的故事是我不小心拉出来的一坨屎，我宁愿一口一口把它吃回肚子里去。"罗德曼懊悔地说。

但拉屎容易吃屎难，何况它不是一坨屎。它比一坨屎更香或更臭，早已经迎风飘散，弥漫在各个角落，再也不受罗德曼掌控了。

既然这样，那就让它去吧。

不知道从什么时候开始，罗德曼说谎了。他绞尽脑汁虚构一些漏洞百出却让人脑洞大开的故事，主人公永远都是他，包括一些夜里在医院或街头遇到的灵异事件。给我们讲述的时候，一副严肃诚恳的样子，有人物，有故事，有细节，有场景，生动而逼真，仿佛确有其事。但讲到最后，他总是自己先发笑，尽管没有任何笑点。他一发笑，故事土崩瓦解，前功尽弃。后来，我们明白了，他是故意推翻自己的人设，让人相信老实如他的人也会胡编乱造，最终的目的是要推翻"罗德曼与少女"的真实性。

罗德曼以肉眼可见的速度变"虚假"。他经常在大庭广众之下说假话，编造各类虚假信息。而且技艺越来越娴熟，添油加醋的能力堪比小说家。说话的时候嬉皮笑脸，还有几分故作的狡诈和虚伪。他甚至向我们当中的人借钱。我们以为无论如何他也沦落不到借钱不还的地步。可是，我们的判断跟不上变化，他竟然借钱不还了，甚至还抵赖说从没有借过谁的钱。我们也开始怀疑他，不信任他，打球的时候甚至不愿意给他传球。广大群众也被告知，"罗德曼与少女"的故事是虚构的，瞎编的，世界上从未有过"廖玲"这个少女。我们也相信了。只有阿苏仍然坚信不疑。有一次她生气了，对我们说："难道你们还没有看出来吗？我就是廖玲！"

我们愣住了，但很快便笑了。这个世界有什么不可能的呢。

阿苏没有什么变化，依然很善良，很客气，很有人情味，偶尔会跟我说，我靖西老家有一个姑娘，各方面都很不错，你有没有兴趣呀？

但我竟然不相信阿苏了，甚至故意躲着她。她也意识到了，从此便很少跟我碰面。或者看见我便远远地躲开。

不久后，罗德曼被调离了工作岗位，不当司机了，而调到了政府门卫室。他没有编制，是合同工。阿苏在一家民营纸箱厂上班，尽管她很善良，但工友对她并不太友好，加上她患了贫血病，不久后不再上班了。

当了保安后的罗德曼不再打篮球——理由是腰不好，腰椎突出，打个喷嚏都会把腰闪了。一年后，我也调离了县城。当我再次见到罗德曼的时候，他变得大腹便便，笑容可掬，头发也白了，慈祥得像一个爷爷。实际上，他已经当上了爷爷。他在政府门卫室值班。阿苏也在。只是她装作没有看到我，躲闪着进了值班室，十分专注地逗着小孙女在板床上玩蹦跳，两人的笑声十分和谐。

2023.7

小昌，原名刘俊昌，大学教师，管理学硕士，出版小说集《小河夭夭》，以及长篇小说《白的海》，现居广西南宁。

张三的群　小昌

　　那场葬礼对安国峰来说，也是可去可不去的。即使去，他也只能作为教友的身份。他和徐桂并不熟，在一次音乐会上，和她合唱过一首《最珍贵的角落》，过程中，他们都有些动情，唱完紧紧抱在了一起。再后来，他们还在一次读书会上遇见过，也仅仅只是打了个招呼。倒是徐桂的一句话让他印象深刻：你很像个小道士。有些莫名其妙，从来没人这么说过他。

　　徐桂气色红润，健步如飞，怎么就得了癌症？他唏嘘不已，和人多次说起过徐桂。说徐桂是为了想说，世事多么无常。但后来得知她得的是乳腺癌，又有几分释怀。原因是，徐桂身上最显要的特征就是胸前那对巨乳。为了掩饰，她都是长袍加身，但仍摇来晃去，大得不像话。这也是他见到徐桂总有些别扭的缘由，有点无所适从，眼神乱撞，不知该看向哪里。知道她乳房里长了东西，让他感觉到世事并非那么无常，似乎它们的大早就有所预示。徐桂最终没熬过来，撒手西去了。

他是在一个叫"放牛班的春天"的群里得知的消息。知悉后，他想到的都是那对巨乳在他眼前摇晃的样子。他觉得这样想，实在是亵渎逝者。另外，那天他送孩子去学校后，有些无所事事，索性去参加了那场葬礼。"放牛班的春天"里的成员大部分是那次教堂音乐会的参与者们。有很多人，他并不认识。他以为，那会是个很热闹的群，没想到自从建群后，就没几个人说过话。记得徐桂曾在群里发过一张照片，是她化疗后的一张光头照，笑得很灿烂。她想告诉大家，她在积极抗癌。那张照片引起群里一阵骚动，纷纷点赞。没过多久，有人就发布了关于她的葬礼的消息。一片哗然，纷纷合十，表达问候。当时给他的感觉是，好像那些朋友们在群里一语不发，就是为了等待徐桂没了的消息。还有个人在群里发了一段语音，没说一句话，只是在抽泣。这段抽泣的确打动了他，让他也很想跟着哭。他更可能是因为这段抽泣才要去葬礼上看看的。结果，他却遇上了一个叫于霏霏的女人。

霏霏和他一样，也躲在人群后面。他后来想，他们都躲在后面，还是有些不一样。他是和徐桂真的不熟，而霏霏似乎是不想让人发现她来了。霏霏戴着墨镜，短头发，像是新剪的，脖子上有一茬发青。脖子白皙，有光泽的弧度，上身穿深蓝色衬衫。两只手紧握，呆呆地站着，像是在罚站。他继续往下看。她下身着驼色筒裙，屁股圆实，像是刻意向后撅。两腿没穿丝袜，光溜溜的，脚上是一双黑色平底小皮鞋。后来他就被她的两条腿吸引住了。在徐桂的葬礼上，他一直盯着霏霏的腿看。她的双腿并不修长也不顺直，是紧紧贴在一起，严丝合缝。这让他想到雕塑，好美的腿呀。她似乎站累了，一条腿略向上弯了弯。他慢慢靠过去，已经闻见了她身上的香水味。他不认识她。他就这么在一个陌生女人旁边兀立。站了一会儿，他们分开了。向前走，一一和逝者告别。他顺势就走在了霏霏的身后。他低着头，在别人看来，像是在伤心垂首，其实他是在看两条腿的摆动。他都忘了自己为什么向前走了。这是从来没有过的事，在一个女人屁股后面失魂落魄。

后来他是从一个主持葬礼的牧师那里得知她叫于霏霏的。霏霏在葬礼期间没和任何一个人说过话，而且很早就离开了。但他还是决定碰碰运气，问了问那个牧师。牧师竟然真的知道，还说她和徐桂是好朋友，常来教堂唱诗。安国峰也来过几次，也许先前碰过面，只是未曾留意。他又多问了几句关于霏霏的状况。牧师嘴角漾起盈盈笑意，像是弄明白了他为什么问起霏霏。安国峰其实从来都不怎么喜欢眼前这个人。不过人家还是欣然告诉了他，说霏霏常去茶庄喝茶，这个家伙是怎么知道的？他开车回家的路上一直在想这个问题。也许他也常去那里喝茶，这让他更讨厌他了。不管怎样，他是获悉了一条重要的线索，就是在茶庄能够找到霏霏。那双玉腿在他脑海里不停扭动。

他结婚十年了，从没出过轨，也没有动过这样的心思。说起来，别人都不太信，但这竟然是真的。原因很简单，他爱他的老婆。在结婚前，他曾暗暗发誓，如果这个女人嫁给他，他会对她一辈子好的。当她真愿意嫁给他时，他都有些不敢相信。也许就是因为这个，他从来没有过非分之想。更不可思议的是，到现在为止，他好像还爱着他的老婆。老婆向他撒娇示好的时候，他依旧难以抵抗。他们没问题，也不会有问题的。在见到霏霏之前的头一晚，他和他的老婆还有过激情一战。他瘫在她身上的时候，感觉到了幸福，觉得人生如此也是知足的。但就在徐桂的葬礼上，他发现了霏霏的腿，雕塑样的腿。过后，他回想起来，感觉那更像是一道光，是一扇门。或者说一扇门打开了，一道光就照在了他的身上。他不知道发生了什么。从那天起，他便有些恍惚了。一遍遍在想霏霏，想她的腿。两条腿从筒裙里伸出来，一只略弯，依附于另一只。两条腿似乎是独立于霏霏存在的。他和他老婆亲热的时候，还幻想过，他老婆就是霏霏的样子。闭上眼，他感觉到霏霏的两条腿骑在他身上。他用力地抓着它们。

那时他决定，他一定要抓住它们，就像它们是已经飞走的两只鸟。

他去了几次茶庄，但都没遇见她。茶庄每周周末都有一些奇怪的活动，有时会聚集一群写书法的，有时是文学爱好者的读书会，甚至还有一些搞体育的刚打完一场球赛，聚在茶室里讨论战术。他每次去都觉得自己格格不入，不属于他们中任何一部分。没人知道他是来干什么的。他在普洱茶饼的展柜前，孤魂野鬼似的来回走动。起初还有一些卖茶的小姑娘理会他，后来见他也不回应，也就置之不理了。他没有找到霏霏。他过后回想，若是真找到了霏霏，他又能干什么呢？上去搭讪，和她怎么说？告诉她，你的腿真好看，我被它们迷倒了。不是流氓就是神经病。这么一想，没遇上霏霏反而是幸运的。不过想想就这么算了，他还是有些不甘心。

后来他鼓足勇气问了问茶庄的老板娘。这人慈眉善目的，细看竟和那个主持葬礼的牧师有几分相像。老板娘见他问到于霏霏就颔首笑了。起初他以为她的笑，可能和牧师的笑如出一辙，都是带有几分揶揄意味的。过后发现并不是。这些天，他在茶庄出入频繁，看上去有点精神不正常。他们是把他当神经病了。知道他是来找霏霏的，这才放下心来了。老板娘颇为神秘地告诉他，想见于霏霏，得先见陈大明。谁，谁，谁。他连问了三句。老板娘一字一顿，陈——大——明——。拖长了尾音。

没错，就是陈大明。他这才想起来，来茶庄是有可能碰到这个人的。而这个人恰恰是他最不想见的人。如果没记错的话，这家伙还欠着他两千块钱没还呢。他们一起共事过，在本市的职业学院任教。那时他们都还很年轻，二十来岁，大学刚毕业。有件事曾让他大跌眼镜：他们一行几个人在大排档上喝酒，陈大明捡到了一个钱包，这家伙竟然当着他们的面，把钱包里的钱公然塞进了自己的裤兜里，随后又把空的钱包随手扔掉。当时安匡峰是非常震惊的。那一晚，他早早借故溜走了，不想再多看一眼陈大明。也不是没人这么做过，可像陈大明这样天经地义，这么不知羞耻，还是头一回遭遇。他真的当着所有人的面这么干了，不是理直气壮，是不着痕迹，过后就像什么都没发生过。从那以后，安国峰就有意躲着陈大明，若万不得已遇上了，他会浑身不自在，像是那个捡钱包的人是他，不是陈大明。记得某天晚上，陈大明半夜敲安国峰的门，说了半天鬼话，大谈特谈他的文学梦。安国峰很不耐烦，让他有话快说有屁快放，这时他才勉为其难说到借钱的事。那种表情让安国峰反胃。奇怪的是，他并没拒绝。其实他是想让这个恶心的人马上消失。后来陈大明出了事，被职业学院开除了。他找人帮他代课，而那个帮他代课的人竟然就是他们班上的学生。这样的事也只有陈大明这样的人干得出来。他离开得很突然，都没和他们告别。很久之后也有人说起过陈大明，说他去了一个海边城市，干了传销。再后来就没他的消息了。

陈大明走后，没多久，安国峰也离开了那所学校。他是辞职的。当然挣得少是他辞职的原因之一，但并不是最主要的。他当了几年教师，仍然很难摆脱当众讲话的恐惧。很多人告诉他，说讲得多了自然就好了。事实相反，后来他竟发展到，偶尔会在讲台上失语。他特别害怕那种在人前语塞的感觉。整个世界突然静下来，静得吓人。这才是他辞职的真正原因。后来他就去了一家公司做系统维护。他是学通信工程的，工作倒是好找。他也是那时候，才认识他老婆的。初次见面时，惊为天人。他后来想，她能跟他过日子，没别的，就是狗屎运。他在最好的时候遇上了她。最好的时候，不是他的，更不是她的，是他们的。甚至可以这么说，那是他老婆最糟糕的时候。他老婆因一段恋情受了伤，而他的适时出现，给了适宜的安慰。他这个理工男以安稳可靠赢得了芳心。再后来，就是他想象的安稳可靠的日子。生了孩子，买了房子。日子一天天过得很快，一晃竟到不惑之年了。大抵就是这时候，他又一次获悉了陈大明的消息，说这人拿了全国书法大奖。向其求字的人很多，据说他的字洛阳纸贵。陈大明摇身一变，成了知名书法家。安国峰惊讶之余，也感到了失落，觉得这世道真是没天理。这样的人也能扬名立万。他好多天吃不好睡不香。后来就是因为和放牛班那群人时常一起唱歌，才把陈大明这个人渐渐淡忘掉。没想到的是，茶庄的老板娘竟然说，想见于霏霏，得先见陈大明。陈大明又一次走入安国峰的世界。

想见于霏霏，先见陈大明！于霏霏和陈大明究竟什么关系？如果他们关系密切，那他安国峰还有见于霏霏的必要吗？他又是为何想见于霏霏呢？仅仅是因为那一双令他魂不守舍的玉腿？反正，安国峰是不愿意见陈大明的。而且这家伙已经是个名人了，还不知道张狂成什么样呢？无疑是一副小人得志的样子。

他思来想去，左右不是。尽管他不清楚为何要见于霏霏，但又似乎是非见不可。这很像是一道数学题。若解不出来，他是不会善罢甘休的。因此，陈大明也是非见不可。他是这么说服自己的，他安国峰又没做错什么，错的人是陈大明，欠钱不还。可他为什么却更像那个欠钱的人。他必须一再提醒自己，是陈大明欠钱不还，是陈大明欠钱不还。这样他就师出有名了，问他要钱。

安国峰还有陈大明的QQ。他进了陈大明的QQ空间浏览，发现仍在间或更新。说明这个QQ号还是陈大明其人的。空间里贴了不少书法作品，应该是他写的。在安国峰印象里，在职业学院教书的那个陈大明似乎没有写字的爱好。他是怎么从传销团伙里脱身又成了书法家的？对安国峰而言，这似乎不重要，他并不很想知道。甚至他不愿想这个问题，这会让他陷入怨天尤人的焦虑中。他想知道的仅仅是，于霏霏。他给他留言，没回复。他就用QQ号加他的微信，竟意外通过了。陈大明的第一句话是，老兄，别来无恙。他还记得安国峰。当然也记得那两千块钱。除了那两千块钱，安国峰还有没有让陈大明记挂着的理由。他想了想，觉得也不是没有。他们那群人中，也就他能和陈大明聊几句文学。读大学的时候，安国峰在文学社寺过，有一阵子很迷马尔克斯。不过他的文学梦随着大学毕业很快就幻灭了。毕业后，去职业学院任教，就遇上了陈大明。后来安国峰想，若是没捡钱包的那档子事，他也有可能和陈大明交上朋友的。毕竟陈大明和他一样是个文学爱好者。而且让他惊讶的是，陈大明当时还在写小说。所以后来当安国峰得知其成了书法家，除了惊讶，更多的是错愕，如果他成了小说家，倒是更容易让人接受的。

他们就这么又一次联系上了。后来陈大明约他见面喝茶，在茶庄。安国峰去了。也不知道，是因为有可能会邂逅于霏霏还是去见陈大明的原因，他在去之前，手心一直在冒汗。他很久没如此紧张过了。到了茶庄，他仍像之前那样，无所事事地来回转悠。他想找的是于霏霏，至少他想让自己看上去是找于霏霏的样子。以这副轻松随意的姿态，遇上陈大明，也就不会输给他太多。他不想让陈大明过于居高临下。陈大明远远喊他。他喊的是，国峰。他站在茶庄的一个包厢门口，冲他招手。他是从包厢里走出来的，一直在踮脚，像是极力向远方看。给安国峰的感觉是，陈大明在寻找他身后的那个人。

安国峰不紧不慢地走过去了。眼神聚焦在陈大明的脑袋上方。终于走到近前，和他双手紧握。陈大明的手暖乎乎的。他走进包厢后，并没看见于霏霏。那会儿，他想的都是于霏霏。包厢里有五个人，全是男的，像是在哪里见过。清一色的中年男人。陈大明分外热情，一一介绍。安国峰点头致意。他坐下来，这时，才和陈大明有了第一次眼神交流。也是这时候，他得以看清了陈大明的脸。他们足有十五年没见了。如果没有于霏霏，也许会老死不相往来。陈大明胖了，两腮的肉有些下垂，脸和脖子几乎在一个平面上。除此之外，安国峰还在陈大明的下巴上，发现了一个瘊子，很大，很黑，很耀眼。回想十五年前，不记得他的下巴上还有个瘊子。这个瘊子让安国峰有些出神。不过他还是极其确定，这个略胖的中年男人就是陈大明无疑。他的眼神发飘，一直在逡巡。过去安国峰就不这么喜欢他这种眼神，有点贼。但现在来看，倒颇有几分喜感。另外，这样的眼神也让他显得没那么盛气凌人。陈大明是这么介绍他的，这是我的好兄弟，国峰。紧接着就对安国峰说，国峰，你真是一点也没变，还是那么瘦，那么精神。后来他们就一直围坐着喝茶，谈了一些大国关系，谈了一些魏晋名士。陈大明说得多。他还是没改掉话多的毛病。安国峰一直很沉默，安静品茶。他倒也不局促，给人感觉像是个常客。

就在将要结束的时候，陈大明却忽然说，我这兄弟可能是来问我要账的。比时此刻，所有人都看向了安国峰。陈大明还欠别人钱，这似乎是不可想象的。安国峰淡淡一笑，说，没错，我就是来要钱的。他很满意自己这么说，感觉像是报了一箭之仇。反过来说，也很像是在开玩笑，分寸拿捏得刚刚好。其中有个长脸男人一手盘串，眼巴巴问，欠多少？安国峰比了个剪刀手的手势，说，两千。说完，一群人哄堂一笑。那个盘串的人，说，哥，给他写个字。陈大明说，好。那人随后冲安国峰说，你知道我哥一个字多少钱吗？说完也比了下剪刀手，不屑一顾地说，两万。话音未落，有人笔墨伺候。一个穿汉服的少女款款而来。一张茶桌马上变成了书桌。陈大明撸袖展笔，铿锵两个大字：还了。写完盖了个红戳。那个盘串的人，说，你赚了。陈大明走过来抱着安国峰的肩膀说，行不，兄弟。坐一下午，他终于原形毕露了。安国峰知道，这家伙忍耐了一下午，就是为了此时此刻。他们勾肩搭背。这是陈大明最美妙的时刻。他真会玩。

那一瞬间非常漫长。安国峰甚至想起了自己的一生。他问自己，到底正在干什么？他是来找于霏霏的。仅仅是为了找到于霏霏。那个令他前半生忽然暗淡无光的于霏霏。他这辈子都没做过如此毫无意义的事。他在做事之前，想的都是，然后呢，再然后呢，最后呢。他从来都清晰地知道自己要干什么。但在这个茶局里，一切都变了。他成了一个笑话。

安国峰恶狠狠地说，我不要你的字，只要我的钱。这让他们一个个伸长了脖子，瞠目结舌。陈大明后来只好给他转账。想多转一千，说是利息，安国峰不收。只要他的两千块钱。陈大明最后说，好你个安国峰。安国峰说，两清了。说完两手一甩，就摔门而出了。在回去的路上，他一直在想，陈大明会和他们那些人怎么说他。他想不出来。但他觉得陈大明真是可恶，竟当着那些人的面给他转了账。其实那只是他想说的一个笑话，难道陈大明这点也看不出来吗？当他想到葬礼上的于霏霏时，他已经开始后悔了。既然如此，那他是和于霏霏彻底无缘了，那还不如忘了她。

他发现他根本忘不了她。当他老婆向他走来时，他想到的是于霏霏。他老婆什么都好，就是那两条腿略粗一些，可怕的是，腿上爬满了生长纹，像什么不具名的东西在爬来爬去。他越来越难以忍受。他开始刻意躲避和他老婆的亲热。他觉得自己忽然抑郁了。在回家前，总要在车库里多待一会儿。他还开始抽烟了。已经戒掉了十年，又开始复吸。他能感觉到自己在陷落。一点点向下陷。但他不知道究竟发生了什么。就在这时候，他又一次联系了陈大明。用他的话说，脸都不要了。他竟然在微信里和他说，那幅字要不还是留给我做个纪念吧？问号后面是一连串掩面的表情图。陈大明竟然久久不回。这是他故意的，安国峰想，真是丢人丢到家了。当时，他人在车库里。他忽然转念一想，难道真如老板娘所说的，想见于霏霏，得先见陈大明吗？他怎么就像个三岁小孩似的信了她的鬼话。他决定去教堂的唱诗班里找点线索。于霏霏既然是徐桂的好朋友，那么和徐桂相熟的人也应该认识她。他为此感到雀跃，神经病似的在车库里唱起了圣歌《最珍贵的角落》。唱着唱着，发现声音有变，在他的声音背后像是还有个声音。徐桂的声音。他吓坏了。感觉到徐桂一身长袍，在他看不见的地方，在看着他呢。他猛一转身，汽车后座空空如也。接着他想到，他在人家的葬礼上，看另外一个女人的腿。他惊出一身冷汗，慌忙从汽车座位上一跃而下，顾不上锁车，就往电梯里疯跑。他觉得身后有脚步声，徐桂在追他。电梯上行，到了家门口，他还惊魂未定。打开手机一看，陈大明竟然回信息了，说，好说，好说。

安国峰去茶庄问陈大明要字的那次，恰逢他们一个读书活动。陈大明是主讲人。那些人都喊他陈老师。安国峰找地方坐下来，开始一一打量那些人。没错，他是在找于霏霏。一个个看过来又看过去，不放过任何一个人。言来他找到了一个戴墨镜的女人。她坐在角落里，一直在看手机，好像对周围发生的事情没丝毫兴趣。他总是忍不住偷看她两眼，但又明明知道她不是于霏霏。后来陈大明突然拍了下他的肩膀。他惊了一下，心想，刚才这家伙还在侃侃而谈呢，怎么一转眼就出现在他身后了。陈大明对安国峰还是另眼相看的。也许只是因为他们在深夜里谈过马尔克斯。这只是安国峰的猜测。

陈大明一讲完，人群就作鸟兽散了。他偕安国峰进了茶室。有几个人在等他们，其中就有那个戴墨镜的女人。这是否陈大明刻意安排的，安国峰不知道。但他认识了那个女人，叫杨科云，微信名叫"恋爱的犀牛"。巧的是，十年前他的QQ号也叫过"恋爱的犀牛"。他没看过那部话剧，但他喜欢这个名字，很带劲。一头恋爱的犀牛在奔跑。他有些激动，就把这事告诉了杨科云。那人淡淡一笑，说了一句，荣幸。不知道是谁的荣幸。她长得有点像香港影星钟楚红。笑起来的时候，声音很响亮，旁若无人。这和他老婆很不一样。他老婆给人的感觉总是在偷笑，无声无息。杨科云是个很有意思的人。他很乐于结交她。这人性格直率，单刀直入，席间和他们说了不少荤段子。她是场子里唯一的女性，但坦荡从容，不矫不饰。这一点让安国峰甚是钦佩。

茶局散了之后，安国峰竟有些恋恋不舍。离开茶庄的时候，频频挥手致意。等他打开车门落座后，又深感羞愧，觉得自己贱兮兮的，很不像从前的安国峰。汽车上路，在等绿灯的间隙，他还不忘翻看杨科云的朋友圈。朋友圈乏善可陈，不是化妆品就是红酒。原来竟是个微商，想到这里，他略微有些失望。反过来说，微商也总比那些晒吃喝晒自拍晒娃晒男朋友的强，没那么自恋。这时，他突然发现自己竟然出现在一个叫"张三的群"里。群主是陈大明，另外两个人是他和杨科云。群成员只有他们三个人，莫名其妙，让人费解。安国峰最初以为，这是陈大明在有意撮合他和杨科云。这家伙善于察言观色，在读书会上，可能察觉出安国峰对杨科云有意思。后来他发现不对劲。首先陈大明凭什么对他这么好，难道只是因为在十五年前的某个深夜里一起谈论过马尔克斯，这太说不过去了。另外，陈大明在群里的表现也很不像是在撮合他俩。刚开始的时候，他好像只是在和杨科云聊天，置他安国峰为无物。他不知道身在其中究竟何为。好在他这人善于插科打诨。这一点，连他自己也没想过，会时时被自己的妙语连珠惊到。他似乎很享受这个群带给他的一些小快乐，让他暂时忘了于霏霏和她的腿。他在渐渐好转，回到家后和老婆也有说有笑了。

后来他们三个人就常常茶聚，下午茶偏多。安国峰诧异，陈大明和杨科云真是大闲人。不过那段时间，他也事情不多，常能借故从公司溜走。他们相处得很愉快，谈天说地，无话不谈。有时不说话，他们三个人也感觉到其乐融融。有一度，他感觉眼前的陈大明不是他过去认识的那个问他借钱的陈大明了。他多像个翩翩君子呀。也许就是这种反差，让安国峰有了想挑战一下的冲动。他决定找机会说说陈大明十五年前捡钱包的故事。那天陈大明一身白色麻衣，脚蹬布鞋，两鬓有些斑白，很像是个台湾文化学者。安国峰觉得这是个好机会，就徐徐说出了那段往事。他一边说，一边看陈大明的脸色，想看他如何回应。这很像那天陈大明给他写字的时刻，也是这么盯着他。这次反过来了，不过陈大明似乎并没在意，依然笑吟吟的，就好像那个从别人钱包里掏钱的人不是他。等他说完，陈大明疑惑地问，有这回事吗？这时杨科云尖叫起来，竟说他做得好，夸他是个真男人。还说什么宁做真小人不做伪君子。这个捡钱包的故事让她有些感动。她爱慕地望着陈大明。陈大明也回望她。有那么几秒钟他们在互相凝视，像是深情流露，根本没把身边的安国峰当回事。那时，安国峰才恍然大悟，原来他才是那个垫脚石。陈大明建那个"张三的群"，不是为了他安国峰，是为了杨科云。是他想和杨科云好。把他拉进来，只是为了让他给他们摇旗呐喊，加油助威。陈大明不想让更多的人知道，但又想有人见证。而他安国峰是再合适不过的人选了。安国峰拍了拍脑门，发现上当了，但又无可奈何。这都是他自找的。他又一次想起了于霏霏。想起了那场葬礼。想起了于霏霏弯腰和徐桂的遗体告别。而他安国峰，却在后面直勾勾地盯着她的双腿。因为她的弯腰，那双腿也就显得更加笔直。

杨科云忽然想起什么来了，就眼睛发亮地和他们说到一则往事。十年前，她刚大学毕业，在一家高尔夫球馆做服务生。有天晚上十点多，她收到一条短信息，有个老男人约她喝茶，让她去他房间。说到这里的时候，她故作神秘，问他们，你们知道我当时在想什么吗？安国峰和陈大明都没吭声。他们也许还在想各自的心事。杨科云接着说，按道理讲，我应该害怕，至少会有些焦虑，事实上我并没有。安国峰这才回过味来，开始专注听她讲故事。她说，那时候我还没谈过像样的恋爱，对，你说得没错，我还是处女。说她是处女的人是陈大明。他一语道破天机。不过安国峰很想笑，但忍住了，开口问，然后呢？杨科云冲他笑笑，有些鬼魅。她说，我竟然去了，义无反顾，我也不知道从哪来的勇气，一个少女就闯进了那个老男人的房间。陈大明说，你觉得你的机会来了，不能错过。杨科云大笑起来，笑声在茶室里回荡。笑着笑着，忽然不笑了，说，后来我就跟了他，大明哥，你是知道的，我为他生了个儿子。随后冲着陈大明说，大明哥，咱们是一路人。他们竟然击掌相庆，笑逐颜开。那一刻，安国峰又一次感觉到他只是个陪衬。他很想起身离开。正在这时候，意外却出现了。

杨科云在桌子底下碰了碰他的腿。他还以为她是不小心的。但很快发现不对劲，她的脚丫一直紧紧贴着他的腿骨，在缓慢上行，像只蜗牛，很轻很黏。她是光着脚的。在他膝盖处停了下来，开始揉搓他。这时候，他向后缩了缩。他是有些惊慌的，当然，更多的是不确定。但杨科云很快又跟了过来，继续用脚拇指揉搓他的膝盖。安国峰看着她，她若无其事。安国峰转而一想，这不就是他想要的吗？随即向上迎，用膝盖去顶她的大拇趾。杨科云见他有了回应，虚晃一枪。脚丫子贴着他的大腿内侧游走。她在尽力向更深处，因此伏在茶桌上的她，在向一侧倾斜。给人的感觉，她是在向陈大明倾斜。这让陈大明更兴奋了，红光满面。与之相应，安国峰也跃跃欲试，想让杨科云的脚丫伸得更深。有了这次经历，安国峰在"张三的群"里就更活跃了。他感觉自己忽然成了陈大明。这让他兴奋不已。

后来杨科云还约他喝茶，而且没约陈大明。这是从来没有过的事。更不可思议的是，约他喝茶的地点没变，仍然是那个茶庄。最危险的地方是最安全的。他发现陈大明不在，略显尴尬，手忙脚乱。杨科云坐在茶桌中央，说，坐呀，峰哥。他这才坐下来。他问，大明呢？很无聊的问题，很愚蠢的问题。杨科云说，大明哥那么忙。一句话搪塞过去了。后来他们你一言我一句地聊天。是真的在聊天，似乎谈得还很热络。安国峰还盼着杨科云会伸脚过来。结果并没有。她像一尊菩萨。当然，既然她像菩萨，安国峰也不好主动出击。客客气气的。比先前陈大明在场时还要生分。再后来，杨科云接了电话，说有事，就散了，很像是不欢而散。不过杨科云又约过他一次。那次似乎比第一次好一些。当然，可能只是安国峰这么觉得。他为什么这么觉得呢？是因为他们要走的时候，杨科云帮他拿衣服，还亲手帮他穿上，离他特别近。他想过，也许那是他亲她的最好机会。不过他还是错过了。他想来日方长。没想到就真的错过了。以后再去茶庄喝茶的时候，陈大明就回来了。有时是他们三个人，有时是更多人。连茶庄的老板娘都在调侃他，他一来，就问，你是找大明还是找科云。安国峰说，谁在，就找谁。陈大明也是明眼人，总当着杨科云的面，拿眼神瞟他。那明显是在奚落他。后来他也约过杨科云，人家总是借口推脱。他已经出局了，无缘无故。

有一阵子，他公司有点忙，和他们来往少了许多。他偶然发现那个"张三的群"已经不见了。陈大明竟把那个群偷偷删掉了。安国峰有些失落。好像就是那时候，茶庄又搞了个活动，有个大翻译家来介绍法国文学。安国峰去了。每当他们搞活动，他都像个局外人。来的人非常多，大多不认识。他就随便找了个地方就座，想听听那个大翻译家会说些什么话，也想看看其他人的热闹。这时，有个女人急匆匆来赶场，坐在他旁边。他看着有些眼熟。多看了几眼，还是不知道是谁。他还发现，陈大明就坐在他们对面，和他相视一笑。他们都会意了。意思是旁边这女的长得蛮不错，有戏。安国峰想不到的是，陈大明竟认识她，而且还很熟。一介绍，原来她就是于霏霏。说到于霏霏，安国峰惊了一下，但很快就平静下来。陈大明约于霏霏去喝茶，非常亲热，问她最近在忙什么呢，总不见人？又是三个人。见于霏霏的当晚，陈大明又建了个群，还叫"张三的群"，而且群里依旧是三个人。不过是曾经的杨科云换成了如今的于霏霏。于霏霏细致温婉，说话细声细气。但安国峰总觉得她和杨科云不知是哪里有几分相像。安国峰暗自骂过，陈大明这个神经病。为什么叫"张三的群"？他从没问过陈大明，陈大明也从没主动说过。就像建个群叫"张三的群"是顺水推舟的事，没什么好大惊小怪的。

越想越不对劲。安国峰不是不理解这个群为什么叫"张三的群"。对他来说，他根本不关心。不对劲的是，他竟然忘掉了于霏霏。等她出现时，他才知道自己曾迷过她一阵子。那天见她时，也有意打量过她那双玉腿，并没发现有什么过人之处。不过他也没什么好失望的。也许他以后还会和于霏霏讲起那段往事，就像在讲一个段子。尽管有不对劲的地方，但他也不为此懊恼。他忽然想到陈大明在活动现场冲他挤眼睛的一幕来了。他觉得那一瞬间非常动人。这让他突然有了想和陈大明击掌相庆的冲动。他这才明白，他从来都和陈大明是一伙的。他们才是一路人。想到这里，他很想笑，原来他找的不是于霏霏，而是陈大明。

他在新的"张三的群"里，艾特了下陈大明，发了一连串偷笑的表情图。他想，陈大明应该知道他想干什么。果然，陈大明很快发了一连串握手的表情。那时他又一次想到，陈大明十五年前捡钱包的事了。他竟然觉得这家伙做得对，非常对。若是回到十五年前，他也会这么做的。这么想，让他感觉心底深处有盈盈暖意。接下来，他开始回想，头段时间怎么中了邪似的非要见于霏霏呢？他是在徐桂的葬礼上见到的她。他后来还知道，徐桂死前和人说过，绝不让那个牧师为她主持葬礼的。没想到的是，后来还是他。安国峰觉得，徐桂有些死不瞑目。难道那天遇上于霏霏并迷上她的腿，和徐桂有关？他不敢再想下去了。

非虚构

·茶山系列·

·巴达山　王单单

王单单，原名王丹，生于1982年，云南镇雄人。系中国作家协会会员、中国诗歌学会理事、云南省作协诗歌委员会副主任，第13届首都师范大学驻校诗人。获《人民文学》新人奖、《诗刊》年度青年诗人奖、华文青年诗人奖、扬子江青年诗人奖、艾青诗歌奖、云南文学艺术奖等。入选《钟山》《扬子江文学评论》"新世纪二十年青年诗人20家"，2020年中国作协"深入生活、扎根人民"主题实践先进个人。云南文化名家。出版诗集《山冈诗稿》《春山空》《花鹿坪手记》、随笔集《借人间避雨》等。现供职于云南省文联。

巴达山　　王单单

1

　　潮湿与幽暗，适合苔藓生长，有些路段，很久无人经过了，枝叶间坠落的雨滴，将路面砸得凹凸不平，青苔附着，逐渐向公路中间蔓延。巴达山是一座植物宫殿，花草树木和飞禽走兽才是这里的主人，相反，人在这儿成为少数，成为外来者，是一种寄生物种、过客。有时你在山中赶路，冷不丁某棵大树后，突然闪出个身影，他腰间斜挎尼龙编织袋改制的挎包，里面坠着一把砍刀，天生的黑皮肤配上褪色的迷彩服，走在森林中，像一个陈旧而又孤独的幽灵。这人不说话，只是匕斜了路过的人一眼，转个身就消失在林海。或许，他也是山上的村民，寨子就藏在某个山坳里，或者森林空地上。他们常年生活在山中，熟悉山上的一花一木，人山之间，早已融洽，能去的地方，哪怕草木葳蕤，荆棘横斜，也可以砍出一条路来，不能去的地方，即便灌木让道，森林敞开，也没人会贸然闯进。

一路上，到处是摩托或电瓶车，歪歪倒倒扔在草丛里——山上的茶农们骑来的，估计在周围的台地里采茶，骑不进去，就三三两两扔在路边，车钥匙都懒得拔。他们一进茶园就是几个小时，甚至一整天，也不担心会被别人骑走。有茶农告诉我，八十年代末九十年代初，勐海茶厂刚在巴达山上建基地，小偷很猖獗，晚上睡觉，衣裤放在枕边，经常都会被偷走，但凡值点钱或能贩卖的东西，稍不留神也会丢失。

2

也不知从何时起，人们从帕蚌村找到巴达山的入口，它由一条"树廊"连接着，阳光破碎，树荫斑驳，弹石路坑坑洼洼的，灰蛇般在林中穿行。这是巴达山植物宫殿的入口，草木缠绕，蔓藤攀附，青苔作为时间的皮肤，遍布每个角落。伯劳、鹂鹏、鹊鸲等说不清在哪儿，啼鸣如歌，隐约传来，有独唱，有合奏，自然的物语遵循着古老而又神秘的秩序。驱车穿过丛林，台地茶园从古樟林的缝隙间一晃而过，这霎时的风景中，被速度抹去的，是烈日下一位妇人弓身劳作的身影。随着海拔逐步上升，森林疏朗之处，茶园从道旁铺到山顶。茶园中，到处插满黄色的小纸牌，上面缀满小黑点，凑近了看，才认出那是一张张粘蚊板。每年春天，春茶抽芽，蚊虫繁殖快，它们对新茶的品质和收成都会产生很大的破坏，茶厂明文禁止使用农药杀虫，那就只能用粘蚊贴了。蚊虫主要是腻虫、瘿蚊和茶角盲蝽等，它们在茶园中飞舞狂欢，前仆后继地撞上粘蚊贴，像是受到某种咒语或召唤，不明不白死在一起，每张粘蚊贴上，都有一场蚊虫集体主义的葬礼。

巴达山是西双版纳古茶树资源最为集中的产区，许多野生茶树和栽培

通往章朗古寨的路边景象

型茶树部分布在这里，仅勐海茶厂巴达基地就有逾万亩茶园。巴达山是知名茶山。这与当地气候温和、雨量充沛有关。每年四月到十月间，山上雾霭缭绕，雨露滋润，民间早有诗云"云雾山中出好茶"，正是千百年来人们在巴达这样的山中总结出来的经验。巴达山上的茶山名寨，包括章朗、曼迈兑、贺松等，其中古茶园最多的地方是章朗古寨。所以，我们经常会在某个山头上，看见一块块醒目的牌子，上面写着某某茶原料生产基地。

3

半个世纪以来，随着茶叶产业的兴起，西双版纳作为茶树摇篮，自然成为茶人们眼中的圣地，而在茶江湖久负盛名的江外六大茶山，巴达向来赫然在列。土路延伸，间或有新鲜的水泥路面分叉而去，也不知是通往村庄还是茶叶基地。吴正华给我打电话的时候，日头高悬，蝉声聒噪，山外的世界已经开始困倦，而这幽暗的森林中，每张叶片都在贲张着身上的经脉，贪婪地萃取树荫下的水分。勐海茶厂巴达基地牌坊就建在路边，从这儿拐进去，沿着水泥路纵深，火焰花落满了地埂，血一样的颜色极为抢眼，直至一处地势开阔的山坳中，才到勐海茶厂巴达基地办公楼。我和吴正华素昧平生，但都不需介绍就能喊出对方的名字，毕竟不是经常会有人来基地，同样，也不会再有别的人在等我了。吴正华是勐海茶厂厂长助理，从小就在山上长大，为了让我有个落脚点，朋友引荐我们认识。

午饭早已做好，基地员工等我来了才开饭。大山深处，能够拥有一顿丰盛的午餐，本身就极为奢侈。饭菜很好，有炒豆芽、炒白豆腐、炒干椒鸡肉、炒香肠、豆腐炒腊肉、血旺煮菜心等，也许是真的饿了，也有可能是我才从昨夜的宿醉中清醒，胃口大开，等不及吴正华介绍，便对着满桌菜肴大快朵颐。正华见我没有停下来的意思，边吃边给我介绍，他是文山

在勐海茶厂巴达基地茶园采访茶农

人，和另外几位员工一样，父母都是巴达山上几十年的老茶农，小伙子们嚼着菜点头，以此表示他们也参与了我俩的交流。我问他们结婚了没有，炒菜的厨师长得精瘦，今年30岁，他代表大家坚定地回答没有，话音刚落，几人不约而同左顾右盼，脸上露出羞涩的笑容。这漫无边际的森林，这寸三尺地的山坳，每年有数以万计的茶叶从这儿流向市场，走向世界。但又有多少人能在一片茶叶的苦味与回甘中，品出那些平凡人生中深不可测的孤独呢？

茶农彭德坤，今年60岁，1990年1月25日来到巴达山。花甲之年，再来回忆这辈子走过的路，几多感慨化作一声长叹，像青烟晃荡，终将消逝在巴达山中。彭德坤走进勐海茶厂巴达基地找我的时候，将水胶鞋脱在外面的坝子里，光着脚丫子走进接待室，我非常吃惊地问他为什么光脚进来。他整个人腼腆而又局促，低头看看白净的地板又转头瞥一眼坝子里沾满尼污的水胶鞋，涩巴巴地笑着说："一会儿我还要上基地采茶。"这个头戴毡帽、衣着臃肿的老人身上，有着让人心酸的朴实与憨厚。我将一杯茶又推到他面前，他用双手捧着，小心翼翼地端到鼻子前，嗅一嗅，将氤氲在杯口的热气轻轻吹开，若有所思，接着便慢慢和我聊起来。彭德坤说，33年前，他来自墨江，那边土地少，家里兄弟姐妹五六人，没饭吃，恰好遇上勐海茶厂招人，他就跟过来了。那时勐海茶厂巴达基地光秃秃的，除了少部分老树，到处都是荒山，这里曾是方圆几十里专门养牛的高山草甸，如今看到的森林，大多是人工种植的。随着勐海茶厂巴达基地的建成，许多茶农背井离乡，携妻带子，来到巴达山上，最多时超过100户，但在这几十年的光景中，社会不停发展，人也来来往往，现在只有60户了。茶农最多的时候，分为6个小组，彭德坤任小组长，负责管理茶园，一亩茶地管理费为三块四角钱。茶树是1988年种下去的，1992年投产，那时茶叶价格为二角五分或三角钱一公斤。茶农们的工作包括种茶、采茶、修剪、挖地、薅草等，挖地最苦，面对满山的荒坡，茶农们硬是一锄一锄地将其挖出来，改成鳞次栉比的台地。有时白天料理完茶园的工作，晚上回到基地，各小组还要轮班出义务工，点着电灯挖地基建房子，组与组之间相互打气，累了就唱《团结就是力量》，勒紧裤腰带把所有的力气都砸进巴达山的泥土里。我将彭德坤的茶杯反复续满后，他的话匣子全被打开了，讲到激动处，还用手指连续敲击着茶桌，我能感受到他身体在颤抖。我静静地听着，时而灵魂出窍，在他的回忆中，陪他一起返回三十多年前的巴达山，置身荒野，世界空无一物。出于好奇，我忍不住问，"你孩子们呢？"空气突然凝固，时间似乎也因急刹而发出嘎嘎嘎的摩擦声，停顿十多秒后才又重新启动，彭德坤声音里的沙哑带着几分隐忍，他掰着指头给我讲，"1997年我的大儿子18岁，在勐遮骑摩托发生车祸死了。还有大的一个姑娘，嫁到江苏，第二年脑出血也死了。现在只剩最小的这个了，13岁，在勐海读书。"我突然觉得愧疚，不该提这样的问题，但像彭德坤这样平时寡言少语的人，心事淤积，说出来就等同于对身体的疏通和清理。聊天即将结束时，我起身送他，他边穿鞋子边说，"王老师，命中注定了，再苦再累的活，都抵不上这些凄惨的事磨人，几十年来我一直待在巴达山上，哪儿都不去，世界再大，对我来说都是多余呢。"

茶农张飞，哈尼族，现年57岁，也是从墨江过来的。他是最早的茶农之一，勐海茶厂巴达基地1988年5月开发，张飞7月23日就来了，现在巴达基地1地块的茶树，就是他们亲手种下去的。和彭德坤相比，张飞长相粗犷，性格开朗，比较健谈，看起来很健康。他笑嘻嘻地说，"来的时候是个二十出头的小伙子，转眼就是个老倌了。"说起这几十年最大的感受，张飞认为生活改变了很多，早期的时候，人们穷得扔个石头进家里都不会发出响声，甚至喝水都比较困难，需要自己打井或者去基地门口那个龙潭挑水，自大益集团接手勐海茶厂后，从大黑山引水到基地，全程7公里，根本上解决了茶农们的生活用水问题。张飞的孩子们都长大了，在外面打工，习惯了都市的热闹与繁华，巴达山还能否召唤他们回到森林，张飞也不敢保证。

茶农罗加新，现年76岁，最早来到巴达山的茶农中年纪最大的一位，因此被周围人戏称为"茶神"。对于认识巴达山，他有独特的经验。他说山上主要是哈尼族和布朗族居住，他们建房离不开竹子，只要有大面积的竹林出现，说明离村寨不远了；布朗族和哈尼族人逝世后，埋入土中，地面不起坟冢，只要看见森林中有坟，周围必定住着汉族人。我故意问"茶神"平时喝哪里的茶，他也听出我话里暗藏的陷阱，咧着嘴哈哈哈地笑起来，门牙掉光的嘴里就像含着一个黑洞，从那儿进去，似乎可以刨着巴达山的根。他说，"巴达山上的气候每年不一样，茶叶味道也不一样。现在不准用肥料和农药，全凭茶树自然生长，一年最多发两三次嫩叶，加上茶树老化，难以发芽，所以茶叶产量低，量少价格就贵。每年茶叶工作收尾，我们茶农就采上一点，自己揉，也不外卖，留在家里喝。"他吐字不清，我捋了好久才弄清楚。

茶农唐清云，和张飞差不多年岁，最早是勐海茶厂巴达基地的赤脚医生，卫校毕业后就被茶厂招到山上行医。他说基地建设早期，生活条件极差，路也不好，1988年巴达基地只有两台手扶拖拉机，跑起来还没人走得快，茶农的孩子发高烧了抬着去西定，有的还没到医院，人就没了。后来赤脚医生的功能被弱化，唐清云也加入茶农的队伍，并在山上娶妻生子，还在茶厂改制后，开起了自家小卖铺。唐清云说，山上的生活简单得很，都是在茶园里忙活，但每年11月20日后，茶园工作停了，茶农们就会去"跑山"，挖野菜、找菌子、捉蜂蛹、掏蜂蜜等，前些年还会碰上野猪和麂子，大家对森林太熟悉了，知道哪片森林里出产什么宝贝，只要足够勤劳，山上的东西一辈子吃不尽。从这个角度看，巴达山不仅仅是一座茶山，它还是茶农们的靠山。我在天黑后走进唐清云家里，小商铺摆满日用百货。他女儿在景洪读高中，假期回到巴达山上，边守铺子边做作业，看见母亲进屋来就笑眯眯跑过去撒娇。大益爱心公益基金会这两年在巴达山上为茶农们修了很多楼房，现在1地块大多数茶农都分到了房子。站在那间逼仄而又暗淡的小铺子里，我问唐清云的妻子，分到房子了吗？她说分到了；我问多大，她说105个平方，已经选好了吉日，时辰到了就搬进去。巴达山似乎藏起了这些平凡的家庭，但山外的世界该有的温馨和幸福，这儿一样都不能少。

我是在2地块茶园里见到茶农梁队长夫妇的，他俩正采茶。太阳真辣，他任凭自己被晒得黑乎乎的，妻子却戴着帽子，把脸蒙得只剩一双眼睛。我效仿着他俩采了两下，就在这短暂的两下里，梁队长的妻子双手在茶树上已经往来五六趟了。手法娴熟又轻盈——采哪朵、采多长、采几片嫩叶等几乎不假思索，全靠感觉，似乎已到人茶合一、手到茶来的境界。我赞叹她的手速快，她说采茶是苦力活，没什么值得夸耀的，要不是上有老下有小，这活儿真是干不动了。尤其采春茶的时候，嫩叶长得快，迟采几个小时，都有可能长老掉，所以天麻麻亮就开始采，中途一刻不停，直到天黑尽才收工，晚上刚躺上床，不大会儿天就放亮，又得赶紧起来，重复采茶劳动。苦是真的，谦虚也是真的。可即便她采茶那么快，一天也就10来公斤，收入100多块钱而已。

和茶农聊罢，吴正伟陪着我在基地周围转了一圈，山坳中间的龙潭（一个水塘）浑浊，水面露出许多腐朽的树桩，偶尔有只鹡鸰飞来歇息在上面，抖擞着身上突然蓬松的羽毛，稍作停留后又一个展翅，掠过水面瞬间就消失在黑暗的森林中。龙潭周围，一丛丛绿油油的芭蕉林正野蛮地生长着，在众多植物中，显得生机盎然。回到基地，谁把山中捡来的松鼠尸体扔在桌子上，早就僵干了，不时有人走过去，拿起来捏一捏。一天的时间就这样暗下来。厨房屋檐下，挂着一只鸟笼，画眉在里面，蹦了几下，鸟笼晃荡着，渐渐也隐入黑夜。正伟说，时间长了，画眉也喜欢上了鸟笼里的生活，放出去好几次，玩够了又自己飞回来……

那晚我在勐海茶厂巴达基地留宿。接近晚些的一场大雨，清洗掉空气中的沉闷与燥热，夜空退回到一颗孤星的位置，黑暗在丛林中弥漫，像古木撑开的巨型树冠，披头散发地打开在山顶上。天上一弯孤月，地上只有基地里的灯还在亮着。我躺在床铺上，辗转反侧，隐约能听到寂静深处，有人在伴着手机中的音乐，撕心裂肺地唱Beyond的《海阔天空》：

原谅我这一生不羁放纵爱自由
也会怕有一天会跌倒
背弃了理想　谁人都可以
哪会怕有一天只你共我
……

4

经过贺松时，朋友指着森林深处说，这条路被阻断了，享誉茶界的那棵1700年的茶王树就在这座山上。

前些年，茶王树早已经枯死了。我在想，是否冥冥中真有定数，偏偏它在这深山里活了1700年，专等着某一天被人发现后再死去？1700年，足够一棵老茶树修炼成精，或许它只是躯干消亡，精气神还在松涛林海中飘荡，或者寄身巴达山别的茶园里，重新生长。对于它的枯死，我并不惋惜，在苍翁郁郁的丛林，在茶界普遍迷信时间的品茶氛围里，一棵千年古树茶势必会集万千宠爱于一身，成为饮茶之人必争之品。贺松古茶树在市场上的热炒与行销，很大程度上也会遮蔽巴达山上的其他古茶树，谁又敢说这不是植物界众生平等的一次回归呢？自然之中，有没有什么力量可以决断一棵老茶树的生死？要知道，除了这棵千年古茶树，巴达山上还

贺松一户布朗族人老宅

有无数的古树，甚至有着植物化石之称的桫椤以及七八人合抱才能围住的古樟，路边也随处可见。嗨，我不禁失笑于自己的胡思乱想，但巴达系傣语，翻译成汉语意思是"仙人的脚印"，世界如此神秘，那还有什么是不可能的呢？

与贺松在茶界的热闹不同，巴达并入西定后，曾经的巴达乡就变作巴达村了。属于集镇才有的热闹突然从山顶上撤退，街道陷入荒僻，仅有几家小商店还在开着。这天山顶上的小街人影寂寂，周围大树遮天蔽日，从空中接走了四面八方涌来的天光，暗淡之中的小集镇，竟然带着几分废墟的样子，有着腐朽、荒凉与寂静之美。你一个人走过巴达山顶，你就是一个人赶集，你一个人去赶集，你就是一个人翻越空无一人的山顶。来到了巴达村子里，似乎就来到了整座巴达山之巅，不能有比这里更高的地方了。生活在勐海的诗人梦阳说，以前他在电网公司工作，安装在巴达山之巅的信号塔，高出所有的丛林，因此经常遭雷劈。

5

巴达山的雨，诡谲难测。这个山头天晴，那个山头却暴雨如注。我们站在茶园边上观雨，只见远处垭口上树林痉挛般摇曳和晃动，风从那里过来，将天上的黑云团推向我们。这边也要下大雨了，我们回到车上，拼命往基地赶。但来不及了，不多时乡村公路上便山溪流泻，积水四溢，暴雨从天而降，间或夹杂着树叶落在挡风玻璃上，雨刮都快晃断了，还是很难看清远处的景物。

天光黯淡，夜晚逐渐来临，四面的雨声包裹着我们，我盯着前方，偶尔在雨刮突然撩开的透明里，看到一个身披胶纸的身影，他背着竹篮伶仃走在雨中。雨水早已渗透进他的全身，从竹篮里往外滴漏。新采的茶叶已经湿透，有一瞬，我竟然想起了白居易笔下的卖炭翁，他如此缓慢地走在雨水中，是不是因为被雨水浸透的茶叶上秤时会变得更重？我们的车经过他，逐渐拉开的距离，让他在后视镜里越来越小，直到最终被镜面上的雨水冲刷得干干净净。

雨势减弱后，周围的山脊上还有一丝灰白，山坳里有人的地方，灯已全部打开。星星点点的灯斑，缀在夜幕中，在辽阔的勐遮坝子上空，标识出巴达山的高度。沿着山间公路，我从一盏灯走向另一盏灯，透过那些虚掩的门窗，隐约可见三五成群的茶农在聊天，太想知道他们在聊些什么，我凑近了些，一个抽水烟筒的老者把脸从烟筒上拔出来，转向身边的人说，"雨太大，茶叶都湿透了，上秤后被除重（减掉）三斤。"

6

"古寨新居白鹇舞，三弦茶韵濮人情。"

这是进入曼迈兑寨门牌坊两边的对联，内容所指：一是布朗族为"百濮"之后，二是曼迈兑的"兑"字在布朗语中意指迁徙，也有白鹇的意思，所以曼迈兑又称为"白鹇寨"。据说公元1163年，一位布朗族老姬，名叫"呀乖"，她发现巴达山上有个水塘，周围站满了白鹇，遂将此地命名为"兑"。直到后来，搬来此地的布朗人逐渐增多，曼迈兑的名字就慢慢被确定。至今，村里还有一口古井，名字就叫呀乖，为纪念那位布朗族老姬而取。总感觉布朗族老人都带着几分神秘的气息，他们甚至不需要学习书本知识，直接从大自然中汲取生存智慧。我从村里经过，布朗族老人们坐在楼上，满脸皱纹，面带微笑，目光随着我缓慢移动。印象最为深刻的是他们的牙齿都很黑——这是傣族、布朗族先民遗留下来的古老习俗，名叫漆齿。漆齿，实为染齿，《汉书·地理志》《马可波罗行记》《滇略》等史籍都有记载，"多系妇女所为"，它是女子成年的标志。实际上，傣族、布朗族男女都有漆齿行为，他们成年之时，都会相约结伴漆齿，否则不能公开参加社交活动。时至今日，漆齿风俗日渐消弭，我在曼迈兑村边的缅寺门口，遇见几个刚刚赕佛出来的布朗族年轻姑娘，她们笑眯眯的，个个唇红齿白。

尚未进入曼迈兑，沿途风物就已经传达出它独特的"异域"风情，这里完全区别于中国常见的传统村落。虽然面对现代社会的发展浪潮，许多土木结构的原始建筑已经消失，但后来的钢混结构建筑也遵循着原有建筑造型，加之还有古老建筑穿插其间，寨子基本上还保持着原有的古朴厚拙之风。曼迈兑距离西定乡政府46公里，离勐海县城81公里，属东南亚热带气候。寨子周围遍布古茶园，古茶园最高海拔1850米。由于曼迈兑西部与缅甸接壤，当地大多数布朗族人都有缅甸、泰国等地的生活经验，他们还有很多族亲生活在那边，前些年边境上可以随意走动时，逢年过节都会聚在一起。还有一个显著的特点是这个布朗族村寨只有217户，917人，却有300多人在踢足球。为此，村里的茶园虽然寸土

寸金　人们还是不惜划出土地，为大家修建了一个标准的足球场。足球让这个村子名声大噪，甚至吸引了某大牌球星的关注，他曾空降到曼迈兑，与村里人切磋球技。

7

若非路牌指示或有人带路，外地人是难以发现章朗古寨的。这里凤尾竹丛生，古树密集，把整个人类活动的痕迹都藏在林荫深处。才从巴达—西定公路拐进章朗方向，不多久便有阴森之感透入肺腑，加之林中空地上，时常可见布朗族人的祭祀之物，章朗古寨的神秘也逐渐变得诡异。直到抵达古寨门口，看见小木楼里摆满了各种树干刨制而成的棺材，林中的气氛就不只是神秘了，甚至还会可怖起来。但你若就此转身，将会错过一个古老万史文化、生产活动、民间习俗传承和保存得极为完整的千年古寨。章朗古寨是个纯粹的布朗族老寨，位于巴达海拔1600多米的高山上，近些年，让它蜚声中外的，除了深厚的文化底蕴，还有那林茶共生、花木同春的700亩古茶园。

我到章朗古寨是癸卯年六月初七，岩三利给我讲了一个关于章朗的故事。

岩三利是土生土长的章朗古寨人，长得黝黑，符合布朗族以黑为美的审美标准。他曾在昆明大板桥当兵，退伍后回到故乡章朗古寨，担任村里副书记，同时也是章朗古寨的护茶制茶人。我和勐海文联主席依腊、茶人邓艳波等人坐在白象古寺旁一个名叫"喃三飘茶业体验馆"的地方喝茶，边喝边听岩三利为我们讲述"喃三飘"的故事。显然，这个实诚的布朗族汉子并非善于讲故事的人，他只交代了故事的梗概，并指出遗迹在今天章朗古寨的哪里，但这样讲故事也有好处，它会让凌空蹈虚的传说变成"村庄史"，并很快获得听众的信任。故事讲到，大约七八百年前，布朗族有个部落的公主名叫喃三飘，她有绝世美貌，且能一天三变，深受布朗山周围各诸侯王的爱慕。为了争抢喃三飘公主，诸侯之间时常陷入混战，百姓因此饱受战争之苦。喃三飘公主为了平息战争，不得已离开布朗山，带着她的随从一路出逃。但无论她跑到哪里，为了争夺她，那个地方都会陷入战争。最后喃三飘公主逃到了章朗景山，借助高山密林隐居起来，并在那儿立寨建城，过上了一小段时间的安稳日子。可好景不长，她最终还是被章朗周围的诸侯王们发现了。争夺她的战争又将开始，喃三飘公主实在不忍心看到更多的人因她殒命，于是将自己活埋在章朗的景山上，也就是今天依然存在的"公主坟"。公主坟周围，还有当年喃三飘公主和她的随从们所建的马圈和景山城遗迹。

因争抢美人而发动战争的案例，古今中外的历史比比皆是，最著名的要数荷马史诗《伊利亚特》记载的特洛伊战争。喃三飘其人存在的可能性还是比较大的，她让善良美丽的布朗族姑娘形象深入人心，但称为公主是可疑的，或许就是某个山寨的"寨花"，各地"诸侯王"也是可疑的，或许就是寨子里荷尔蒙爆棚的头人们。

沿着陡峭的石阶，我一步步爬上大金塔所在的山顶，来到章朗古寨最西边的凉亭里。站在高处，巴达山正雄踞在我身后，俨然才是山的正宗。

2023年8月24日　宝象河畔

译文

伊凡·克里玛（Ivan Klima，1931—），捷克当代最著名的作家之一。生于布拉格。二战期间，曾在纳粹集中营度过了极为恐怖的三年时光，心灵上留下了永久的创伤。中学毕业后，曾在查理大学学习捷克语言文学，后长期担任编辑。"布拉格之春"后，生活和创作均受到干扰。迫于生计，当过急救站护理员、土地测量员等。20世纪80年代末重返捷克文坛，作品多次获国内外大奖。在七十余年的写作生涯中，出版了《我的初恋》《爱情对话》《爱情与垃圾》《风流的夏天》《被审判的法官》等几十部小说，以及《布拉格精神》《我的疯狂世纪》等文论集和回忆录。作品已被译成三十多种文字，在世界各地广泛流传。

高兴，诗人，翻译家，博士生导师。曾长期担任《世界文学》主编。出版《米兰·昆德拉传》《孤独与孤独的拥抱》《水的形状：高兴抒情诗选》等专著、随笔集和诗集；主编《诗歌中的诗歌》《小说中的小说》等外国文学图书。2012年起，开始主编"蓝色东欧"系列丛书。主要译著有《梦幻宫殿》《托马斯·温茨洛瓦诗选》《罗马尼亚当代抒情诗选》《水的空白：索雷斯库诗选》《尼基塔·斯特内斯库诗选》等。2016年出版诗歌和译诗合集《忧伤的恋歌》。获中国桂冠诗歌翻译奖、蔡文姬文学奖、单向街书店文学奖、人和期刊人奖、越南人民友谊勋章、捷克杨·马萨里克银质奖章等奖项和奖章。

离婚　[捷克]伊凡·克里玛 作　高兴 译

　　克里玛善于用极其平淡的手法、极其平静的语调讲述一个个世俗的故事，并通过这些故事来呈现世界的悖谬和人性的错综。《离婚》实际上呈现了两种不同的婚姻观和人生观。专门处理离婚案件的法官马丁·瓦切克本人并不相信爱情和婚姻能永远相伴相随。他认为"习惯"完全可能成为维持婚姻的主要动力。而年轻的女提琴手瓦切科娃则觉得没有爱情的婚姻毫无意义。这两种婚姻观究竟哪种对、哪种错，作者没有回答，也无法回答。因为作者深知，世界远比人们想象的要复杂得多，婚姻远比人们以为的要微妙得多。

　　一个耐人寻味的故事，一个超越国境的故事。

——译者

　　没错，马丁·瓦切克法官的确在旧政权统治时期处理过若干政治案件，但由于他再过五年就要退休，有人提议，从今往后仅仅让他接手离婚案件得了（再说，他刚当法官那会儿就管过离婚案子）。他觉得这倒是个可以接受的，甚至切合实际的提议。当然喽，他也完全可以像几位同事那样，彻底离开法院，自己开办律师事务所。那样挣的钱也要多得多。可他生性保守，丝毫不想改变日常轨迹或工作线路，更不用说费心劳神创办什么私人事务所了。不过，他还是同妻子商量了一下到底该怎么办才好。

他结婚已三十余年，早就不爱妻子玛丽了。事实上，他都不再记得自己真正爱她的那段时光。不过，他们俩相处得还算融洽。妻子长他一岁，来自乡村，只上过小学，一辈子都在邮局上班，收入菲薄。可她却具有一种天生的、未遭正规训练损害的智慧。玛丽显然也早已不爱他了，但她无微不至地照顾着他，几乎像位母亲，为他精心准备一日三餐，保证他总有烫好的衬衫可穿，总有合适的领结可系。长期共同生活，即便没有影响他的性格，那她至少也影响了他的外表。由于他俩都喜欢灰色，久而久之，他们的面貌也已开始出现一些灰色基调。

近些年来，他们各自都将对方视作家中不可或缺的部分，尤其在他们的两个儿子长大成人、搬离他们之后。尽管塞满了各式各样毫无用处的杂物和零碎，但整个屋子还是显得空荡荡的。他们已差不多没有什么可以交流。曾几何时，他们还一同去看看电影或听听音乐（在他这种位置上，要弄两张音乐会季节票实属小菜一碟），玛丽还会给他讲讲她正读的小说。可眼下，他们顶多只稍稍谈谈食品、购物、两个儿子或天气，要不就一声不吭地坐在一起看看电视。因此，当他问到究竟该继续留在法院，还是该开始全新事业时，玛丽着实感到有点意外。她可不习惯同丈夫唱反调。过去，每当他征求她的意见，她总会千方百计地猜测他希望听到的回答。"离婚诉讼，"她说，"那兴许会是份相当有意思的工作。你会听到不少故事的。"

从这样一个角度来考虑他可能会从事的工作，他压根儿也没想过。这一辈子，他听到的故事已经太多太多了，早就对它们失去了兴致。不过，他还是掂量了一下妻子的意见，留在了法官席上。

结果表明，这类案件往往无聊多于有趣，在大多数此类案件中，幼稚的男人同年轻的女人结了婚，而后者又渴望得到一些丈夫无法为自己提供的东西，最后，第三者出现，瓦解了原本就不牢固的婚姻。即便如此，他依据不忠行为或互不相容事实所作的判决，也常常会让当事人眼泪汪汪。马丁向来相信，大多数离婚实际上毫无必要，人们往往试图摆脱一些不可摆脱之事：他们自身的空虚，他们难以和另一个人共同生活的弱点。

有众多案子很快会变得难以区分，就连当事人的面孔也会迅速从他记忆中消失，况且他的记忆力早已随着年龄增大而开始衰退。尽管如此，时不时地，仍会出现那么一桩有吸引力的案子。于是，一张脸，一个名字，或一份职业便会留在他的脑海。

一次开庭之后，他走出审判室，发现那位刚刚被判离婚的女子正坐在一把长椅上哭泣。那位女子叫丽达·瓦切科娃，正好同他的名字相似，因而一下子引起了他的关注。法庭上，她那优雅、出众的美貌，她回答他提问时那种羞怯的神情，一直牢牢地吸引着他的目光。他将她的优雅归功于她的职业。她是个小提琴手。他在她面前停住脚步，对她说："别哭了，瓦切科娃女士。世上没有永久的痛苦。"平时，他很少如此安慰别人。

她抬起头，惊异地望着他，然后迅速擦干脸上的泪水。"谢谢您！"她说。

她站起身来，踉跄了一下。他不得不扶住她。"您不舒服吗？"

"不好意思，"她说，"我早上吃了几片药，为了镇定神经。"

他邀她来到会议室，为她倒上了一杯水。他不仅知道她的名字和职业，而且还知道她的年龄。她小他二十岁，十分年轻，至少在他看来。他也见过那个片刻之前还是她丈夫的男人。那人也比她大（究竟大多少，马丁这会儿想不起来），刚刚开了一家夜总会。一个看上去粗俗、讨厌的家伙，显然老是对妻子飞扬跋扈，企图抑制她所有的热情。他们没有孩子。财产分配上也无问题，再说，也没多少财产。房子归她，他搬到情妇家里。

"您真的相信世上没有永久的痛苦吗？"她问。

"当然。"

"您有过某种后来消失的痛苦吗？"

他吃了一惊，不大习惯别人如此盘问。他得好好想一想，生活中是否有过什么事令他痛苦，而这种痛苦后来又消失了。恰恰相反，他生活中的事情一般都渐渐消失，没有造成任何伤害。忽然，他想起了父母的离世。"就连死亡的痛苦最终都会消失，"他含糊其词地说。

"没错，"她也承认。"但死亡属于一种相当特殊的范畴。"

"此话怎讲？"

"死亡犹如法律。谁也逃脱不了。而爱情……"她似乎想要寻找恰当的字眼，表达爱情的含义，结果反倒又一次哭了起来。

他扶她起身，一直将她送到楼下，然后又提议到附近一家酒吧坐坐。他不太明白自己为何会如此热情。这位年轻女子身上一定有某种东西打动了他，要不就可能是因为她实在迷人。他要了一瓶葡萄酒，听任年轻女子诉说自己近来的磨难，虽然仅仅听进了几个细节。他凝望着她的手。她的手指正在无意识地抚弄着餐巾。那双手太美了，他真想紧紧地握住它们，久久地摩挲它们。他不时地打断她一下，给她讲述自己工作中听到的一些事例，让她明白，这世上痛苦的远非仅仅她一人。

他们一起待了一个小时。分别时，她邀请他去听一场她参加演出的音乐会。自然，她也邀请了他夫人，可最后，他一人去了。他发觉自己根本没有心思听音乐。他的注意力全都集中在了她一人身上——她手指的颤动，她鞠躬时的优雅。一种异样的情感涌上了他的心头。他惊讶于自己，惊讶于自己的情感，觉得在他这种年纪，竟会冒出如此的情感，实在是不合时宜。但转而一想，他又感到不能如此匆匆地打发掉某种情感。

他在案卷中找到了她的住址和电话号码。

他们开始约会，每周两次，最初在咖啡馆或酒吧。他明白，由于职业缘故，她将他视作爱情问题，或者更确切地说，爱情危机问题方面的专家。的确，面对她的种种提问，他总是力图从他依然记得的案例中汲取普遍的教训。即使他不太相信人们有可能永远相亲相爱地生活在一起，他发现自己还是在句斟字酌、一本正经地谈论着某种他本人生活中未能得到的东西：一种滋生柔情的相互钦佩、相互尊敬的关系。她倾听着他，心中渐渐燃起了希望之火。"我想您一定很善于爱，"她说着拧了一下他的手。"我觉得您属于那种非常宽容，允许对方保留一点自己空间的男人。"

他点了点头，很高兴她这么看他。

随后，她邀请他到家里做客。

她住在顶楼一间小屋子里。当他爬到楼上时（那栋房子没有电梯），他的双腿都站不住了，兴许因为激动，兴许因为焦急，不知接下来会发生些什么。

小屋除了四面斜墙，几乎没有家具，只有一只衣橱，一个乐谱架，两把椅子，以及一个正好放在天窗下的长沙发。他们在天窗下开始做爱。

和他妻子相比，她苗条，匀称，皮肤光滑，一道褶子或皱纹也没有。他连自己都感到惊讶，竟对她说起了温柔的话语。她听着，见他快要住口时，对他说道："再说一些，求你了。我想听到更多这样的话语。"他准备离开时，她问："我们什么时候还会再见面吗？"他向她保证，用不了多久，他还会再来的。

于是，他隔三岔五就来看她，为她带来鲜花、葡萄酒和温柔的话语。他们从未谈及她的前夫。他只偶尔提到了他妻子，而且每次说话的口气都让丽达感到，他的婚姻并不特别幸福。她听到的其实只是一面之词。如果她想要探究个中缘由，一定会认为责任在他妻子一方。

有一回，他们又一次在天窗下躺着。一阵猛烈的春雨敲击着天窗。她问他："那你到底还爱不爱你妻子？"

他说不爱了，早已不爱了。

随后许久许久，两人谁都没说一句话。她拥抱着他。他则摩挲着她的臀部和肚子。她那柔软的肌肤总会让他兴奋。

"这样的婚姻还有什么意义呢？"她冷不丁地问。

对此问题，他毫无准备。他从未想过，在同妻子共同生活了三十年之后，自己要离开她。即便此刻，躺在一位刚刚与他做过爱的女人身旁时，也没想过。习惯，兴许。这么多共同度过的昼与夜。那些仿佛在讲述另一个人故事的记忆。也许是他们坐的椅子，或者是他走进家门的刹那朝他飘来的熟悉的香味。也许是他们共同抚育的两个儿子。

"不愿意的话，可以不回答，"她说。

"也许，"他说，"就是这么回事吧，当我在一个像今天这样的雨天回到家时，我可以对什么人说一声：'外面在下雨呢。'"

"是呀，这个理由倒不错。"她说着稍稍挣脱了一下自己的身子。

他离去时，她一反往常，没问他何时再见。结果，他问了。

"也许再也不见面了。"她说。尽管如此，她还是贴近他的身子，吻了他。

下楼时，他恍然大悟：她其实在盼着另一个截然不同的回答，他完全误解了她的问题的含义。她其实想要知道，他是否会为了她而离开他妻子。

一缕几乎令人厌倦的沮丧袭上他的心头。他还可以转身回去，摁响门铃，给她一个不同的回答。可他究竟该给她什么回答呢？

马丁·瓦切克还是踏上了回家的路。

当他打开家门时，一股熟悉的香味朝他飘来。玛丽走出起居室，一如既往，对他说道："晚餐这就做好。"

他在桌旁坐下，一声不响地瞪着前方。他什么也没看见。邻居家的收音机里正放着一段小提琴曲。他觉得那琴声实在太感伤了。他几乎一动不动地听着。这时，妻子将一碗热汤摆在了他面前。

他明白他该说些什么，但心里一片空茫，吞没了所有言语。

"外面在下雨呢。"最后，他说。

妻子惊讶地望了望窗外。雨早就停了。一抹深红色调夕阳照耀着整个屋子。

虽然最近她发现他越来越心不在焉，可还是不习惯同丈夫唱反调。兴许，他的脑子也开始老化了。

"下点儿雨好哇，"她说，"农田正急需一些水分呢。"

德尔莫尔·施瓦茨（Delmore Schwartz，1913—1966），美国诗人、小说家、评论家。出版于1938年的第一部作品《责任始于梦中》即展示了他的文学活力和成熟的艺术技巧，新批评派的主将艾伦·泰特说："他的诗歌风格是庞德和艾略特25年前成名以来唯一富有真正革命性的诗。"出版于1959年的《夏天的知识：新旧诗选1938—1958》为他赢得1960年博林根诗歌奖，这是该奖自1948年创立以来首次颁给一位年轻的诗人。他也是获得雪莱纪念奖的最年轻诗人。

施瓦茨1943年至1955年任纽约刊物《党派评论》的编辑，1955年至1957年任《新共和》杂志的诗歌编辑。他常年受抑郁症困扰，严重损害健康，和朋友们的关系紧张，两段婚姻也都以失败告终，最终独自一人在曼哈顿的小旅馆中死于心脏病，没有人来认领尸体和财产，最后几年的手稿也不知去向。后来朋友索尔·贝娄以他的一生为蓝本，创作了长篇小说《洪堡的礼物》。

凌越，诗人、评论家、译者。安徽铜陵人，现居广州。著有诗集《尘世之歌》《飘浮的地址》，评论集《寂寞者的观察》《见证者之书》《汗淋淋走过这些词》《为经典辩护》，和梁嘉莹合作翻译美国诗人马斯特斯《匙河集》《兰斯顿·休斯诗选》《赫列勃尼科夫诗选：迟来的旅行者》《荒野呼啸：艾米莉·勃朗特诗选》《失乐园暗影：翁加雷蒂诗选》等。主编"俄耳浦斯诗译丛"。

梁嘉莹，建筑师、译者。广西梧州人，现居广州。和凌越合作翻译美国诗人马斯特斯《匙河集》《兰斯顿·休斯诗选》《赫列勃尼科夫诗选：迟来的旅行者》《荒野呼啸：艾米莉·勃朗特诗选》《失乐园暗影：翁加雷蒂诗选》等。

短篇小说二题

［美］德尔莫尔·施瓦茨 作　凌越　梁嘉莹 译

责任始于梦中

I

　　我想那是1909年。我感觉自己就像在电影院里，那长长的光臂穿过黑暗，旋转着，我的眼睛盯着屏幕。这是一出默片，仿佛是早期的电影放映机播放的，影片里演员们穿着滑稽的老式服装，一帧画面突然跳动到下一帧。演员们似乎也跳来跳去，走得太快。画面本身布满了圆点和线段，就好像拍摄画面时正在下雨。光线很差。

　　那是1909年6月12日礼拜天下午，我父亲走在布鲁克林安静的街道上，准备去看望我母亲。他的衣服刚熨过，高领上的领带系得太紧。他把口袋里的硬币弄得叮当作响，一边想着他要说的俏皮话。此刻，我觉得自己仿佛在电影院柔和黑暗中完全放松了；那风琴手奏出平淡无奇的模仿的

125

情绪，听众则在不知不觉中为之震撼。我是匿名者，我已忘记了我自己。当一个人去看电影的时候，总是会这样，正如他们所说，这是一种毒品。

我父亲从一条街走到另一条街，街道上有树木，草坪和房子，偶尔来到一条林荫大道，一辆有轨电车在上面滑行着啃咬着，慢慢地行进。蓄着八字胡的售票员，帮助一位戴着一顶像满盛羽毛的碗状帽子的年轻女士上车。她登上阶梯时，轻轻撩起长裙。他悠闲地找了零钱，摇了摇铃。很明显，这是礼拜天，因为每个人都穿着礼拜天的衣服，而电车的噪声更突出了假日的宁静。布鲁克林不就是教堂之城吗？商店都关了门，拉上了窗帘，但偶尔有一家文具店或药店的橱窗里挂着大大的绿球。

我父亲选择走这段很长的路，因为他喜欢边走边思考。他想到未来的自己，于是以一种温和的兴奋状态来到他要去的地方。他一点都没留意他经过的那些房子，里面正在吃礼拜天正餐，也没有留意巡视着每条街的许多树木，现在正长满了树叶，它们把整条街都笼罩在凉爽的阴影中。偶尔有一辆马车经过，在安静的午后，马蹄像石头一样落下。偶尔有一辆汽车，像一张巨大的软垫沙发，噗噗地驶过。

我父亲想着我母亲，想着把她介绍给自己的家人该有多好。但他还不确定是否想娶她，有时他会对已经建立的关系感到恐慌。他想到那些他所仰慕的已婚大人物：威廉·伦道夫·赫斯特，和刚刚成为美国总统的威廉·霍华德·塔夫脱，以此来安慰自己。

我父亲到了我母亲家。他来得太早以致突然感到尴尬。我姨，我母亲的妹妹，手里拿着餐巾去应了那响亮的门铃，因为全家人还在吃晚饭。当我的父亲走进来，我外公从餐桌边站起来和他握手。我母亲跑到楼上去捯饬自己。我外婆问我父亲是否吃过晚饭，并告诉他露丝很快就会下楼。

我外公以和煦的六月天气开始了聊天。我父亲不安地坐在桌子旁边，手里拿着帽子。我外婆让我姨拿走我父亲的帽子。我十二岁的舅舅，跑进屋里，头发乱蓬蓬的。他大声向我父亲打招呼，我父亲经常会给他5分钱，然后跑到楼上。很明显，在这个家庭里，我父亲受到的尊敬被许多欢笑冲淡了。他令人印象深刻，但却很笨拙。

II

终于，我母亲走下楼，打扮得漂漂亮亮的，正忙着和我外公聊天的父亲变得有些不安，不知道是该问候我母亲还是继续聊天。他从椅子中笨拙地站起来，粗声粗气说了声"你好"。我外公用挑剔的眼光审视着他俩是否适合，不过如此，同时粗鲁地揉着他长满胡须的脸颊，正如他沉思时经常做的那样。他在担忧；他担心我父亲不能成为他大女儿的好丈夫。很难再次回到这画面中，忘记我自己，但当我母亲被我父亲的话逗得咯咯笑时，黑暗淹没了我。

我父亲和母亲离开了家，我父亲又和我母亲握了握手，不知什么原因，我也不安地动了动，无精打采地倚坐在电影院的硬椅子里。我大舅，我母亲的大哥在哪？他正在楼上的卧室学习，准备参加纽约市立学院的期末考试，他死于急性肺炎已经21年了。我的父母又一次走在同样安静的街道上。母亲挽着父亲的胳膊，告诉他她正在看的那本小说；而我父亲在弄清楚情节后，会对人物做出评价。这是他非常喜欢的习惯，因为当他赞同或谴责别人的行为时，他会感到极大的优越感和自信。有时，当故事变得他所谓的甜蜜时，他会忍不住发出一声简短的"呃"。这是他男子气概的体现。我母亲对她唤起的兴致感到满意；她向我父亲展现了她多么聪明多么有趣。

他们到了林荫大道，有轨电车慢悠悠地到站了。他们今天下午要去科尼岛，虽然我母亲认为那样的娱乐比较低级。她已下定决心，只想在木板路上散散步，吃顿愉快的晚餐，而不去参加那些闹腾的娱乐活动，因为这样会有损如此高贵的一对夫妇的尊严。

我父亲告诉我母亲他上周挣了多少钱，夸大了一个本不需要夸大的数字。但我父亲总觉得现实有些差强人意。突然，我开始哭泣。在电影院里，坐在我旁边的那位坚毅的老太太很生气，一脸怒气地盯着我，我被吓到了，只得收声。我掏出手帕擦干脸，舔了舔掉在我双唇附近的泪珠。与此同时，我已错过了一些东西，因为我的母亲与父亲正在这里下车，终点站，科尼岛。

III

他们朝木板路走去，我父亲指示我母亲呼吸海上刺鼻的空气。他们都深深地吸了一口气，两人都笑了起来。他们的共同点是对健康有极大的兴趣，尽管我父亲强壮魁梧，我母亲瘦弱。他们脑子里满是什么好吃什么不好吃的理论，有时他们还就这个话题展开热烈讨论，最后，我父亲轻蔑地咆哮着宣布，不管怎样你早晚都得死。木板路的旗杆上，美国国旗在阵阵海风中飘扬。

我父亲和母亲走向木板路的栏杆边，俯视着海滩，那儿有许多游泳的人悠闲地走来走去。有几个正在冲浪。花生哨子以它欢快而活泼的嗖嗖声，划破长空，我父亲去买花生了。我母亲仍站在栏杆旁，凝视着海洋。大海在她看来是快乐的；它尖锐地闪烁着，一次又一次释放出小马驹般的波涛。她注意到孩子们在潮湿的沙子里挖洞，还有和她年龄相仿的女孩们的泳衣。我父亲带着花生回来了。头顶上太阳的光芒直直照射，但他俩都没有去注意到这一点。木板路上挤满了穿着节日盛装悠闲散步的人。潮汐不会漫到木板路这么远，即使它能到达，散步的人也不会感到危险。我母亲和父亲倚在木板路的栏杆上，漫不经心地凝视着大海。海洋正变得汹涌；海浪慢慢袭来，裹挟着来自遥远后方的力量。在它们翻滚前的那一刻，在它们优美地弓起脊背，在黑色中露出青白相间的血管的那一刻，那一刻是无法忍受的。它们终于碎裂，猛烈地冲向沙滩，实际上是全力向下撞在沙滩上，向上又向前弹跳，最后变成一条小溪，冲上海滩，又被召回。我父母漫不经心地凝视着海洋，对它的严酷丝毫不感兴趣。头顶上的太阳不会打扰他们。但凝视那遮天蔽日的太阳和那致命的无情的暴躁海洋，我忘记了我父母。我看得入迷了，最后，被我父母的冷漠所震惊，我又哭了起来。坐在我旁边的老妇人拍了拍我的肩膀说："好了，好了，这一切不过是一场电影，年轻人，只是一场电影，"但再次抬起头看着这可怕的太阳和可怕的海洋，我无法控制眼泪，便起身去洗手间，踉跄着经过坐在我同排其他人的脚。

IV

当我回来的时候，感觉就像早上醒来因为缺少睡眠而难受，显然已过去了几个钟头，我父母正坐在旋转木马上。我父亲骑着一匹黑马，我母亲骑着一匹白马，他们似乎在不停地转着圈，只为了一个目的，就是为了抢到拴在一根杆子上的镍戒指。手风琴正在演奏；它与旋转木马永无休止的旋转融为一体。

在那一刻，他们似乎永远不会从旋转木马上下来，因为它永远不会停止。我感觉自己就像一个站在50层楼上俯瞰林荫大道的人。但总算他们还是下来了；甚至手风琴的音乐也中断了一会儿。我父亲得到了十枚戒指，我母亲只有两枚，虽然真正想要它们的是我母亲。

他们沿着木板路继续走着，不知不觉，下午已经变成令人难以置信的紫色黄昏。一切都逐渐消失于一片轻松的光辉中，甚至包括海滩上不断传来的低语声和旋转木马的旋转声。他们找地方吃晚餐。我父亲提议去木板路上最好的餐厅，但我母亲反对，这是她一贯的原则。

然而，他们确实去了最好的地方，要了一张靠窗的桌子，这样他们就能看到外面的木板路和流动的海洋。当我父亲要一张桌子时，把一枚25美分硬币放在服务员手中，这让他觉得自己无所不能。那地方很拥挤，这次这里也有一种弦乐三重奏音乐。我父亲自信满满地点了晚餐。

吃饭的时候，我父亲讲述了他对未来的计划，母亲脸上表情丰富，表明她有多感兴趣，印象多么深刻。我父亲变得兴致高昂。他被正在演奏的华尔兹所振奋，而他自己的未来也开始令他陶醉。我父亲告诉我母亲他打算扩大他的生意，因为可以赚很多钱。他想稳定下来。毕竟，他二十九了，从十三岁起他就一个人过，他赚的钱越来越多，当他去拜访已婚的朋友时，他很羡慕他们在舒适安全的家里，似乎被平静的家庭乐趣和可爱的孩子们包围着。然后，当华尔兹到了令所有舞者疯狂舞动的时刻，然后，鼓起巨大的勇气，他向我母亲求婚，尽管他很激动，也很尴尬，也很困惑，他是怎么想到这个求婚的，而她，使整个事情更糟，开始哭了起来，我父亲紧张地四处张望，手足无措不知道该怎么办，然后我母亲说："从我见到你的那一刻，这就是我想要的。"抽泣着，他发现这一切都很困难，当他在布鲁克林大桥上漫步时，陶醉在叼着一根上等雪茄的幻想中，这完全不合他的口味，也完全出乎他的意料。就在那时，我在电影院里站起来大叫："不要这样做。现在改变主意还不晚；你俩都是。不会有任何好结果，只有自责，仇恨，丑闻，和两个性格怪异的孩子。"所有听众都扭头看着我，很恼火，引座员沿着过道急匆匆走来，闪着他的手电筒，我旁边的老妇人把我拉回位置上，说："安静。你会被赶出去的，你可是花了三十五美分才进来的。"于是我闭上眼睛，因为我不忍心看到正在发生的事情。我静静地坐在那里。

V

但过了一会儿，我开始快速瞥一眼，最后我怀着饥渴的兴趣再次观看，就像一个孩子，尽管有人用糖果哄他，他还是想保持愠怒。我父母现在正在木板路上的一家摄影棚里拍合照。这个地方笼罩在紫红色的灯光下，这显然是必要的。相机放在三脚架的一侧，看起来像一个火星人。摄影师正指导我父母如何摆姿势。我父亲把他的胳膊搭在我母亲的肩上，他们俩都用力微笑着。摄影师给我母亲拿来一束鲜花，让她捧在手里，但她捧花的角度不对。然后摄影师用相机悬垂下来的黑布盖住自己，人们能看见的只有一条他伸出的手臂和握住橡皮球的手，当他最后按下快门拍照时他会捏那橡皮球。但他对他们的表现并不满意。他确信他们的姿势有些不对劲。一次又一次他从隐藏的地方发出新指令。每个新建议只会令事情越来越糟。我父亲逐渐不耐烦。他们尝试一个坐姿。摄影师解释说他有骄傲，他对这一切的兴趣并不是为了钱，他想创作出漂亮的照片。我父亲说：“快点，好吗？我们没有整夜时间。”但摄影师只是抱歉地来回奔走，发出新的指令。这个摄影师迷住了我，我发自内心地赞同他，因为我懂他的感受，当他由于某种莫名紧绷的念头挑剔每一个重摆的姿势时。我变得满怀希望。但我父亲生气地说：“快点，你已经有足够的时间了，我们不会再等下去。”那位摄影师，不悦地叹了口气回到他的黑罩子下，伸出他的手，说：“一，二，三，咔！”照片就这样拍了下来，我父亲的微笑变成了鬼脸，我母亲的笑容灿烂又虚伪。冲洗照片花了几分钟时间，这时我父母坐在古怪的光线下，他们变得很沮丧。

VI

　　他们经过一个占卜师的摊档，我母亲想进去，但我父亲不想。他们为此争论起来。我母亲变得固执，我父亲再一次变得不耐烦，然后他们开始争吵，而我父亲想做的是走开，把我母亲留在那儿，但他知道那是不可能的。我母亲拒绝让步。她快掉眼泪了，但她感觉有一种无法遏制的欲望去听听那位看手相的人会说些什么。我父亲气呼呼地同意了，然后他们俩走进一个有点像摄影棚的摊位，因为它被黑布覆盖着，光线也被遮住了。这地方过于暖和，我父亲指着桌上的水晶球，一直说这都是胡说八道。算命的是一个矮胖的女人，穿着一件估计是东方的长袍，从后面走进房间招呼他们，说话带着口音。但突然间我父亲觉得整件事令人无法忍受；他拽着我母亲的胳膊，但我母亲拒绝让步。然后，在极度的愤怒中我父亲放开我母亲的胳膊大步走了出去，留下我母亲目瞪口呆。她想去追我父亲，但占卜师紧紧拉着她的手臂，求她别这样做，而我坐在座位上震惊得无以言表，因为我觉得自己就像在马戏团的听众面前，走在一根绷紧的一百英尺高的钢丝绳上，突然绳子出现断裂的迹象，我从座位上站起来，开始再次喊出我能想到的第一个词来表达我的恐惧，引座员再次沿着过道急匆匆走来，闪着手电筒，老妇人恳求我，震惊的听众都转过头来盯着我，而我一直在喊："他们在干什么？他们不知道他们在干什么吗？为什么我妈不去追我爸？如果她不这样做她会做什么？我爸不知道他在做什么吗？——但那位引座员已经抓住我的手臂，拽着我离开，边拽边说："你在干什么？难道你不知道你不能随心所欲吗？为什么像你这样的年轻人，大好前程摆在你面前，却变得如此歇斯底里？你为什么不想想你在干什么？就算周围没有别人，你也不能这样！如果你不做你应该做的，你会后悔的，你不能再这样继续下去，这是不对的，你很快会发现，你做的每件事都太重要了。"他说着把我拽过电影院的大厅，进入冰冷的光线中，然后我醒来，是我21岁生日那天寒冷的冬日清晨，窗台上雪之唇闪闪发光，早晨已经开始了。

毕业典礼致辞

对于这样一个场合来说，这确实是完美的日子，甚至对于后来发生的事来说也是如此，因为这一天恰好在适当的时候天气发生了变化。大片绚丽的云朵，边缘呈扇贝状或泡沫状，平静地在天上飘过，只是强调了天空宁静的统治。校园四周的枝叶在丝绸般的微风中轻轻飘动。校园本身被一排排临时的木椅、讲台，以及几乎所有的看台弄得丑陋，这也是一种临时建筑。毕业生不得不坐在那里，因为人太多了。然而，校园周围庄严肃穆的建筑物却保护着这一景象，使之不至于被女士们的夏装和阳伞暗示为花园聚会。一切都如预期的那样，对这个六月的下午，再没有别的要求了。

毕业典礼上的演讲是由最后一刻被替补上来的人做的，因为首选的演讲者突然生病了。这位候补演讲者是艾萨克·德斯潘塞博士。在默默无闻了一辈子之后，他最近以八卷本的《美国历史》而成名。他似乎是一个古怪人物，他的许多极端愤世嫉俗或激情洋溢的评论使采访他的记者们大为震惊，这些言论成了很好的报道，并被广泛宣传。正是他在报纸上的名声为他赢得了演讲的邀请。因为校长一向喜欢抛头露面，他知道有这样一位演讲者出席的毕业典礼，大城市的记者们会更加关注这次毕业典礼，尤其是因为这所大学本身就在大都市地区。

已经被介绍过了。那个胖乎乎的弯腰曲背的老人（很像年老时的克莱孟梭或怀特海）开始说话了：

"没有人，"他开始说，"会忘了这个场合。如此丰富，如此感人，如此多的时候，它可能会从你的注意力中消失，但会留在你的意识中，就像一种不健康的味道，是我们真实存在的地下世界的一部分。"

大家都在想，这是多么惊人的臆断啊，正当我们这么做的时候，老人坦率地咯咯笑起来，让我们更加吃惊。

"你们这些可爱的男孩和女孩，或者，如果你们愿意的话，女士们和先生们，今天凝视着那朵看不见的未来之花。这就是为什么我要向你们讲述过去。"

有人在嗤笑。他接着说："我怎样才能使你们感兴趣呢？我怎么能让你们对未来而言如此重要的过去感兴趣呢？我知道你们通常对什么感兴趣。如果我是风趣的，或者我是淫荡的，或者我讲谜语，你们就会听我说，给予我你们充分的关注。笑话书、停电或谜题，这些都是你们注意力的主要内容。好！相信我，我是打着旅行推销员的幌子来和你们谈话的！"

听众们坦率地笑了。非常着迷。

"我每天都在认真对待时间。现在如你们所见，它把我当回事了！"他伸出一只满是皱纹的手，似乎在显示他的年龄。嗤笑声再次响起。

"确实是旅行推销员！因为我打算向你们推销我的时间概念。你们有谁认真思考过时间吗？我知道你们没有。那么，就从你们的无知开始吧。因为有很多事情。比如我们呼吸的空气，我们很熟悉，却又一无所知。

"1897年8月的一个晚上。在俄亥俄州的辛辛那提。午夜过后很久，我和两个朋友在俄亥俄河岸边一家餐馆的露天花园里喝啤酒。所有人都走了，只有一对夫妇手牵手，非常伤心；侍者也希望我们离开，正在熄灭日本灯笼，打扫卫生。我的一个朋友在温和的陶醉中说：'所有男人都是我兄弟。''所有男人都是我父亲。'我说。只是为了押韵和开一个可怜的玩笑。另一个朋友接上，说：'所有男人都是我姐妹。'我们都开心地笑了，所以他又说：'所有男人都是我姐妹。'然后我知道什么是时间：'这不是开玩笑，'我说，试图阻止他们的笑声，'所有人都是我父亲！'现在想想！一代又一代的人，你们每一个都在自己沉重的胸膛里担负着惊人的重量！"

听众被演讲者极端的转变深深地震撼了；炸弹爆炸也不会引起骚动，我们是如此全神贯注。

"昨晚在百老汇附近的旅馆房间里。我早早就上床睡觉了，打算好好想想我现在要说些什么。在柏拉图的洞穴里，在我赤裸的床上，看着反射的车灯滑过墙壁。什么主宰着历史？我问自己，就像我在我生命中被审视过的那些夜晚一遍又一遍地问自己的那样。大家都知道历史有很多因素，直接原因，比如伟人、国王、英雄和哲学家，物质原因，比如气候、地理，最终原因，比如进步、地上的天国、无阶级社会，最后是形式原因——人性、生产关系、辩证法。"

说到这里，老人突然一阵咳嗽。当他平静下来，周围的谈话声突然响起来。每个人都觉得，他演讲最初几分钟的承诺不会实现，相反，正如他刚才所说的那样，一场冗长的谈话正在进行中。

"这些原因中哪一个最重要？"多年来，我一直问自己这个问题。其中有一个是最重要的吗？通常，这个问题看起来就像头顶的蓝天一样神秘。"

"寻找时间的第一推动者，无数个夜晚我都无法入眠。在睡着和醒来之间，当雨水嘀嗒着，风整夜吹乱窗帘，我总能听见木匠在窗下不停地敲打钉子。于是，我总是看着那不真实的灰色晨曦柔和地融化，渗透并探查着夜的幻觉，把椅子上的衣服从海底捞起来，点燃墙上的镜子。还是睡不着，我总是听到送奶工急急忙忙的噼啪声，听到他费力地爬楼梯的声音，听到奶瓶叮当作响的声音；我会从床上爬起来，点一支烟，走到窗前，观察守夜的路灯和马的耐心。每次回到床上，我都会听到一队卡车正吃力地上坡，它们肯定会开到二档，而且卡车上还盖着防水油布。多年来，这种情况经常在夜里发生。清晨的辛劳，建筑和运动的流言，与同一个自我醒来的神秘，永远，永远，是从睡眠的灰烬中飞起的，拥有八十万种记忆的凤凰！"

这时，听众已经完全迷惑了，因为老人的语气渐渐变得极其温柔，甚至好像被感动得流下了眼泪，他掏出一条巨大的手帕，上面有黑色镶边，轻轻地擦了擦眼睛。

"我不就是一个梦游者吗？"他突然大叫起来，听众们又爽朗地笑了，为他放弃那种令人尴尬的亲密关系而松了一口气。这时大学校长站了起来，打着官腔大声问道，这样我们就能知道德斯潘塞博士是不是病了。

"我不是，我不是！"他回答道，仿佛把校长当作不速之客推到一边。

"不！我现在明白了。我不再是瞎子了，我打算把我知道的都告诉你们。

"有人说，历史是由孤独的人支配的，他们在自己的小屋里构想出如此美丽诱人的思想，以至于社会得以新生和改革。因此有人说，一切存在的事物最初都是才智出众者头脑中的一种观念：美洲的发现就是哥伦布头脑中的一种观念。

"也有人说，历史是由制造商品的不同方式决定的。怎样生产，用手工还是用机器，由谁生产，由行会工人生产还是由雇佣工人生产，为谁生产，庄园主或百万富翁，食物、衣服和工具是如何制造的，由谁制造的，为谁制造的，这种结构被认为是历史的原动力。因此，美洲的发现是因为需要一条通往西印度群岛的商路。

"这两种说法都是正确的。在某种程度上，他们是真相的两个方面，这很可怕。我，一个老人，必须说出这个真相，因为对你们这些孩子来说，它太不稳定，太危险，所以很可怕。"

部分听众觉得很乏味，部分人觉得这很吸引人。

"多年来，在生日，在周年纪念日，也许在新年前夜，在庆祝活动中，突然毫不费力地，认知就来了，我明白了是什么赋予我生命的色彩，它的动机以及它的痛苦。然后是恐惧，我觉得我已经沉睡了很多年，而我的存在碰巧醒了过来，但这只是一瞬间，很快又得睡去，一个懊悔的范·温克尔。这种情绪就像丈夫发现妻子不可思议的通奸一样。这是一种失去意志，毫无意志地倒在车流中间的情绪。这是我从57层楼往下看下面的街道时经常感到的恐惧，那条小小的街道上人们急匆匆来来往往，与周围的一切完全无关。"

他又停顿了一下，掏出手帕擦了擦额头。由家长和访客组成的那部分听众中响起了一阵嗡嗡声。看台上的毕业生没有在听。一架飞机在头顶上呼啸而过，光秃秃的、抽象的、匀称的轮廓映衬着白云朵朵的天空；它的声音强调着下午的消逝。有一个聆听者对这个逼仄的大都市有一种强烈的印象，它的肋骨被又深又窄的河流捆绑着，四面都很逼仄，高楼上挤满了成千上万家药店和公寓。挤满了成千上万条狭窄的林荫道，都位于田园诗般的校园景象背后，显出它的虚假性。

"那么，历史的主宰是什么呢？想想美国历史的第一个早晨。数个星期，哥伦布一直被各种预感所困扰。'我们梦见一只夜莺在唱歌，'他说；10月9日。'整晚都听到鸟儿飞过，'然后，最终看见了陆地。但是他为什么要来呢？说到底，他那武断而危险的抱负背后的原因是：黄金，黄金，黄金！不是黄金这种金属，而是他认为比任何其他东西都有价值的黄金，是他心中被激起的欲望的黄金。从一开始，就存在商品交换：'我送给当地人一些红色帽子，脖子上戴的串珠，还有许多其他不值钱的小东西，他们非常高兴，对我们产生了奇妙的依赖。'还有什么比这更自然的呢，因为所有的航行都像箭头一样朝着似乎有价值的东西飞去。"

现在仍然在听的人，对演讲者的费解和演讲中明显的激情越来越惊讶。现在白昼已经蒙上了阴影，因为天空已经乌云密布，天色暗了下来。校园里一片清凉的寂静，听众们关切地四处张望。

"哥伦布环顾四周，发现到处都是有价值的东西。他看到岸边的树木：'这些树林，是我一生中见过的最美丽的树林，有丰富的甘泉，还有各种各样的树木。高得好像能顶到天空。我确信它们永远不会失去枝叶；这是可想而知的，因为我看到它们就像五月在西班牙一样翠绿、一样美丽。夜莺在歌唱，还有其他一千种鸟儿，在十一月份。'但他还有另一件心事，他问道：'这个岛上有金矿吗？'他们告诉他有无数金子，他又对路易·德·圣安琪尔和西班牙国王重复了一遍。'这是一片令人向往的土地。一旦看到，就永远不会放弃，'因为，他说，这里有太多的黄金。原住民交出的碎片没什么价值，"破盘子的碎片，碎玻璃片，还有散落的扣环。'那么，我们就不要欺骗自己了。哥伦布是来淘金的，而历史会不时地朝着人们心中认为是金子的东西前进。

"历史的主宰者是有粗纹的跳动的心，渴望着这样的或那样的金钱。

历史朝着人们所希望的方向发展，有时候是被选中的！朝着敏感的心所渴望或选择的方向，对许多商品敏感，有些商品，还是太少！正是人们所渴望的东西把中世纪的欧洲变成了圣地；在西方，正是人们所渴望的东西创造了机器，而不是在东方，他们渴望别的东西。在我们上下起伏的胸中的焦虑烦恼，那睡眠不足的焦虑烦恼，在我们所说的话之下，在观察的头脑之下，那种把注意力集中在似乎是一切善的总和的金钱上的焦虑，造成了人类社会畸形的形态。我把整个历史看作一个害相思病的男孩，在黑暗中笨拙地摸索他的性欲。"

校长急忙上前："我必须请求你克制一下，德斯潘塞博士！有女士在场。"听众们都目瞪口呆，一片巨大的喧哗声蔓延开来，一时间，似乎有人会站起来反驳演讲者，否则就会爆发出嘘声。但老人继续说：

"有些人想要足够的食物和一个小花园。有些人想坐在火炉边读长篇小说。有些人想游过英吉利海峡。有些人渴望在乡下拥有一处房产，受到仆人的尊敬。有些人希望以极快的速度飙车。有些人梦想着日本版画和清秀的女孩。有些人既渴望杂技演员的淡定，又渴望百万富翁的自负。有些人梦想和合唱队女孩一起狂欢，或有教养的人的礼貌，或一座赛马训练场。有些人只关心好烟草。"

听众并没有很快适应这一连串事件，有人嘀咕着表示反对。

"有人关心动物，有人关注另一个世界。有人研究康德。有人希望理解。有人雕刻肥皂雕塑，有人梦想中世纪。有人博学，有人慷慨。有人高贵，有人机智。有人想要一个未出生的儿子，有人想要一个十年前的父亲。有人希望得到关注，有人只是希望被允许留下来。有人为自己的第一本著作而自豪，有人为自己的金牙而自豪，因为牙齿更接近自我。有人喝醉了，有人病了，有人没有希望，但没有人不渴望商品，因为那是时间的原动力。有人只想睡觉。"

"所有人都花很多时间照镜子。所有人都怕死。所有的人都会被笑声伤害，因为自我本身就是一个伤口。最大的恐怖，最大的厌憎，是欲望和选择的意志之死。所有人都走在隔绝又完全相同的道路上，被那颗痴迷的、淫秽的心的渴望所引导。"

从昏暗的天空和校园里的寒气来看，暴风雨肯定是要来了。

"可我为什么要费事告诉你们这些呢？你们不感兴趣，这与你们无关，你们宁愿做一些充满即时享受的事情，比如吃东西。那么，为什么还要费这个劲呢？"

但这位老人离题太远。一个愤怒的年轻人站起来，显然是一个讲师，他戴着方帽，穿着长袍，看起来就像一架照相机：

"你是一个疲惫的老人和一个智力暴露狂。礼节这回事是有的，但你违背了它，侮辱了在场的女士们。而我们努力学习、斟酌、校验、批评的学问，你却用一点半真半假的真理、许多陈词滥调和几个耸人听闻的课程，假装宣扬出来。"

"我可怜的孩子，"老人回答，"在生日聚会上，你会羡慕那个能背诵的聪明人吗？你讨厌化装游行中的鼓队队长吗？你经常在电影院里寻找匿名者吗？难道我也要为你的童年买单吗？

这句话对听众来说算不了什么，但新教徒似乎感到不安，而在老人看来这是一个颇具蛊惑力的反驳。

"无论我对你们这样说的原因是什么（刚才提到过可以找到它的地方），现在我要提醒你们，你们为什么要听我说，并且要努力理解我的理由。

"你们，当你们坐在这里聆听的时候，你的生命在时间中一分一秒地从你的呼吸中消失。因为你的生命，在某种程度上，是一个可以计算的有限的整体。一小时有60分钟，一天有24小时，一年有365天，一个生命也许有70年。你很清楚这一切。但是你们中有没有人停下来想一想，这只给了你们36.792000分钟的生存时间，就在我说话的时候，那个总额就像可怕的太阳下的冰正在融化！"

听众觉得这很有趣。

"你们怎样打发时间，并不完全是你们的选择。因为你们只有一半的自由，只要夜晚的影片还在你们的脑海里萦绕，你们就一点也不自由。因为即使你们不再愚昧，你也是你生活的时间和地点的半个奴隶，这就是历史。

"不过既然你们还有选择的余地，现在就好好想想吧！周日下午沉迷于《纽约时报》，思考巴尔干半岛的政治，大联盟的击球和给编辑的信，这样做明智吗？你们在百慕大度假，每周三次在附近电影院消遣，玩桥牌，真的如此重要吗？把宝贵的时间花在抽一支上等雪茄上，花在和理发师讨论政治上，花在和烟草商赌加倍的利润或一无所有上，这样合适吗？在药店买睡眠，读小说逃避工作，在乐队演唱会上享受奢华，与烟草和屏幕上的亚洲融为一体，真是最好的吗？这样明智吗？这样公正吗？这样恰当吗？最重要的是，这样节俭吗？"

几滴硕大的雨点落下，但暴风雨还没有到来。

"不！你们不会从我的话中学到任何东西。但我看过天空，那是一颗庄严的蓝色水晶，我想我已经看见时间的到来。

"这是战争和革命之后的时代。无产阶级已经赢得了它的正义统治，感谢上帝。丰衣足食的时代已经到来：一切都是流线型的，每个人都很舒服，每个人都有富足。医学延长了人类的生命，并为我们提供了对身体最精确的控制。

"现在所有的兴趣都变成了审美。伦理与美学已经被认同，而最高的学问则是美学。仪式和庆典占据了每个人：诸如克己、贞洁和慈善等美德已被机智、芭蕾舞技巧、处世之道所取代。然而，自我克制和耐心仍然是美德，因为它们对每一个人类活动所发生的玄奥的芭蕾风格都是必要的。礼仪有无限的细节，从早到晚，每一个行为都有微妙的规则。所有问题也都是美学问题。占统治地位的哲学流派的思想甚至渗透到电影和日报中，它早已使每个人相信，只有有意义的东西才能被简化为关于时间和地点的句子：因此，所有问题都是可以解决的，或者是没有意义的。烹饪已经成为一门重要的艺术，每个人都是美食家。所有谈话都是诗化的，而大众品味更喜欢以弱音节结尾的押韵。对过去没有兴趣，尽管有一派喜剧演员试图用历史作为天真和滑稽的来源。

"但这个社会提供了多么无价的启蒙辩证法啊。现在每个人都变得极其无聊。在民众的精神萎靡之后，行政部门的分歧也最大。自杀频率越来越高。没有人愿意对此做些什么；少数忧心忡忡的人被指责假定存在客观道德。很快，这个社会作为一个整体面临死亡：只有到那时，许多人才会觉醒。这是何等非凡的辩证的严峻考验啊！谁会说，一旦从目前极其糟糕，以死亡胁迫着我们的经济地狱中解脱出来，拥有它的经验不是最好的？"

一个学生在看台上站起来，开始充满激情地发言：

"你是个想要和平的疲惫的老人，不管你知道与否，你不过是在试图为一个独裁政权提供另一个思想上的理由，在这个独裁政权中，目前的社会结构是靠武力和镇压来维系的！"

"等等！"老人答道，"听我说完。然后，你就会明白你对我说的话是多么不真实。但前提是你要试着理解我。"

雨现在真的下起来了。水珠四溅；西方的闪电使人神经紧张，隆隆的雷声传来，听众惊慌得东张西望。校长站起来说："德斯潘塞博士，由于天气原因，恐怕我们不得不结束你的演讲。我们都听得津津有味，而且我相信，受益匪浅。"（随着听众开始走动，礼貌性的掌声响起）。

"不！"老人说，"等等！"人群立刻停住了，有些人又坐下来。雨声似乎也变得柔和，减缓了它的嘀嗒声。"我还没说完。请你留下来听我说完这些无聊的话，"他苦涩地说。一个身材高大老处女式的女人拉着老头的衣袖，闪电在折断的树枝上划过，射向西边的天空。

"我说过了，我是作为旅行推销员来的，我还有几样东西要卖给你们。"他把一只大皮箱提到他的演讲台上，最后让我们大吃一惊的是，他取出一挺机关枪，一片面包似的东西，还有一些更小的东西。

"这是一把机关枪，一块黄油面包，还有一块巧克力，质量都很好。事实上它们的价格都很便宜，可以很低的价格卖给你们。现在就想！关注自己的内心和意念。你们愿意出多少钱买我这把可爱的机枪，它可以取代理发师和刽子手，能使任何人重视起来？面包和黄油，对你们来说值多少钱，你们愿意为它付出的价格真的有上限吗？一块巧克力，充满了即时的愉悦，一个精致的物件，美学的物件，不用负任何责任！你在那里！"他指着看台上的一个学生说。"你愿意为一块巧克力付多少钱？多少钱？"

学生一开始很窘迫，回答说："卖不出去！"听到这个愉快的声调，大家都如释重负地笑了起来。

然后老人拿出一面椭圆形的镜子。"我不能理解你的行为，德斯潘塞博士，"校长说着，又站起来。"我听不懂你说的，"老人大声回答，惊讶的听众紧张地笑起来。狂风暴雨来了，闪电划破天空，接着是隆隆的雷声。现在老人把镜子举在面前，仿佛卖弄风情似的拨弄头发。

"啊！"他说，"你愿意付多少钱来买这个，这个能让你找回自我的奇妙玩意？多少钱？你就多在乎自己的外表？"

有学生叫道："十四美元！"听众咯咯笑起来，再次如释重负。老人停顿了一下，似乎在努力控制无法压抑的愤怒。这时，听众完全被迷住了，虽然雨还在下。

"但镜子是危险的。它是对房子的威胁，而狗不知道怎么看守它。你们可能真的在里面看到了自己，尽管你们肮脏的内心里所有的谎言通常会保护你们。也许有一天你们真的会让自己大吃一惊，你们会发现自己有多丑陋。或者孩子们！孩子们可能会像你们照镜子一样看到你们，并意识到你们的眼睛正盯着粪便！"

"这是下流的，不能容忍的，"校长喊道，然后，更可笑的是，他吹响了哨子，长笛般优美的音调，召集来校园警察。

"你们吃过猪吃的东西，你们在猪赖以生存的环境中生存，直到现在，一个老人用惊恐的目光看着这个他必须在其中生与死的社会。你们是不可羞辱的。我要像以赛亚那样站出来，说，你们必因所选择的园子蒙羞①。历史是彻头彻尾的道德！凡事都有代价！"

闪电划过西边折断的大树枝。校园警察来到演讲台上，把悲痛的老人带出了校园。曾试图阻止父亲的中年女儿现在正努力向校长解释，她父亲已经病了一段时间，几乎不需要为他所说的话负责，但坚持接受了学院的邀请。听众走了出去，疲惫不堪，迷惑不解，浑身湿透，从各个可能的角度谈论那位历史学家的精神错乱。你会有一种回归大都市的感觉，四面都是间距狭窄而高大的塔楼，到处都是行驶的车辆、车祸、贸易和通奸，有数以千计的药房、公寓和电影院，它的肚肠里布满脉管式的黑色地铁，它的塔楼和桥梁宏伟、麻木、毫无意义。

与此同时，灰蒙蒙的暮色不知不觉笼罩在亮着的街灯上方，而出租车轮胎在潮湿的林荫大道上发出嘶嘶声。

---

① 出自《圣经·以赛亚书 1：29》

视觉

·岳敏君绘画作品　岳敏君

·如花笑靥　渝儿

岳敏君，中国当代艺术领军人物，国际著名艺术家。生活、创作于北京。

自20世纪90年代初，岳敏君就在画布上着意一个有夸张意味的"自我形象"的塑造，近年来这一形象蔓延到其雕塑和版画领域里。"它"有时独立出现；有时又以集体的面目亮相。"它"开口大笑，紧闭双眼；动作夸张，却充满自信。

2007年，岳敏君被《时代》周刊作为封面人物报道，并当选"时代周刊年度风云人物"，是5位全球重要人士名单中唯一的中国人，也是唯一的艺术家。《时代》周刊如此评价岳敏君："如果你认为中国与这个世界的现状和未来息息相关，那么这位艺术家就是描绘出中国的人。"

此外，岳敏君作品被国内外重要艺术机构、美术馆以及博物馆收藏。如美国旧金山当代艺术博物馆、美国丹佛美术馆、法国索瓦·密特朗文化中心、韩国釜山美术馆、广东美术馆、深圳美术馆等。

自参加1999年举办的第48届威尼斯双年展起，岳敏君成为历届威尼斯双年展的受邀中国当代艺术家，作出了其不可忽视的艺术贡献。

322 窟

三朵朱顶红

冲口玉人—3

冲口玉人—6

一群诗人

假山石—2

处理—06

处理—07

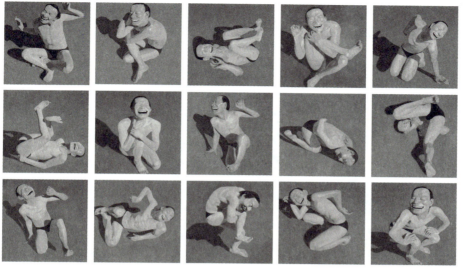

十五个活着的姿态

活着—红

151

天空

拳头花

月季花

桃花　　　　　　球根海棠　　　　　　百合花

琐碎—2

仰望天空—编号 2：单手叉腰

浪漫主义 + 现实主义研究

草地上的打滚

闲云野鹤—7

风味

五彩腾龙—1

五彩腾龙—2

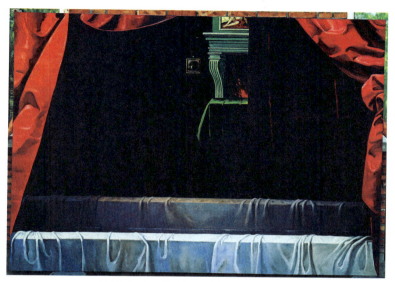

场景系列：加布里埃尔和她的姊妹

场景系列：草地上的午餐

场景系列：云海上的漫步者

石像生系列（6幅，温哥华市政收藏）

笑脸系列：闲云野鹤 –4

现代兵马俑

迷宫系列：八大山人

迷宫系列：泥洹宫

迷宫系列：春江水暖鸭先知

笑脸系列：霞光

迷宫系列：寻找艺术

渝儿，诗人，舞者，国家健将级艺术体操运动员，曾在大学执教，也曾就职于上海歌剧舞剧院。舞蹈生涯期间开始撰写散文和舞评，参与及策划当代艺术展览，开展艺术教育项目并积极投身艺术公益事业。

近年开始诗歌创作，著有诗集《暮春秋色》《灯光下》。参与"天问诗歌节""青海湖国际诗歌节""成都国际诗歌周"等活动，2019年参加哈瓦那国际诗歌节，连续七届参与"北京诗歌节"并获"第七届北京诗歌节金向日葵"奖。2021年当选北京诗歌节理事会主席。作品被译成英文、西班牙文出版。

以多重艺术经历，从身体的舞蹈语言延展到视觉的艺术空间，再将视觉经验转换为文字形式，跨界、游离，探索创作的多样性和个人化。

如花笑靥　渝儿

　　老岳这几年画了一批新作品，画面不再是那些嘻嘻哈哈的大笑脸了，他画风一转，描摹出来一堆如花的面容，绚烂无比，好像在这几年不普通的时光里他穿越到另外一个花的世界，在那个缤纷的时空采集了新鲜的色彩，用这些五彩花瓣的花语来重新构建一个图像世界。这跟之前拿自己当模特，只用自己开玩笑的画风很不一样，他开始转向身边的花花草草，开始琢磨这些艳丽的东西，尤其是疫情开始后，哪儿也去不了，他整日在花园里转悠，刚开始是看看，琢磨一下，后来拿着手机见着合心的就拍，看他认真的样子，让人觉得这是个认真的事情，于是我也见着花就拍，拍了就发给他，发给他之后就开始琢磨，哪天他要是把我看见的这一朵花画在某一个他拣选出来的人脸上，也就是意味着我也参与了前期的创作准备工作，并且我想我应该也能一眼就认出我拿着相机对准花朵时的角度，那时的光线、花瓣的状态，以及我看见它时的心理感受。等到对公众展览时我也能默默地嘚瑟一下，心说这里面也有我给贡献的素材，当然了，这是我的小心思，老岳不会去想这些。他在构想画面时只会关注这些美丽的花朵是不是贴合选择的人物，是否符合他当时心里的状态，是不是弄出一些新鲜的图示并且给人耳目一新的感受。他总是不停地思考和观察，他总能在日常里发现和提炼一些东西，就像一个炼金术士，经他手一描绘，日常就变得闪闪发亮。

　　老岳这个酒后嘻嘻哈哈的人平日里不太苟言笑，经常不知道他沉默的时候在琢磨什么。一般情况下他不是在书房就是在画室待着，画了几个小时的画之后，他就坐在客厅的沙发上点上一支烟，深深地吸上一口，长长地吐出去，如释重负地将身体窝在沙发里，手指夹着烟卷手臂搭在扶手上，任手里的香烟在时间里缭绕。开始我还好奇总想问他在想什么，他眼神迷离也不说，估计那会儿正在神游，我就跑去看他的画。他画画，旁边不能有人，即便是家人去画室，他也会停下来看看有什么事，待处理完人走了，他才能静下来一个人工作。画室里总是摆放着大大小小正在进行的作品，大的有一面墙那么大，想着他画画时搭着脚手架爬上爬下，一个人，着实忙。等我从画室回来客厅看他窝在沙发里的背影，就不想打扰他神虚的样子，等香烟燃尽，一杯清茶后，他才会开口。刚开始我还问他为什么这么画，到后来也懒得问，直接去看他画的画就好了。我想他有他的出发点，我有我的视角，没准我还能看到他没想到的那部分，那就是画和我的关系，和他有关也没关，是我和作品的一种秘密关系。

　　老岳喜欢朋友，总是乐呵呵，每天一个人在画布前较完劲，也就没什么事儿困扰他了。他最开心的事就是和朋友们一起喝酒，喝高了就聊天，聊嗨了就唱歌，每回唱他都拉个朋友给他伴奏，他要唱的歌是即兴的吟诵，有调也没调，就着现有的乐器，一般就是吉他，要是碰巧有乐队，那就太完美了，那会儿他一定跑上台去抢麦，让乐队给他伴奏。卡拉OK是绝对唱不了的，曲调合不上，也可以说不愿意和，非要唱自己唱的调，实在不行就念歌词，和他一起唱卡拉OK用他的话来说就是"受罪"，他不喜欢跟着别人的调跑，觉得不那么有趣和自由，还是自己发挥比较好玩儿，唱到兴之所至，见什么就说什么，调侃别人也说自己，也都在节奏里，酒劲没太大时，能清晰地听到歌词。有一回，他和老芒克一行人在一个音乐餐厅吃饭，喝到兴头上就冲上台拿了麦克风即兴唱：

老子不怕沉重的负担
老子就是一个傻子
老子就是两千年前的老子
老子就是老子

他就着酒性指天说地，台上台下热闹一片，说真的，那一刻我似乎看到他画里那个闲云野鹤的家伙穿越千年来到酒馆，活灵活现，酒精就像他身下的大鸟，载着他在酒歌里上天入地。他吟唱的另外一部分是他自创的"岳语"，叽里咕噜、唔哩哇啦，时而高亢时而低吟，酒这时就是一把小刀，穿过肚腹剥去他羞涩的外衣。

记得第一次见到他时，是被朋友拉去参加一个展览开幕酒会，酒会过半，我穿过人头攒动的会场去户外透口气，一抬眼就看见不远处老岳身着一色麻质衣服，笑嘻嘻地蹲在花园的矮墙上，月光下白色的衣服从花园的深绿篱笆墙里凸出来，像极了一尊雕像。估计是喝多了一些，他面色微红，脑门上冒着光，笑盈盈地看着身边灯红酒绿的男女，脸上的笑纹一丝丝地弯在眼角。他似乎很满意，满意眼前的这些繁华夜景，他的笑脸看上去很安逸，安逸到和那个腥臊的"Party"有点出戏。初夏的夜晚微风习习，他像一团温厚的云，被吹到了浦江边，乐呵呵在那个夜晚看人间风景。他喜欢看书，喜欢一个人安静地想问题。他每日都在北京东郊的工作室里待着，无所谓周末、假期，只有离开北京，他才不用每日早九晚五地去他那个画室。2000年初，他用他那个安逸的深蹲创作了一组作品，就像我第一次看见他时他蹲墙头上的造型，他们围成一圈儿，面对着书山，大笑着。也闭着眼睛，仿佛拒绝思考也是思考的能力。他用这个低到微尘的姿态接住了所有人世飘浮的尘埃，也用这个安逸的姿态接住了我曾经漂泊的心。

说起老岳的笑，有种千言万语却无从说起的感觉，之前有各种批评家、策展人分析描写过他和他的作品，也有他和不同人的对话，从我看他平日里寡言的样子和他酒后松弛的状态就像他画里的两面人，画面的笑靥和生活的笑脸叠加在一块儿，构成了典型性的岳式图式。但他似乎也不满足于此，除了广泛流传的大笑脸外，他在不同时期并行创作了不同系列的作品。比如汉字系列，把身体扭成各种形状画进画里，试图用肢体去书写汉字的形态，从身体出发，用图像链接传统书写的身体性，这是一个从汉字孕育出来的艺术家，在西方图像训练多年后对母语进行的本能思考，尤其是信息社会，汉字这种古老的书写方式在当下的意义所在。他用大笑的面容扭曲着身体把自己装进一格一格的填字谱，还用青砖白墙制造一个个汉字迷宫，他在解构掉传统绘画的废墟里重构了《迷宫》系列，并在充塞着花鸟鱼虫和高士的迷墙里思考个人境遇和千年族群遭遇的困境。他收集商业广告拼贴碎片化的世界，于是有了"琐碎"系列，画面里充斥着各类商品、明星，让人眼花缭乱，他在画面最后还处理成一个漩涡，生动展现商业社会给人的冲击，从而引发观者的思考。

90年代刚开始普及使用电脑时他就对修图软件发生了兴趣，修图软件的特殊功能可以随意修改和调整原有画面，这对于一个从事绘画的人来说简直是太方便太伟大的发明了。他研究图像修改，观察图像变化的意义，随后仿照电脑上随意改变的图像用画笔在画布上随意涂改，最终他用笔触打圈的方式来处理已经完成的画面，使原有画面产生疏离感，这个系列的作品就叫《处理》。有了处理系列后，便引发后来《场景》系列的思考，他将画面主体抽离，还原图像原有的场景，对于观看者，画面主体是被主要关注和描述的对象，而场景往往就是背景被忽略的部分，但是场景往往是更客观的存在，它不需要被主观塑造，于是老岳就将这部分被忽略的部分还原出它原有的完整画面，当观众走进这些空无一人的场景时，他们一定会有似曾相识的感觉，因为这些场面都是各种深植人心的著名绘画图景，但这一刻，所有曾经的故事都消失了，只留下空荡荡的山川和历史背景，让人深思。

在面对一张画布时，每一个艺术家都会有一个视角，因为他们要创造一个世界也要赋予它意义，这种工作性质和状态往往会让艺术家忘记掉他所面临的客体的主观性，就像父母常常会忘了孩子从出生那一刻开始就作为一个独立生命体开始步入他自己生命的轨迹。老岳想要尝试，他用已经完成的画面去面对一张空白画布，让这张画面去摩擦那个还未有任何图像的画布，让图像自己去生成一个画面而非艺术家为之，他称这是"施虐与受虐"。他总是几个画风的作品同时展开，时不时还做一些雕塑作品，他的雕塑有《革命浪漫主义》系列，一群白T恤牛仔裤的笑脸人高举镰刀火炬，模仿老电影开场的造型，生动诙谐。上海双年展期间为展览创作了一组雕塑《五彩腾龙》，那是一组正在行进的恐龙群，群龙有大有小，身着不同颜色的外衣，摇头晃脑昂首阔步，很是壮观，那是一个国际展览，艺术家以龙的传人完成中华在当下语境的现代视觉传达。

我印象深刻的一次活动是2017年夏天我们一家去温哥华，在温哥华的English bay的海滩上有一组老岳的《石像生》雕塑作品。那组作品是2009年温哥华国际双年展的参展作品，当年展览期间，温哥华市政府请全体市民投票，选一组作品作为永久收藏，通过一轮轮的筛选，最终遴选出了这组"大笑"雕塑作品，永久陈列在海滩边上。温哥华市长听说我们一家要去温哥华，便和双年展组委会商议给那组雕塑作品补一场落成仪式。时隔九年，当年的帅哥市长还在任，他特别高兴能在他在任时把这个仪式合完成。落成仪式日子定在7月13日，那天市长和双年展主席带着各路媒本和嘉宾在海滩边的雕塑群里做了一场隆重的开幕式，我们每个人都穿着印有雕塑图案的T恤，会场飘满了粉色和黄色的气球，粉色是老岳画里最具代表性的颜色，黄色代表中国。这组雕塑是古铜色，在这些靓丽的气球夹衬下，"石像生"们焕发出别样的活力。开幕式就像一个欢乐的大"Pa-ty"，在开幕讲话后，市长宣布7月13日这一天将定为温哥华的"大笑日"，市民们纷纷来到现场和乐队一起起舞，在雕塑群里穿梭，孩子们爬上雕塑和大笑人一起玩耍、模仿大笑人的姿势，还有一群人专门带着瑜伽垫子来练习大笑瑜伽……此情此景，让我感叹从此温哥华多了一个声音，一个从远古传来的笑声，他生生不息，不仅给华夏子孙，也给世界的人民带去了东方的笑脸，一个充满乐观和悲悯的笑容。

有时为了适应展出空间的条件，艺术家也不得不给原有的作品做适当的调整。有一年为了能把雕塑装进美术馆的展厅，老岳只好根据馆里的天花板高度来完成作品，而且这组作品就叫《仰望星空》。等到布展结束我去到展厅一看，嚯，好家伙，几个大块头头顶着天花，一个抬头的几乎是脸贴着天顶了，虽然看着满满当当，但也确实有一种压迫感，一种顶天立地的张力，想来在有限的天花板下仰望星空不正是一种真实的写照吗？

这三年疫情的催化，老岳的笔下再次迸发出一波浓烈的色彩，这些颜色耗丽的花装点了我们庸常的生活。这回画的花老岳说是一种遮蔽，一种极盛后颓败的无常，也是人生过半后拈花一笑的参悟。他说处理也是一种遮蔽，艺术家可以通过改变图像处理成主观的结果，从而遮蔽掉原生图像的属性。我想这些年他从直接的表达开始转向更多诗意的隐喻，是不是跟这些年他和我一起沉浸在诗句里有关呢？不管怎么说，我还是很喜欢这些充溢张力的大花朵，尤其是这些年，以往我的花园里都是一水儿的绿绣球，我害怕那些五颜六色的花朵干扰我的宁静，但当我过了那些不得不安静的日子后，我看到那些大红大紫的花朵，看到了她们旺盛的生命力，也看到万绿丛中一点红的美好，它让我在最压抑和难过的日子里得到些许慰藉。

今年年初，老岳在北京的798唐人艺术中心做了一个个展，展览集中展示了这几年他创作的艺术作品，我从外地赶在撤展前的最后一天回到北京，还记得那是个阳光明媚的下午，我走进宽敞的展览现场，扑面而来的就是那组色彩绚烂的花朵，之前她们盛开在花园里，现在她们穿过画笔走到了艺术现场，千姿百态地展陈着一个个隐秘的思绪，老岳用他的笔触将花儿短暂的生命变成永恒的绽放。展厅有一张画让我驻足良久，两个熟悉的大笑人坐在花上，浑身散发着光芒，花朵似乎马上就要飞起，朝着阳光，他们恣意大笑。

随笔

傅菲，江西上饶人，专注于乡村和自然领域的散文写作，出版散文集《元灯长歌》《深山已晚》《我们忧伤的身体》等30部，获三毛散文奖、百花文学奖、储吉旺文学奖、芙蓉文学双年榜、方志敏文学奖、江西省文学艺术奖，及多家刊物年度奖。

大地上世袭   傅菲

新麦

梅生来电话，问："明天割麦了，你要不要来啊？"

"当然要去。我早早就去。"我说。

麦田在樟坞，只有两块，约一亩。樟坞只有鸡窝大，一共才六块梯田。一条半米宽山道，从山脚往上绕，横穿过第三块田，又往上绕，入了一块略微斜缓的山坡，梅生掘土平地，筑了一栋黄泥黑瓦的三家屋。三家屋是赣东北传统山地民居，地梁石砌，夯黄泥（参杂芦苇秆）墙，圆木柱架木梁，钉木椽，盖黑瓦或黄瓦，一个厅堂和两个厢房、两个偏房。厢房住人，偏房作厨房或杂货间，木板楼梯从杂货间架到阁楼上，阁楼堆放棉絮、箩筐、打谷机等器物。

樟坞只有两户人家，另一户早些年搬迁到桐溪坑去了，做了卖家用杂货的营生。梅生这一户，只留了他和老婆，女儿外嫁到浙江开化去了，儿子去了市区买房，开了间店面，卖窗帘。这栋三家屋是梅生手上做的，住了三十多年，他舍不得离开，留在樟坞种田种菜，出笋挖笋，出茶采茶，日子也还算过得去。他有四块田，轮着种，免得长草。田长草，和坟头长草没什么区别，让人心里不免生出凄惶。二十年前，一家六口人的吃食，全指望这四块田。

前年初冬，我第一次去樟坞。机耕道从上乐公路铁丁山路口往山里伸，岭高崇峻，阔叶林浓浓墨绿，枫香树、火棘、山乌柏翻飘着红黄之叶，稀稀地翻飞、飘零。涧水吟鸣，却不见山涧。机耕道长约五华里，卧在山谷如巨蟒。机耕道尽头是一个废弃的林场，一排砖结构的一层瓦房年久失修，如报废的火车头。一条山道斜入山坞，樟树遍野，叠岭而上，便到了樟坞。梅生把翻耕了的田，挖出一块块田垄。块状的田泥，他用锄头捣碎，匀了平整，垄边往下缓斜。一块田，挖了四块等宽的田垄。我说，"老哥，你这是种油菜吧？"

"不种油菜，山雨多，油菜倒伏得厉害。种点大麦。"老哥说。

"田畈里，都没人种大麦小麦了。很难得见到有人种麦。"我说。

"谷子都吃不完，谁还会种麦？我种麦，是想做米糖，能卖几块钱就多得几块钱。闲着也是闲着。"老哥说。

我们边聊，边往他家里走。喝茶去。他说他叫梅生，他老婆叫梅花，天生就般配着。见了他老婆，就觉得他的话说得恳切。他老婆清瘦，脸略圆长，身略高，虽是六十来岁的人了，皮肤还是比较白，走路也不拖泥带水，看起来就是清雅人。梅生中等身材，粗壮结实，肩胛骨厚厚地耸出来，脸大鼻大额宽。他老婆端出一碗热热的清茶，炒了南瓜子，放在八仙桌上，提了个篮子，摘菜去了。梅生说，以前樟坞是没有住户的，有了林场，才有了人。他是林场护林员，就在樟坞建了房，守着林种着田。林场解散后，他留在樟坞。

喝了茶，梅生又去割田埂上的茅草。茅草又密又长，黄黄又哀哀，被雨水冲得往下倒伏，蓑衣一样挂在田埂上。割下的茅草，压在田泥里。割了的田埂，铲掉草根。

严冬了，突来了一场雪。我爱人给我打电话：你赶紧回家，带几件大衣去，德兴比上饶冷，没大衣不行。我搭了车，就急急地回上饶了。住了一夜，又回德兴。路过铁丁山，我想起了那个种麦的梅生。我径直去了樟坞。

山中的雪更大一些，路上铺着雪，树上也积了雪。雪被冻在树叶上，脆脆硬硬。嘀嗒嘀嗒，林中落着融雪之声，清脆、响亮、疏落。山谷空静。很多树落尽了叶，枝丫横斜，遒劲坚挺。偶尔一声鸟叫，悠远、空灵。孤鸣之鸟，必是高远的良禽。事实上，雪下得并不大，稀稀拉拉，但下得时间长，才有了山中积雪。机耕道上有一排两行的梅花状兽迹。落叶覆盖了落叶，雪覆盖了雪。

麦苗从雪田抽了出来，璎珞似的，油油绿绿。苗一指长，叶肥茎挺。在株距之间，铺了一层茅草。雪盖在茅草上，显得蓬松、细密，露出晶体的雪粒层。山道有点滑脚。上了山坞，闻到了燃烧的松木香。瓦檐在滴着水，屋脊两边铺着少量的雪，檐边已无积雪了。

梅生在烧泥炉，架起吊锅，在焖肉。我说，"十点不到，就准备午饭了，也太早了吧。"

"早饭午饭合一餐，省了好多事。"他说。

山里人入冬后，开始用吊锅，焖肉至半熟，加白菜、萝卜、圆圆粿、豆腐泡、荷包蛋，加辣椒干、生姜块、大蒜头、冬笋片、山胡椒叶等等，一起焖。松木片生火，炭头焐红，慢慢焖。圆圆粿是上饶、玉山、广丰、德兴、横峰等地特色农家菜，白萝卜、红萝卜、红芽芋子、香菇等剁烂，掺杂红薯粉，搓团（土鸡蛋大），蒸熟。圆圆粿可切片红烧，可与白豆腐一起煮，是至上美味。

吊锅焖了一个来小时，满屋子菜香。就着热锅，喝点小酒，吃得浑身发烫。再冷的冬天，也不觉得寒。火，对于山里人来说，是不可或缺的一种陪伴。从出生到终老，山里人离不开木柴。梅生的檐廊下，码着高高的木柴。木柴被劈成片或块或条，木质白白或黄黄或褐褐，毫不掩饰地露出燃烧的欲望。那是人最原始、最彻底的欲望。木柴被燃烧了，彻底释放了野性，化为白灰，或结出敦实炭头，才算走出了树木的生命，与人的生命融合为一体。

新拔的大白菜、萝卜入了吊锅，我起身告辞了。梅花大嫂很客气地挽留我吃吊锅，说："这么深的山里，一个月也难得有人来，你是个稀客，怎么能不吃饭呢？"

"谢谢。下次来，下次来。一定来。"我说。

翌年，四月中旬，木荷花开。木荷，土名肿树，意即长得非常快，储水量大，看起来很肿胀。木荷花与野山茶花无异，白得纯粹且放肆，花瓣肥硕，香满山谷。我去樟坞看木荷花。野樟树林往往有高大密集的木荷树。大麦已灌浆，穗针直竖了起来。荒了的四块田，长了很多鸭拓草、婆婆纳、龙葵、早熟禾、野荠、蒲公英、鬼针草，田埂上长地稔、地锦、牛筋草、马齿苋，各色小花拥挤在一起开放。山边水沟则是葱郁的香蒲、苘麻、红茎商陆，盖了沟面。

大麦在山坞中央，墨绿一块，阔叶挺挺。落山风滚下来，大麦摇起一阵阵波浪。梅生在菜地扦扁豆架，哗啦哗啦地破茅竹。我对梅生说："老哥，你割麦的时候，记得告诉我，我来帮你收麦。"

梅生说，"你千万别收麦，麦针刺得肉疼，请你来看看就可以。"

临走，梅生送我一捧野麦穗，说："野麦早熟，烘烤干了，当茶泡起来喝，治小孩盗汗。"

"野麦哪来的？我都没看过野麦。"我说。

"种了大麦，就有野麦。野麦剪了，大麦就开始黄熟。"梅生说。

这个，我还真不知道。以前，我还以为野麦跟马塘草、竹节草一样，随地长呢。在十来岁时，我家种过大麦、小麦，也没见家人剪野麦。可能剪了，是我不知道罢了。

到了六月底，大麦黄熟了。梅生给我电话，说，麦田没有被野猪拱，麦穗都弯垂下去了，明天就割麦。

大麦有穗针，密密长长，如一绺长胡须。小麦无穗针，麦秆也低矮一些，颗粒也小一些。我到了樟坞，梅生已割了一块田，一捧一捧地放倒在田里。他说，天泛白，就起床割麦了，天凉快。他穿着厚厚的劳动服，肩上搭了条毛巾。他用打谷机脱粒，踩着机械板打着麦子，转动着手腕，嗒啦嗒啦。打了一捧，去田握一捧，接着脱粒。他老婆提一个篮子，选麦秸。她选取的麦秸，剥了麦衣，又圆又白。她用麦秸编麦秸扇和麦秸帽，或做蒲团。

我对梅生说，"我来递麦子，你脱麦粒。"在田里，来回奔走着捧麦子给梅生，走了二十几趟，气喘吁吁，坐在田埂上，双腿发酸。

看我窘样，梅生笑了。我说，"少年的时候，割稻子，捧一天稻禾也不累，现在真经不起折腾。"

"你没有锻炼，肌肉是下贱的，越受累越强健。"梅生说。

还没到晌午，麦子脱完了颗粒。他把麦秆铺在田里。另一块麦田，明天再收割。他站个马，扁担压在宽宽厚厚的肩膀上，挺起腰部，挑起麦子，抖一抖腰身，扁担咔嚓咔嚓响两声，箩筐下沉。他稳稳地踏步，上了田埂，走在山道，挑麦子回家。

麦子倒在卷席（晒稻谷的竹器物）中间，呈一条山梁线。他老婆端起竹笆，笆麦子，摊开晒。晒了一会儿，麻雀就来了，低着头猛吃。我对梅生说，我买八斤生麦子，带回去自己晒。

"自己种的东西，哪有那么金贵。八斤麦子哪用买，你自己直接装。说起来，你也是看着麦子长起来的。"梅生说。

麦子晒了四天，收进了土瓮里，用了两斤麦子泡麦芽。麦子用阴阳水泡，泡了六天，麦芽有了4—5寸长，芽头青黄。我泡米（22斤），泡了半天，掺杂麦芽一起，用大饭甑蒸。蒸熟了，倒进25公升容量的土缸里，轻轻压实，中间掏一个酒瓶底大的洞，加入两小瓷勺石膏，盖了缸盖，封紧，缸移放在楼梯间底下。

过了十八天，打开缸盖，看见一坛清清汪汪的水。取一根筷子蘸一下水，尝尝，鲜甜。点起柴火灶，倒缸水三分之一，慢慢煎水慢慢熬水，熬出了糖稀，又加缸水三分之一，继续煎熬，熬出了糖稀，最后的缸水全入锅，慢慢煎熬。糖稀变白变稠，筷子可以卷起糖稀。退了明火，灶膛余温烘糖稀。锅冷了，水消失，锅底白白一团。这就是米糖。称了称，米糖有九斤八两。

我打电话问梅生："我煎的米糖偏黄，没有纯白，什么原因呢？"

梅生说，"不是石膏少了半勺，就是熬糖时火烧旺了一些。"

新麦出的麦粉，做出的面食非常好吃。我不会做手工面，也不会包饺子、馄饨。我还是磨了两斤麦。不用机器碾，用石磨磨。一手拉磨，一手抓麦子塞磨眼。坐在磨架上，一圈圈拉磨，麦粉从磨空筛下来，落在圆圆上。麦粉黄中带白，扑着麦香。含有阳光、雨水的麦香，带有野草的气息。

麦粉糙糙的，调二两入碗，打两个鸡蛋下去，加水调稠，用汤勺舀入肱骨汤里，做面疙瘩。香软糯糙，是我很喜欢的口感。

又泡了一斤麦子，泡麦芽。麦芽炒熟，收入玻璃罐，泡茶喝。

入了秋，天几乎不下雨了。樟坞的麦田长出了稀稀的草，半青半黄。狗尾巴草高高翘起穗头，晃着。有风也晃，无风也晃。其他四块田黄着，一副破败不堪的模样。地稔结了黑黑的浆果，摘几个塞进嘴巴，吃得嘴唇黑紫，甜到了舌根。香蒲自下而上发黄，棕黄的花棒如一根热狗。麦茬烂在田里。

马褂木披起了黄叶，析出麻白。油桐结出了黑黑的桐子，皲裂出了缝隙。梅生背一个竹篮，每天山外的村子卖米糖和麻骨糖。收了麦，除了种点菜蔬，他也没什么事。米糖是米价的三倍。一天走下来，可以卖二十来斤米糖。村人买了米糖，留着做冻米糖。冻米糖是各家各户要做的，用米糖熬回糖稀，搅拌熟米花熟粟米熟芝麻油花生，压在豆腐箱里压榨，切成一片片，包在白纸里。吃冻米糖了，取一包出来，一边喝茶一边吃。

吃冻米糖，已是腊月了。该秃的树秃了，该砍的木柴砍了。年迈的老人熬着寒，眼巴巴盼着春天来。春天不是说来就来的，也不是说可以盼来的。秃了的老树，处于一种僵死的状态，对一切都无动于衷。在树的王国里，老树僵而不死，发达的根系在地层吐纳。

雪又来了。那块麦田没有翻耕。雪很小，树叶、田里、瓦檐等没积雪。接下来，是冰冻的日子。梅生的屋檐挂起了冰凌。我们不称冰凌，称胡铁钉。胡铁钉既冰冷又坚硬、锋利，是一把以冰锻打的尖刀。一座山，似乎成了一座空山，连鸟也难得见到。水被冻住了，也不流淌。很多树被冻死了。

除了风声，唯一的叫声就是梅生灶膛的火，呲呲呲，炸出火星。

童家

大茅山北麓山梁似马脊，峰丛是椎骨，花岗岩石如鼓如钟，向北向西延伸。山梁凹处下，便是黄歇田（高山小村，因楚人春申君黄歇隐居于此而故名）。公路斗旋，坡徐缓。山麓偶有白树间杂在绿林。三个多月的干旱，有些树缺水而被旱死，树白叶白，叶却不落，死而不僵，站立而朽。山谷中，十余家人烟堆在烟霞里。竹涛汹涌，白云出岫。山谷落坡处，溪涧潺湲，小桥通往两户人家，果树林围出一个院落。院落飘来阵阵蜜香。

院落的矮墙上，摆了三只蜂箱。我站在柚子树下，对着敞开的木大门，唤了一声：有人在吗？讨碗茶喝。一个六十来岁的大嫂走出大门，很客气地扬手招呼：进来坐，进来坐。我并没进去，而是往蜂箱走。我说："鸡鸭养了这么多，还养了蜂，让我羡慕。"

一个六十多岁的大哥，从屋后拐过屋角，走了过来。大哥穿着一件军绿色的厚单衣，卷着衣袖，脚上的黄胶鞋裹着一层黑泥；头发稀疏，露出光脑门，鬓发却厚，蒙着一层霜白。他微微笑。我问老哥："我经常路过这里，却不知道这个地方叫啥？"

"童家。儿童的童。"

"你姓童？"

"姓廖。我爱人姓王。年轻时，住在黄歇田底下，二十三岁那年，和我爱人结婚，第三年，我白手起家，做了这栋瓦屋。你进去看看，梁柱都是粗木料，楼板扎得结结实实。我天天扛木头，扛了半年多，才有了这些粗木料。"

"吃了很多苦，打下了家底。你还养蜂，一箱蜂一年可刮几斤蜜？你这个蜂蜜肯定好。你种的菜肯定好吃。我中午到你家吃饭。"

廖师傅扶着蜂箱，说，"今年还没刮蜜，还不知道能刮多少蜜。

"蜜以冬蜜为上好，性温、味香。"我说。

蜂养了八箱：果树林有三箱，屋后针叶林边有五箱。蜂箱是圆木桶，倒立着，盖着棕衣防雨防寒。廖师傅掀开蜂箱盖，一窝蜂结成团，拥挤在继箱上。蜂门有极少的蜂进出，也有几十只蜂冻死在巢门口，四脚朝天。此时，已严冬，大多数蜂被冻死了。我由此推想，大茅山没有蜂鹰栖息。蜂鹰是以蜂为食的猛禽，有蜂鹰的地方无法养蜂。严寒，是动物的劫难。昆虫被冻死，一些林鸟因缺食而亡。哺乳动物被迫下山来到村舍窃食。如猕猴。

童家，是大茅山通往大茅山乡、花桥镇、龙头山乡、李宅乡的必经之路，也是北麓通往梧风洞的必经之路。2018年6月底，我在黄歇田农家，吃过一次晚餐。餐后，月初升，山谷一片银辉。坡落处，群山环抱，谷口敞开，呈瓠瓜状。白毛家犬独坐溪桥，对月轻吠。溪水声，嘟嘟嘟，与虫共鸣。当时，并不知道这里叫童家。在路边草坪，与友对坐，沐浴月华，可以感知深山的呼吸。山贴在人的心肺处。不远处的洎水河谷，村舍散布。星宿繁盛如斯，忽明忽明，不灭，星光融合在一起，形成光河。光河无疆，山梁是唯一彼岸。天空圆形，有着蓝色的拱顶。山上阔叶林，泛起霜白之光，以至于森林更清亮更黛青。山巅不再高悬，而是层层堆叠且纵马向东而去。狗叫了几声，不叫了，卧在梨树下，闭眼瞌睡。柳蝉在枣树上，嘶嘶哑哑猛叫，歇斯底里。月亮悬在中天，山谷形似水井。

"大嫂，中午，我想在你家吃饭，你吃什么我也吃什么。"我说。

"没什么好菜招待。"王大嫂说。

"你自己种的大白菜，好吃。辣椒炒土鸡蛋。"我说。

院子约有半亩之大，一块菜地临溪。数日暴雨，积雨云坍塌下来，雨直泄。雨虽歇了两日，泥浆却沉积在菜地的畦沟。菜地被竹篱笆围着，有八畦，种了白菜、白萝卜、芹菜、菠菜、芥菜等。菜种得肥绿，不枯叶不萎叶。白菜是大青白，叶散而挺，茎玉白叶淡青。辣椒过了霜降就下山，秆枯叶谢。廖师傅种的辣椒，挂满了枝丫，叶绿秆挺，辣椒也饱满。我摘了十几个，对廖师傅说："这是土辣椒，吃起来没有皮，拍几个蒜瓣下去，煎辣椒，肯定好吃。"廖师傅拔白菜，拔了三株，放进圆篮，说："这个辣椒，一直由自己留种栽种，几十年了，就吃这种辣椒。"

"呼噜噜。"廖师傅呼了呼，鸡鸭就围了过来。他剥白菜叶给鸡鸭吃，剥萝卜叶给鸡鸭吃。狗眼巴巴地望着他，摇着尾巴。

白菜留下了菜心。廖师傅说，入了寒冬，百吃不厌的是一碗白菜心，用山茶油清炒。

山边是几块水田，因久雨，田里有了积水。白番鸭在啄食。田里有螺蛳、蚯蚓、死虫。我数了数，白番鸭有八只。屋后有一条逼仄的山垅，灌木很密，有油茶树、宽叶野桐、茶树、木檵等。据廖师傅说，山垄中的小路，可通往两个山坞，在三十年前，那个山坞常有狗熊嚎叫，吓得人不敢单独上山干活。廖师傅在大茅山生活了六十多年，没有看见过狗熊，没有看见过狐狸、猴子，麂子、野猪倒常见，早些年，豺也见得多。他读书不多，却是一个很通情达理的人，对大茅山的见识也广。他种树砍树，种竹砍竹，养蜂，孵香菇，挑货，采药。山里的事，没有他没做过的。

厨房屋顶升起了柴火烟，白白淡淡。王大嫂用饭甑蒸饭，饭面垫了白菜叶，蒸米粉肉。远远就闻到了饭香和肉香。一个南溪（山下河边村）客人（六十多岁，裹着厚厚的黄棉袄，说话声音很轻很细）来到廖师傅家，和廖师傅聊天。我劈了木柴，坐在灶膛前烧锅。

王大嫂从菜柜里摸出鸡蛋，一手抓四个，抓了两手。我说，"炒鸡蛋有五个蛋足够了，省着。"

"五个蛋？少了，不好招呼客人。"王大嫂说。

"王大嫂，你会做乌捞粿？龙头山的乌捞粿是山珍绝品。"我问。

"掌勺的龙头山人都会做。中午做乌捞粿，太匆忙了。"王大嫂说。

乌捞粿是德兴独有的传统特色吃食，发源地就在大茅山北麓的龙头山乡。粿皮原料是山蕨根磨碎，沉淀出淀粉。山蕨是金星蕨科植物，属于古老物种。《诗经·国风·召南·草虫》记录了采蕨"陟彼南山，言采其蕨。"蕨衣鲜炒或晒干炖肉，是南方人的吃法。唯独龙头山人在冬季挖蕨根（地下茎块），捣烂、磨浆、沉淀，晒干封存。乌捞粿以山蕨淀粉为原料，作粿皮，包肉馅（也有包菜馅或鲜蘑菇馅），状如大饺子，用大蒸笼蒸熟。乌捞粿出笼即吃，凉了即粿皮硬化。出笼的乌捞粿，晶莹剔透，色如水晶。龙头山人制山蕨淀粉讲究，沉淀三次，去除了杂质，晒得彻底。

龙头山是大山区，少田缺粮，在物资匮乏的年代，挖山蕨根制淀粉，以补充营养。这是山区人的智慧，也是一种生存方式。毗邻龙头山的李宅、花桥，虽有人会做乌捞粿，蒸出来却乌黑黑，与红薯粉作粿皮无异，原因是淀粉只沉淀一次，含有杂质。在2000年前后，教育职工食堂，做的乌捞粿很出名，我每次去德兴，就去食堂蹭饭吃，只等那一盘乌捞粿。2017年秋，我和祖明兄在德兴，传金兄很盛情地说，要吃乌捞粿，去龙头山。他开车半个多小时，带我们去吃乌捞粿。现在，传统的乌捞粿已经非常少了。鲜有人上山挖蕨。挖山蕨、洗山蕨、磨山蕨、沉淀淀粉、晒淀粉，样样件件都是劳力活，也是细活，很少有人为吃一碗乌捞粿操心了。龙头山以做乌捞粿为业的人，还恪守传统，不会去辜负远道而来的客人。

我烧灶膛，王大嫂烧菜。菜四个：米粉蒸肉，炒菜心，炒油冬菜，辣椒炒蛋。小菜四个：霉豆腐，剁椒，泡萝卜条，酸大蒜。我打开饭甑盖，说："饭香，中午要吃两碗。"廖师傅夹起一瓣大蒜，抛入嘴巴，吃得脆响。王大嫂嗔怪廖师傅："有客人了，也不知道拿酒出来，筛筛酒，敬客。"那个南溪来的客人，自己去香火桌取了瓶装酒，启了瓶盖，自筛自喝。

临走，廖师傅抱了两蛇纹袋白菜萝卜送给我，还有一塑料袋芋子。他说，"你喜欢吃，多带些回去。"

过了三天，我去大茅山马溪看山色。日晴，万山明净如洗。路过童家，我去廖师傅家。他家门锁着。不知道廖师傅和他老婆是下山玩了，还是走亲戚了。暖冬返春，光秃秃的梨树上竟然开出了两朵梨花。盘山公路呈螺旋形，往崇山叠岭深处蜿蜒，山腰之上，槭树红叶炽燃。阔叶林覆盖了视野，密密匝匝，渺渺远远，山从天空中浮出来，山谷的低处游荡白雾。槭树，是五裂槭或柞裂槭。

山坡有许多五裂槭，间杂在小叶荆、大杜鹃、白檵木、山胡椒树、山毛榉、白背叶野桐、盐肤木、乌饭树、野山茶之中，槭叶红若炭火。风摇树，叶飘旋，绕树而落，树是落叶的圆心，依圆形而铺展。间隔三五百米，便有一棵粗壮槭树，直挺而立，破密林而扶摇而出，横枝旁溢，形成一个塔形的冠盖。徒步了约有两公里，不见一个人。山巅如垛。公路两边积了厚厚的落叶，红白黄褐棕，风安排了落叶，杂乱而有序。山崖横直，劈立百丈，崖石黧黑，一棵十余米高的柞裂槭耸立，（视觉中）印在山崖，如一张石屏风，雕刻了红蜡梅。白背叶野桐飘着几片枯白叶，如送葬人戴在头上的白帽，让人不忍直视。

断流数月的马溪，奔崖直下，注入桐溪，水浪滔滔。暴雨冲刷而下的泥浆，横流路面，又被冲走，留下泥白。双溪湖在南麓森林缝隙时隐时现，明净、壮阔，如一面天空之镜。

久旱之后，多有绵雨。绵雨之后，多降大雪。碎雪从山尖往下刮，芦花似的，漫天而散。越刮，雪朵越大。雪落一夜，天阴了一日，太阳出来了，漫山遍野白。廖师傅拿一个竹笓，登在木楼梯上给屋顶笓雪。楼梯靠在瓦檐，横木档裹着棕衣（预防滑脚），雪一层层笓下来。雪冻成了雪团，落在地面，砸得飞溅。王大嫂扶着木楼梯，仰起头，对廖师傅说："笓了雪，砍几棵白菜晒一晒，泡冬菜。"

溪羸弱，没了流水声，水仅没了脚踝。裸露出水面的石块，积了雪层，看起来，和白豆腐无异。溪腾起了白汽。据大茅山的山民说，这条溪有娃娃鱼（学名大鲵）。大茅山众多山溪，有娃娃鱼栖息。有好几次，我从南溪村溯源而上至黄歇田（约八华里），找娃娃鱼，均无发现。娃娃鱼藏在溪边石缝或石洞，昼伏夜出，为肉食性动物，以鱼、虾、蟹、蛙、蜥蜴、青螺、水蛇、水老鼠，及水生昆虫等为食。廖师傅对我说：入了冬，娃娃鱼就冬眠，过了惊蛰才出来吃食，找娃娃鱼要在夏天晚上，听到婴儿啼哭一样的声音，就是娃娃鱼在叫了。它在求偶。

翌年三月底，又去了童家。梨花初绽，桃花初放。两个孩童在院子里跳绳子。绳子一头绑在树上，另一头被男孩拉着，穿绿衣的女孩在跳，如一只蜻蜓。一个年轻妇人（廖师傅儿媳妇）在剁菜头菜脚，喂鸡鸭。廖师傅在翻挖菜地。去年冬种下的白菜萝卜，老空了心，花也结了籽。那块菜地，泥黑泥黑。我站在桥头，并没走进院子。老廖看看桥上的人，继续挖地。他也许不记得我了，也许还记得。我从裤兜里摸出手机，给王大嫂打电话："王大嫂，你今年去山上采茶了吗？"

"过几天采茶。哦，是你呀。你要茶叶，就给你留着。"王大嫂说。

"你还记得啊。你记性好。"我说。

"记得。年冬，你在我家吃了一餐饭。"王大嫂说。

"你和廖师傅身体都还好吧？"我说。

"都还好着。"王大嫂说。我看到她站在门槛外接电话。大门被柚子树掩藏了半边。田边的两棵野山樱，胜白如雪。一只白番鸭从田埂飞下来，落在溪里。溪是季节性溪流，春涨秋落。因为蜜香，我来到了童家村的廖师傅家，有了一饭之缘。我们一生之中，与无数人共餐，有一饭之缘的人，却非常稀少。

此处

白际山脉与怀玉山脉自东向西游去，掠起滔天浪头。浪头板结且无声。山脉与山脉挤压，有了断裂带，这就是银港河谷。河谷较为狭窄、斜长，地势略显平缓，横贯浙江开化、江西德兴，形成一条深嵌崇山峻岭之中的走廊。银港河主要支流之一叶村河，南出古田山，山谷九曲八回，水流跌宕沉吟，出叶村，众山欲东，峰峦绵亘，小桥横截。油料林场就落在河岸的东坡之上。叶村河在古樟树林，急速回落，浅港村头筑坝蓄水，有了一片溪湖。

油料林场始建于20世纪60年代，有三十余住户。住户来自浙西北，烧土砖，夯黄土墙，筑低矮的屋舍，以种山油茶、茶叶为业。他们从浙江的建德、龙游、开化、常山等地，背着包裹，挑着箩筐，拖家带口，或投奔或逃粮荒，来到这个大山区，挣一份糊口的家粮。赖永忠的祖父从新安江迁至古田山下的古田村，数年后又外迁二十华里，在油料林场落了户。赖永忠生于斯长于斯，1989年中师毕业，在德兴中南部的界田、香屯、绕二等地工作。20世纪90年代，农垦系统的基层单位解散，油料林场的住户外迁新岗山镇或入城。芒草、灌木占领了油料林场，不多的数块农田被莲藕侵占，在仲夏，摇起绿叶红花。

叶村、茨源等邻村的少数山民，见油料林场荒芜如废墟，买旧房建新居，开荒围篱，种菜蔬种果树。油料林场是新岗山镇在占才乡的飞地，距德兴城区约七十公里，人迹罕至。赖永忠三五年回一次，在自己紧锁的老屋大门前站站，在村头看看新起的民房和仅剩的三五栋瓦屋。2023年7月17日上午，他见商陆遮盖了屋檐，黑果缀在枝丫上，又圆又大，白茅和蛇莓覆盖了石门槛，他仰头叹了一声：怎么会这样呢？后山上，埋着他的祖辈。他的院子被牛筋草、苎麻、青葙、蓼、一年蓬、小飞蓬、鬼针草，潦潦草草地涂改了久远的记忆。

榨油坊和油茶籽烘焙房彻底坍塌，瓦砾断砖杂乱，长起了白背叶野桐、构树、油桐和一丛丛的芒草。种油茶、榨茶油，是林场主业，丰年可产五十多万斤山茶油。霜降第二天，近百号林场人（不分男女老幼）挑着箩筐或背着竹篓，上山摘油茶子。摘油茶子的人在脖子上挂一个大布袋，爬上树，摘下的油茶子塞进布袋，布袋越塞越沉，垂压着颈脖，满了布袋，倒入箩筐。四个满布袋，倒满一担，一担油茶籽有两百来斤。油茶籽晒得半个月，壳裂。林场人白天干活，晚上用手分拣油茶籽。油茶壳尖利，会割破手指。分拣油茶籽的人，都有一双粗粝、硬实、刚毅的手。入了仓库，油茶籽开始烘焙、碾碎、团饼，压进榨桶。榨油是人工的，用圆木榨杆撞击尖木楔，挤压油饼，茶油从槽沟流入大木桶。榨油是最耗体力的重活，即使是大雪天，也是赤膊上阵，汗水湿透每一个毛孔。山借住了他们，他们替代了山，度过苦厄，让一代代的人来到了人间。

在油料林场，我只看到三个村人。一个白发苍苍的老大爷，在菜地拔草。十年前，他从叶村迁居下来。一个头很大、腿很短的中年妇人，盘腿坐在竹椅上，头发有些蓬乱。一个鬓发霜白的老婆婆坐在轮椅上，她从茨源迁居出来，子女在浙江做工。赖永忠每见一个人，就说："我是这里人，十六岁离开的。"

在自己出生之地，赖永忠已无法确认自己身份。他是一个莫名的人。梨树上，挂满了梨，被纸包着。路边的枣树和枇杷，爬满了葛藤。枣树和枇杷，还是四十年前的树，却成了野树。老电站荡然无存，一步之宽的水渠仍在。水坝被洪水夹裹而下的砂砾淤塞，遍野芦苇、矮柳。柳树上，菟丝子缠绕，夏蝉不失时机，吱呀吱呀，叫得山野很虚空。悬铃木在岸边石墙下，喷涌而出。

河里，溪石斑、马口鱼在集群斗水。巴掌大的河石，褐黄。水波跃动又凝固。映射在河中的阳光也是如此。鱼见了人涉水，四惊而散，躲进石缝。站在水坝上，望着逝水，我想起保尔·瓦雷里（1871—1945年，诗人、文艺思想家）为安德烈·丰丹纳写的《致悬铃木》（罗洛译）：

> 你巨大而弯曲的悬铃木，赤裸地献出自己，
>
> 白皙，如年轻的塞西亚人，
>
> 然而你的天真受到欣赏，你的根被
>
> 这大地的力量深深吸引。
>
> 在回响着的影子里，曾把你带走的
>
> 同样的蓝天，变得这样平静，
>
> 黑色的母亲压迫着那刚诞生的纯洁的
>
> 根，在它上面，泥土更重更沉。
>
> ……

谁在此时遗忘，谁将被大地抛却。与油料林场隔河相望的，是一座延绵的茅草山。十余年前，山上的油茶林被流转山林的人连片砍伐，栽种红

花油茶树。红花茶树在海拔800米之上高山野生，长于低草地带。红花茶油是占才乡特产，秋阳之下，油茶树开出红花如挂花灯笼，漫山遍野。油茶子籽落地，山民拔草捡拾。流转山林的人取得了补贴资金，却不栽种红花油茶树，山却成了一座荒山，在三五年内，被芒草、芭茅和灌丛统领，野猪落草为王。这是当地人说的。当地人很愤慨，说，几十万斤油山被毁，畜生才干。

回油料林场，看一看。是老林场人的心愿。但真正回来看的人很少。建林场的人，大多八十多岁。说实在的，即使回来走走，也没什么可看了，除了长满荒草的土地和颓圮，只剩下叶村河了。

在油料林场生活了数十年的浙江人，已完全融入了占才乡，与当地人通婚，说占才土腔，酷爱占才地地道道的蒸菜和辣椒。

德兴市人口三十余万，有将近三分之一源自浙江的建德、淳安、龙游、开化、常山、龙泉、永康、义乌等地。在20世纪中叶，德兴在每个乡镇发展农垦基层组织，以浙西北、浙西南为主的浙江人逃粮荒，从银港河谷进入德兴，在农垦系统开荒种田、上山伐木、种茶种菇，还有一部分人加入了特种工业企业。书法家朱履忠的父母于1958年从义乌来到花桥镇，在农垦基层工作，住茅棚，开荒、伐木。朱履忠的岳父则自龙游而来，扎根大山。

水根祥的父亲也是来自龙游，在界田的王家农场做农业技术推广员。他父亲读过书，会育种，会施肥，会灭病虫害，无需干重度体力活。他是种田的好把手，带着徒弟，看管着千亩稻田。余晓辉的父亲则是投奔。余晓辉的大姑嫁在新岗山，她给在开化生活的弟弟写信：新岗山田多地多山多，人口稀少，餐餐有大米饭吃，你来吧。这个在开化饿得两眼发直的弟弟，揣着信，拖家带口，翻山越岭，来到了新岗山板桥林场。刘传金的父母从龙泉来，到新营镇的八十源入户。每年，刘传金在腊月或正月，都要回龙泉，登上高高的龙泉山，探望舅舅、叔叔等至亲长辈。龙泉市是世界香菇种植发祥地，他的父母也把种植香菇的技术，带到了德兴，以种菇为业。

1955年，杭州市淳安县兴建新安江水库，1958年新安江水电站合拢之前，对库区三十万居民（淳安县、遂安县）实施移民，有三分之一移民至江西。据《德兴市新安江移民志》记载：计划迁移德兴的移民人数为5838人，自迁和非计划移民人数为1890人，总计1573户、7728人。当时，德兴市仅十来万人。库区移民被安置在各乡镇，以村组为单位，或编户入组，分得田地山林。

香屯镇茅坞，是一个移民自然村。1997年，我第一次探访。茅坞地处山脚下，较为偏僻，山坞有一畈农田。村人以种藕、荸荠和时鲜菜蔬为业，骑车拉到城区集市卖。村户建在山边，户户有三层楼房，街巷整洁，有路灯，后山是广袤的针叶林和阔叶林。茅坞人在后山开垦了十余亩地，种植橘树，橘子卖了，所得归村小组因公（村路面维修，买路灯，缴纳路灯电费，买扫帚）支出。这是一个富裕、自治、文明、崇礼的村。他们都来自淳安。当时，一个年长者（小组长）带我走遍了茅坞。他说，刚来茅坞安家，田是烂冬田（贫瘠、无法排水），菜地也不多。他们挖排水沟，在田里压茅草（肥田的一种方式），种出了香屯亩产量最高的水稻。

我去过三次茅坞。最近一次去，是2022年冬。

花桥镇的昭林桥，往右通往龙头山，往左通往富家坞。富家坞路口，往右有一条机耕道，通往一个很深的山坞。山坞散落着十余户人家。山坞有斜长的田畴，山坡上的阔叶林遮天蔽日。我去山坞的那天，暴雨如注。我从没见过那么大的雨，雨珠如豆，密集而有力垂打下来，视野白白一片。雨线垂落，形成无遮无拦的雨幕。禾苗油绿，被雨水淹得时而浮起时而倒伏。我站在铁路桥下，桥面雨水冲泻而下，哗哗哗，震耳欲聋。高铁穿过，桥在震动。大雨之下的铁路桥，在战栗，在惊悚，好像被巨大的命运所逼迫。我穿一件汗衫，感到巨大的冷，抱起了双手在胸前。我在头上顶了一片大荷叶，浑身湿透。山溪汹涌，咆哮着泥浆水。泥浆水黄黄。雨下了两个多小时，才歇了。我徒步一华里多，到了一户人家。户主是一对

189

老夫妇，见了我这个"雨人"，连忙泡姜茶，旺了一钵炭火，给我烘烤衣服。大叔七十多岁，脸瘦削、白净；大婶也是七十来岁，头发斑白，说话很柔和、温雅。大婶一开口说话，我就听出她有建德口音。她说，1963年，随丈夫来落户花桥，生了一儿一女。儿子和儿媳常年在义乌，儿子开厂车拉货，儿媳做质检员。她初三毕业的孙子在家，躺在床上玩游戏。

居住在这个山坞的人，大多数来自浙西北，林场解散后，去了花桥镇或城区建房或买房。也有一部分人去上饶市或南昌安家。大婶说，她已很多年没有回建德了。她的父母和兄弟姐妹，在这二十来年，相继病故。人不在了，那个想回去的地方就不在了。不在了也就是消失了，水滴一样在太阳底下蒸发。

衣服烘干了，天还是潮湿的，散着蒙蒙水珠。雨下得突然，雨珠却需要很长时间消匿。大茅山横亘在眼际，没入云海。

我有一个堂姑，小我两岁。十六岁的堂姑，从上饶县郑坊镇嫁到德兴市界田的一个农场。每年正月，她和她丈夫回郑坊，带很多山货去。她招呼我："你经常去德兴，也去我家走走啊。"堂姑丈个头偏矮，手脚粗壮，身板很结实。我没去过堂姑家，甚至没去找过。2021年夏天，堂姑女儿因直肠癌病死于杭州。堂姑女儿二十八岁了，还没结婚。在大学毕业后，和同学恋爱，遭到堂姑强烈反对，便再也没了结婚的想法。堂姑在我妈面前一直哭："为什么要反对啊，我真是该死，我该死，该死啊。"我妈也跟着哭。

在德兴，我去过很多林场、老矿区。这些地方，还有第一代浙江移民居住。他们在深山白手起家，生生不息。他们重耕读，勤劳仁义。他们是无法返乡的人，也是不会返乡的人。他们是随风散落的草籽，融入泥土，生出了根须，开枝叶散。但他们以及他们的子嗣，都不会忘记自己是浙江人身份。那是脐带之地，血脉的古老源头。血脉的古老源头，在人的身上，是一种非常神秘的东西。相当于典籍中用典的出处。这就是所谓的宗典。比如我自己。祖上来自义乌傅家村，至我十四代。我也会念叨这个从没去过的地方。其实，傅家村与我的生活毫不相干。

在德兴安顿了数十年的浙江人，德兴既是故乡也是异乡，浙江既是异乡也是故乡。故乡即异乡。在我们的世界里，有此处，有别处。在此处生活，才是一种更具力量的生活，甚至耗尽全力。

大地上世袭

星江流着流着，脸上荡漾起了春风。星江横截。三月初暖，野花迁来河岸，苦槠树垂下一串串穗花，蒲儿根黄黄，铺满了田埂和草滩。河谷沉寂，只有河水一浪一浪，扬起震耳欲聋的涛声。雨季远没有到来，仍有绵雨酥酥，毛茸茸，被风牵着雨线，横荡每一寸大地。公路桥从坑口的石枧自然村横跨，进入绵亘的森林。六年前，并无桥，以驳子船撑渡。三米宽石阶从大樟树而下，没入星江，缆石如磨盘，撑渡人掌一支篙，渡人渡货也渡牲畜。渡边村，遂称渡头村。村有五户，临河高踞半山坡，被老樟树、枫杨树、苦槠树、苦楝树、朴树、糙叶树等掩藏。酥雨筛下来，细密、杂碎，半截山梁浮出雨雾。

无论晴雨，每天早上五点，程锡源骑一辆摩托车，从石枧骑往渡头。摩托车停在晒谷场，他边走边用单筒望远镜瞭望河面。石枧至渡头的河段，约三华里长，中华秋沙鸭、青头潜鸭、鸳鸯、绿翅鸭在此栖息。他是石枧人，手脚粗壮，身板结实，头大脸圆，皮肤铜色。初春，冬候鸟陆续北迁，他每天来河边，与候鸟默默告别。

辛丑年11月12日，我就来过渡头村。我见到了三个村民。一个中年妇人坐在门槛上，手上掰着油桐籽，眼睛盯着陌生人，面无表情。她的脸肥硕，棉袄又厚又大，手使劲地掰油桐籽，掏出棕黑色的籽。似乎油桐籽是她敌人。敌人必须受到暴力的惩罚、彻底的虐待。籽落在簸箕上，壳扔在柚子树

191

底下。壳堆得高高，又霉黑又腐臭。一个七十多岁的大叔在劈柴，圆木段竖在石块上，他举起斧子对着圆木心劈下去，木柴裂开。他耳背得厉害。我对着他耳朵大声说话，他也听不见，呲着嘴巴微笑。一个中年男人在院子里修自己的摩托车。院子是泥巴地，牛筋草伏地而长，商陆烂叶烂茎，金樱子的刺蔓攀爬在杉木上。杉木有十几根，刨了皮，横堆着，长出了菌类。菌小朵小朵，枯白色。一条半米宽的小路，出了村头，便去向不明。村边有数块菜地，种了白菜、菠菜、芥菜、白萝卜、荠菜、葱、大蒜、韭菜。菜地用竹篱笆围着，菜葱绿。菜地之下便是斜缓的荒坡，长着刚竹、箬竹、野茶、杜鹃和鹅肠草、马齿苋、紫花地丁。带我进村的人，便是程锡源。他说，外地人很难找到下河的路。路藏在刚竹林里，是他用刀劈出来的。

2002年冬，来自南昌的摄影家在渡头村发现了中华秋沙鸭，常年在浙江做手艺的程锡源，便在每年的十一月初回到石枧，等候中华秋沙鸭的到来。他买来望远镜，每天来到河边巡察。鸳鸯第一批来到，随后是绿翅鸭、斑嘴鸭，到了下旬，中华秋沙鸭神不知鬼不觉来了。他详细地记录时间、羽数、种类。他是鸟类行踪知情者和追随者。越冬候鸟北迁了，他又带着物什去浙江做手艺。他是生活的候鸟，在异乡觅食。

刚竹林里的小路，仅容一双脚，太窄了。婆娑的竹杪往路中间斜弯，形成了人高的窝棚。竹莛倒竖，很戳脚。山腰之上，鹅掌楸或山乌桕从阔叶林倒悬而出，黄如染布。长源溪从斜深的山谷循林而出，在石拱桥前注入星江。一口水潭锅底状，清澈见底，波氏吻鰕虎鱼贴在潭底，扇尾摇鳍，令我想起阮籍。每年汛期，有钓客来渡头，坐在石拱桥上钓溪鱼，一根钓竿每天可钓数十斤马口、宽鳍鱲、白鲦、翘嘴鲌、棒花鱼。这让我神往。用程锡源的话说，鱼拥挤在长源溪出水口，往上斗水。走了一华里多山路，才下到河边。十二个鸟类摄影家躲在遮阳布搭起的鸟点，拍水鸟。我也去看他们拍摄，从镜头里，可以清晰看见百米之外的水面，中华秋沙鸭成双成对出游、嬉戏、啄鱼、争食。青头潜鸭与绿翅鸭、斑嘴鸭混杂在一起，在深潭潜游、抖翅。

事实上，到了（隐身）河边的樟树林，看到了辽阔的河面，就知道这截河，是鱼类、鸟类和（鼬科、猫科）哺乳动物的栖息胜地。星江筑坝，拦截蓄水，到了冬季，江水羸弱但潺潺不息，一滩一滩的青灰色砾石（石灰岩）裸露出来，岩石的凹槽注入了水流，涓涓细细，回旋之处，有了深达数米的水潭。无水可斗的鱼，在水潭里作逍遥游。高处水面的石滩，长起了矮芦苇、白芒、知风草。两边的河岸被香樟树、木荷、黄山松、枫香树等高大乔木统领。鸭科鸟类在高树上夜宿，在草丛休息，以鱼虾为食。这里是天然的鸭科鸟类避难所。鱼多，（鼬科、猫科）哺乳动物便寻迹而来，捕鸟捕鱼。

河床约三百余米宽，裸露出了一半之多的河滩。河滩平阔，并无采挖，白白的细沙淤积。中华秋沙鸭、鸳鸯等越冬候鸟了，鸟类摄影家也如期而至。他们来自北京、广东、上海、浙江等地。在出发之前，给程锡源报车次。程锡源就开车去火车站接他们。坑口距火车站约二十公里，出村的公路弯弯绕绕。出了村，是一片瓠瓜形的田畈，秋稻已收割，田畈素白素黄，泛起青青浅浅的草色。

水坝壁立，高三十余米，水坝之上是湖村。渡头村有一条古驿道通往湖村，因了水坝已了无踪迹，被荒草掩埋。山体圆尖如斗笠，苦槠、甜槠、山毛榉、野山柿、野山茶、油茶树遍野。时不时传来"咯咯咯，咯咯咯"的鸣叫声。这是白鹇在叫。白鹇以种群分布、栖息，有自己的领地。偶然抬头举目而望树林，见白鹇翩翩而翔，滑过树梢，落在油茶树下。它尖尖的喙，啄裂油茶籽，啄食油茶籽。油茶籽油脂丰富，它百吃不厌。事实上，山中无路，翅膀就是路。春季，草疯长，人迹近无，草吞没了路。偷捕鱼的人只需一条竹筏，在星江行走。他们带着丝网、戴着头灯，往水潭或深深的河面撒网。程锡源吃了晚饭，便打着强手电，去驱赶偷捕人。程锡源说，没有鱼，便没有稀世之鸟；没有稀世之鸟，坑口便失去了魂。

石拱桥与村舍之间，有一片二十余亩的荒地，已三十余年无人耕种，长起了桂竹、芒草、野枇杷。临近腊月，上千只短尾鸦雀便迁徙来到这片荒地。在江西，短尾鸦雀是不常见鸟，日常难觅匆匆行踪。棕黄的头，锡白的喙，褐灰的羽，刷把一样的尾，看起来很是娇俏。数十只，一蓬蓬集群，在密竹丛，嘘哩哩，呋哩哩，羞赧而肆意，叫得山野更空，远山更苍莽。我穿过芒草的时候，短尾鸦雀呼噜噜低飞而走，嘘哩哩惊叫着。在它们的眼中，我无疑是个不速之客，身份可疑。

垂珠花开，春暖。星江日涨。坑口人撑竹筏，运农家肥去对岸山坞种菜。江水浑浊，泛起了树渣、落叶、木枝。心心念念江鱼，我才又来到坑口。渡头村，我只看到那个耳背的大叔。他在挖地种辣椒种丝瓜。去往石拱桥的小路，芒草长得比人还高。那个鸟点，已被江水淹没了半截。遮阳网浮在树丫上，如沉船留下的一块帆布。

坑口与石枧毗邻，屋舍相连，有村户百余，村街临河，屋舍垒石砌砖，小巷深入后山森林。杂货店是唯一一聚人的场所。四个妇人在打麻将，门口站着七八个中老年人，说当地土话。他们在议论什么。在十五年前，我带过一个实习生，姓侯，就是坑口人。坑口人酷爱酿谷烧，喝了谷烧就下河打鱼。这次送我来坑口的师傅，就是坑口人，三十多岁。他说，他在星江一口气可以游两千多米。他壮实如牛。他父亲曾是坑口小学教师，后调入县城。他一直跟着奶奶在坑口生活、长大。我徒步去渡头，他就脱了衣服，从公路桥上跳下去，迎浪而上。

因为豹猫，七月下旬，我再次来到坑口。程锡源在浙江衢州谋生活。程旺根给我带路。程旺根是坑口护林员，每天骑摩托车进山两次，在各山各村巡查。五年前，他开大货车，送货线路是义乌至重庆，往返一次半个月。他送了二十多年的货。原来的护林员年满六十，程旺根接了护林的活。他的脸黝黑，额宽鼻大，浑身有着桐油一样的"包浆"。过了公路桥，往渡头村后山坞走，去鹊坑。坑即洼地。鹊坑就是群山中的一个大洼地，长源溪从村边流过。溪约三米宽，水流湍急，马口、吻鮈、小鳈，在激烈地斗水。机耕道到了鹊坑，便是尽头了。路的尽头，给人悲伤之感。翻过森林覆盖的山梁，下一道坡，便是长源。长源十八村，村村三五户。

程旺根说：每次去渡头、鹊坑，加起来也见不到四个人。山民早早去山田做事，到了饭点才回家。甚至，一个人在山田做一天农事。他们长期处于无语、失语的状态，不善言，以微笑迎接每一个人，但论四季更替。

坑口四周的群山，多眼镜蛇，多豹猫，多白鹇。在数年前，还有黑熊出没村舍。狐狸也常见，在田垄、山垄、森林游荡。蛇会隐身，隐身在草丛、树上、水里。还会隐身在衣柜、土缸、晾在竹竿上的衣服口袋里。妇人收衣服，放在床上叠，见口袋鼓鼓，伸手掏，掏出一条蛇。土缸存放黄豆或芝麻或零食，缸盖没盖实，蛇盘在缸底，伸手抓黄豆，抓出一条蛇。山民不怎么怕蛇。蛇医会医治蛇毒。在田间被蛇咬，以浮萍、水芋、扛板归、何首乌等草本，嚼烂，敷在创口。在山上被蛇咬伤，以半边莲、七叶一枝花、小金刀叶、蛇藤等，嚼烂，敷在创口。被蛇咬伤了，处理了创口，被抬回到家中请蛇医处理。创口以清水反复处理，外敷草药。最好的处理方法是清洗了创口，以燃烧的烟头对着创口贴肉熏烤。蛇毒是蛋白质的一种，被高温灼烫，蛋白质会分解。这是一个蛇医告诉我的。我非常害怕蛇。即使知道乌梢蛇无毒，我也怕得浑身哆嗦。不仅仅因为有毒蛇会伤人，更因为蛇是冷血动物。冰冷的动物，令我惊悚。我也因此怕蜥蜴。

在夏秋的山中，程旺根几乎每天看见眼镜蛇，烂草绳一样堆在路旁或石块上，蛇头高高翘起，吐着信子。晚上的溪边是蛇出没最多的地方。蛇歇凉，也在捕食蛙类。

豹猫常出没，却不可见。豹猫是猫科动物，以鸟、野兔、山老鼠、蛇为主要食物，鲜有来到村子。不仅仅是它惧怕人，还惧怕村狗。一个村，哪怕只有三五户，狗还是有三五只。坑口就有五十多只土狗。一只狗叫，全村狗就叫。它们叫得不明就里。狗是最喜欢起哄的动物。每只狗都叫得大义凛然。群吠的时候，狗不知道自己是狗。狗把狂叫当作一种忠诚的天职。对付狗，最好的办法不是棍子，而是一块骨头。狗叼着骨头，躲在远处，慢慢啃。到了严寒的冬季，豹猫来到河边，捕食水鸟或鱼。豹猫缩在树根底下，观察着猎物的动静，一个跃步，扑上猎物，拖着猎物回树林。豹猫有非常灵敏的视觉、嗅觉、触觉，可以精确感知四周环境。我看见过三次豹猫。一次在浦城管厝水库夜钓，豹猫偷食我鱼篓里的鱼。一次在鄱阳谢家滩福山水库，豹猫在涵洞口捕鱼，我站在坝顶，看着它捕鱼、吃鱼。豹猫有着一双碎冰一样光寒的眼睛，行走无声，毛色黑而有浅黄色斑纹。还有一次，在浦城荣华山一条通往南浦溪的机耕道上，豹猫被一辆车碾轧，头压扁了。

在极其饥饿的情况下，豹猫会来到农家厨房，偷食鱼肉。在五府山时，曾有一户山民，宰杀了年猪，鲜肉放在土瓮，还来不及腌制，豹猫摸黑来了，躲在瓮里饕餮。还在瓮里睡觉。第二天早上，户主起床腌肉，打开木板瓮盖，见了豹猫，又盖了瓮盖，欲操竹棍赶。他还没转身，豹猫顶开瓮盖，跳出窗户，跑了。瓮盖了木板盖，豹猫怎么进去的呢？他便责怪自己做事毛糙，喝了点酒，盖板没盖实。其实不是盖板没盖实，而是豹猫、山灵猫、野山猫都具备一个非凡的能力，即可以移开盖子（如井盖、饭甑盖、缸盖瓮盖），又可以合拢盖子。果子狸也有这个能力。

遇见豹猫、狐狸这样的哺乳动物，需要神赐，并非仅靠数次的寻访就可以遇见，而是数百次、上千次深入山中，或许偶尔可见一次。这是大自然给我们意外的犒劳。

星江出坑口南流，与体泉水汇合，始称乐安江。群山与河流在旺盛地发育生命。坑口四周的群山及约两公里长的河谷，栖息着中华秋沙鸭、白颈长尾雉、白鹇、松雀鹰、短尾鸦雀、凤头鹰、黑领噪鹛、红头穗鹛、画眉等六十余种鸟类，和豹猫、小麂、猪獾、狗獾、果子狸、猕猴、鼬獾、黄腹鼬等十余种哺乳动物，以及中华瘰螈、大鲵等珍稀两栖动物。坑口是个千年古村，世代长居。鸟、鱼、兽、树木，与山民一起，在这片大地上世袭。

李达伟，1986年生，现居大理。中国作家协会会员。有逾两百万字作品见于《青年文学》《散文》《清明》《天涯》《大益文学》《大家》《美文》《民族文学》《时代文学》《广州文艺》《百花洲》《西部》《湖南文学》《散文选刊》《散文海外版》等刊。出版有散文集《暗世界》《大河》和《记忆宫殿》等。获第十二届全国少数民族文学创作骏马奖、第三届三毛散文奖、云南文学奖、云南文学创作年度优秀作品奖、滇池文学奖、《黄河文学》双年奖等。

艺术与河流　李达伟

0

　　人类对土地、河流的认识与拥有的有限。无限的只有我们对它们的感觉。我们既能看见它们，我们还可以轻轻地触摸它们，感觉着它们与心跳之间的奇妙联系，以及它们对心灵的影响。我们无法真正定义河流，那些不断在时间长河中发生的命名变化说明着一些东西。

1

　　银江河，澜沧江的一条支流，低缓地在河床中间流淌，这是它在初春流经小城时的一种形态。银江河，它还有其他名字。河流随着时间与空间的变化，被不断重新命名。人们对河流的不断命名中，暗藏着各种对于世界的认识与理解，还有着对于不断重新命名的痴迷。对于无名事物的命名，是为了确定它，是为了把它从世界混沌的泥浆中拖出来。当友人段成仁说去银江河边走走时，我们都知道指的就是县城边的那条河流。我们匆匆来到河流边，暂时未能进入它过往的那一面。当下的现场感无比强烈。不远处是现代化的建筑和一些正在建的房子，近处是沿着河道围着的蓝色铁皮，这些都是当下。在我们出现的这一个河段，没有古桥，没有古建筑，古老的建筑就是不远处骷髅山上的庙宇，当我们把自己置身河道中央时，那个建筑的色调和影子也消失在山的背面。眼前的事物，唤起我们的都是强烈的现实感。

当银江河继续往下流淌，差不多要到水泄时，那里有座古桥，时间感开始以直观的形式出现。当我第一次出现在那个古桥上时，是在漆黑的夜色里，不远处有一些幽暗的灯火，都无法把古桥照亮，我们直接用言说和感觉判断那是一座古桥。我们只能想象一座古桥的样子。一年多后，我去往博南山深处的狮子窝，途中有意来到了古桥之上。这与出现在澜沧江边，见到一些古桥，见到一些遗址，见到一些被淹没的崖壁时，无法走出历史的阴影不同。在面对着那些被澜沧江水吞没的摩崖石刻，我们每一次都会哀叹神伤，它们在水中以另外一种方式存在着，在一些季节里一些文字会露出来。在这个枯水季节，一些文字必将露出来，只有那些在澜沧江上打鱼的人才知道它们露出来的样子。在这之前，它们还未被江水吞没之时，许多人出现在它们下面，仰着头面对那些文字。当我出现在那里时，那些文字已经落入水中，被水浸湿，坚硬的文字是否会变得柔软下来。那些镌刻在石崖上的文字，往往都与人生与命运中的脆弱与茫然相对，它们有时呈现的是坚硬不屈的精神。

这样会让人内心为之一振的历史感，暂时隐藏起来。我们离澜沧江还有一段距离。我们要去往澜沧江的话，有点类似银江河朝澜沧江的方向流着，并最终汇入澜沧江一样。我们成了一条河流。我们的目的都是汇入澜沧江。

我想暂时忘记澜沧江，澜沧江却反而以更强烈的身影出现在我面前。澜沧江无法被我忽略。当出现在银江河的另外一段，一些现代的建筑指向的是历史。现代化的建筑上面的内容与文字，都在暗示与现代不同的东西。

我们穿过城市。河流从城市边缘经过。我们骑着电动车往河流的方向奔去。我就想去看看这条河。已经有一段时间，我开始有意地找寻着河流。对这条河，我印象深刻是上次来到河边时，河流浑浊，不是季节带来的浑浊，是河流的上游有一些人正在施工，河流以呈现给我们的颜色来暗示一些东西。在石门那座小城，沘江从小城里缓缓流淌，每一次出现在那里，河流都是浑浊的，那同样是与季节无关的河段。时间已经是初春，天气正渐渐回暖，迎春花在河道上的杂草丛里开放。银江河的河道很宽。已经是经过几代人的疏浚改变的河道，如果是在雨水季节，河流上涨，河道变得很直，河流将笔直地往前。在枯水季节（我在枯水季节出现在了澜沧江的好几条支流边，这些河流被我捕捉的样子，既是河流现实的状态，我也在找寻着它们与那些河流边的民间艺术之间隐秘的联系，很多时候的联系都有点牵强），河道中长满狐尾藻，它们漂浮在河流之上，它们让河流变得曲曲弯弯，我们又看到了一条过往的河流，那时它还叫银龙江，或者是叫其他。狐尾藻是河道里最绿的植物，它们如浮萍挤在一起，它们改变着河流的影子。满河道都是这种植物，我们在一个铁桥上远远望着狐尾藻流出了县城，进入城郊地带，穿过乡村，进入真正的山野。有些河流被河床中的沙石塑造着，我们看到了被巨大的石头堆满的河床，河流隐入其中。如果我们把修建的河道忽略，我们把围着河流的铁皮忽略，一个是过往已经完成的施工，一个是暂时停止的施工现场，河流又有了河流的影子。

当我们出现在东山河（银江河的支流）边时，东山河给人的感觉有些颓丧，一条已经失去野性的河流，一条暮年的河流。河道的宽只是为了涨水季节。我们进入河流的中心。我们在银江河的河道中央走着。河流的一边是县城，一个正在建设中的小城。河流的另一边是一座山，山名叫骷髅山。骷髅山上有座庙宇，据传骷髅山上曾有条巨蟒，过往行人皆被它吞入腹中，人骨被它吐在山上，山上堆满骷髅，山便被命名为骷髅山。我们沉浸于民间传说之中，却忽略了民间传说的漏洞百出。我们原谅了传说中的不实部分。只是觉得一座山被命名为骷髅山的特别。骷髅山，已经被更名，更名为富贵山。一种深有意味的更名。骷髅山具有的那种神秘感，在更名后一些东西已经被侵蚀。骷髅山上有了一些变化，有了建筑，一些人出现在建筑中，银江河一览无余，天晴太阳暴晒之时，银江河面波光粼粼。河道中，不只出现我们，还出现了牛，是四头，放牛的人蹲坐在草地上，不管牛，目光注视着河流。我们出现在牛前面时，牛受到了一些惊吓，放牛的人还是不管自己受到惊吓的牛，似乎沉浸在自己与河流的世界里，一些思绪被河流带走。我们出现在河流边，都有自己的思绪。友人段成仁想到的是重回到了记忆中的河流边。他的河流是黑水河。

2

沿河建的公园，暂时又停了下来，工业化的声息，在河道中央，并不浓烈。河流拨弄着狐尾藻和其他植物发出的声音轻柔。河流低鸣着往前。这样安静的感觉一直伴随着我，我们进入了那个老人的家中。老人的家具体在东山河边。我原来曾误以为东山河就是银江河。老人的院子，种满了各种植物。老人的听力已经退化，他说需要大声才能听得见。我们大声地在那个院子里闲聊着。当进入其中一间房子时，我们竟有一种错觉，我们进入的是老人自己的一个平行世界。老人是书法家，友人说他就是他们县书法写得最好的，各种体都精通。他还是一个画家（这个我倒是没有太大的意外，毕竟做泥塑还是面塑，在很长时间里，他需要借助自己画的一些图纸，才能更好地完成艺术品），他的画色彩华丽。

在银江河边看到了另外一个老人，他主要从事的是泥塑，他有时会去庙宇里塑像。我跟他说自己在不久前曾见过一个民间艺人，也是做泥塑的，那个人凑近我说你是不是不怎么了解泥塑。我如实跟眼前的老人说起了这件事，只是为了让老人能原谅我浅薄的一面。与泥塑有关的民间艺人，他们脑海中的色彩都是华丽的。在那个工作室里，我们看到了一些还未成形的塑像，唯一成形的是鲁迅像，这多少还是让我感到吃惊，那是与佛像完全不同的塑像，一个半身像，他问我塑造得像不像，是像。鲁迅以那样的方式存在那个空间，于民间艺人而言，别有一番意义。这必然要与鲁迅像背后的精神联系在一起，也与艺术的严肃性联系在了一起。我们在那个并未放太多塑像的泥塑工作室里，只看到了一个鲁迅像和一个塑在根雕上的老虎像。它们都还不是完整的。未完成的塑像。与庙宇里的那些像不同，我们见到的都是完成的。最近还去一些庙宇塑像吗？得到的回答与我在白石江边遇见的民间艺人说的一样。他们遇到了同样的现实与困境。他们更多时候是去重修，把一些裂缝补上，把一些残损的修补完整。我们能想象那种对一个完整塑像的渴望。他甚至开玩笑地说已经不敢肯定自己能塑造一个完整的像了。那些练习的东西，也一直是未能完成的。与已经老了有关。还与其他一些原因有关。问其具体原因，老人笑而不语。

　　一个还粗糙的鲁迅像。老人叫我过来摸一下，感受一下那小尊泥塑的粗糙。是土的原因。还没有经过细部的处理。他说自己竟然慢慢失去了过去在泥塑之时，所拥有的那种耐心。在失去耐心的过程里，我们都能感受到一些无奈的东西在起着作用。在那个未开灯的工作室里，在场或不在场的民间艺术的色调是暗色的。对于一个民间艺人而言，耐心是花了近乎一辈子才养成的。有时年老会让人注意力无法集中，疾病也是这样，还有孩童也无法长时间集中注意力，女儿只有在游戏时，注意力才能集中。老人渐渐有了儿童的特点。我遇见他的时候，他们有一些人聚集在另外一个小城画家的工作室里，大家在那里画画或写字，他们希望会有一些小孩参与进来，但只有不多的几个小孩。也许多年后，参加的那几个小孩猛然回想，才会意识到那些人的重要，那些人在他们的心灵深处种下了审美的种子，即便多年后他们不会成为画家或者是书法家，但培养了他们对美的感受。我们在回想这样唤醒审美唤醒对艺术的严肃的时刻。

我跟好友进入他的工作室，是意外，没有出现在那里之前，我们从未想过会遇见一个泥塑艺人。几个泥塑艺人，出现在不同的时空，却集中出现在了我的世界中。不是"他"出现，是"他们"出现，对每一个人的人生与命运所知甚少。我们将以自己的方式，面对着一群民间艺人和一种民间艺术。花了很长时间，我们获取的关于他们的人生依然很简略，概况式的人生，被时间省略的人生。有好几个民间艺人，与他们的见面就那么寥寥几次。还有一些人，当想着再去拜访他们之时，他们已经离开人世，让我们徒留遗憾与唏嘘。眼前的这个老人，我只记住了他姓"字"，除知道他是泥塑的省级非遗传承人外，他的人生被简化。

他的泥塑生涯，似乎已经结束了。他说现在的自己，身份就是一个小城画家。还有着很强烈的泥塑艺人的那些痕迹，应该留在了银江河对面的那个村子里。银江河隔开了两个世界，一个城市一个乡村，城市中有着众多的工地，在消除那些田野，还有其他。友人回忆着我们骑着车经过的那些施工现场，在他们童年记忆中都是农田。当民间艺人出现在了一个更多是在进行着消除的世界里后，他也在不经意间把自己的一些东西消除。我们出现的地方，是有人免费提供给他们的，工作室就是以"泥塑"命名的。

他铺子旁边还有一个店铺，铺子的老板也是一个民间艺人，舞狮。店铺里的东西与舞狮没有任何的联系，里面卖的是室内装饰画。如果不是他跟我们说起，他将是一个隐藏起来的民间艺人。以另外的身份把自己原来的身份隐藏起来。这时他与泥塑艺人无比相似。舞狮的民间艺人和泥塑艺人，他们的一些东西不同，年龄不同，舞狮的人还年轻，四十出头，那是舞狮的黄金年龄，泥塑艺人，已经过七十，对于泥塑而言，这样的年纪已经有点大了。他需要徒弟来协助自己。他说自己没有真正意义上的徒弟。

在塑像的过程中，需要体力。他现在的年纪，更多只能去彩绘。彩绘需要好的视力，这个他还拥有。我见到的那几个泥塑艺人，他们的视力都很好。色彩的丰饶，滋养着眼睛。

舞狮的人，住的地方，同样要经过银江河。不知道这些民间艺人在面对着银江河四季变化的样子时，内心是否会把它与自己的人生与命运联系起来？我在银江河河床里行走时，我有。自己另外的那重身份，已经成为过去的记忆。自己玩的是泥巴，曾经自己的生活也是靠泥塑，他还未明说之前，看着工作室里的那些稀少且未完成的泥塑时，我便明白了一切。与在苍山下见到的那两个民间艺人不同。他们在那个熙攘的镇上，有着自己的工作室。里面有好些他们两口子创作的艺术作品。与眼前为数不多的几尊塑像的粗糙不同，他们两口子创作了很多完整的作品，他们的作品和技术展示在我们面前。眼前的民间艺人，他的技术暂时被隐藏起来，从那些已经干掉的草稿上，我们还未能捕获所谓技术高超的信息。我不会去怀疑一个民间艺人的真实水平，我看到了太多的民间艺人，他们名副其实，他们要成为省级或者国家级非遗传承人时的条件，都是靠作品在说话，与其他一些行业里的人不一样，一些人浪得虚名。

眼前的泥塑艺人，如果不是那块牌子，还有好友对他的介绍，他的身份将彻底被时代的洪流淹没。当来到小城中的这个在毛坯房里的工作室时，许多东西都已经被隐藏起来。一个艺人在放弃自己所从事的民间艺术时，暗含了太多的忧伤与无奈。先是在生活中，已经不那么需要泥塑了，现在很严格，塑佛像很严格，规定只是修复。他们只能修复自己创作的作品。

我遇见了五个泥塑艺人。除了那对年轻一些的夫妻外，别的都是老人，年纪最大的已经八十八了。要看一个泥塑成形的过程，只能出现在苍山下的那个工作室里。苍山下的民间艺人，同样也有着难言的东西，他们同样忧伤且无奈。眼前姓"字"的老人，已经不再从事泥塑了。自己的一些东西，随着年龄渐长，再无法达到平衡，平行的世界不再平行。

3

雕塑。雕是减法，塑是加法。用竹片，用铁片，用刻刀，甚至直接就是用手。手成了刻刀的一种。在泥塑工作室时，那个老人就用手指轻轻抚触了一下鲁迅像，那是示范，鲁迅像已经基本成形，泥土已经凝固。

我们出现在了另外一个民间艺人家里，与前面见到的那个老人不同，民间艺人没有示范。他只能讲述，眼前没有任何泥巴，也看不到那是泥塑的现场，痕迹被清理得干干净净。他平时就住在这里。他还有一个院子，在那个院子里，他感到很拘束。在眼前的这个院子里，他开始慢慢放松下来，他经常做泥塑，泥塑于他早已成了一个兴趣的延续，已经没有人找他做任何一件东西了。他的房间里摆着一些成品，它们无比精致，它们都被小心翼翼地放在柜子里，每一个物件都有着自己的可旋转的摆台，还有一个用过期的酱酒刷过的柜子，柜的门是玻璃，用铁扣子扣起来。这足以说明他对它们的珍视。花了他很长时间，如果是现在去做的话，他能肯定的是自己已经无法完成它们了。那些艺术品已经成为一种展品，也是他曾经一个民间美术师的证明。用来作为证明的还有一纸省文化和旅游厅的命名状。他把那张纸拿给了我们，我们相互交换着那张纸。他们是第一批。人不是很多。再把范围继续缩小，永平县里就只有他一个。我们都提到了那种唯一，里面并无任何的恭维之意。我们都理解那种对于一页纸的珍视态度。

平时就他一个人。还有一个保姆。负责照顾他。自己的妻子已经离世二十多年了。很多人劝他再婚，他都以幽默的态度把痛失爱妻的痛苦说得很轻。与其他很多民间艺人给我的印象，有了一些区别，我开始触及了他的一部分命运。我们又只能猜测，他在最艰难的时候，还是借助了自己的艺术度过了最煎熬的时间。这只能是猜测，我们看到了很多民间艺人就是以投入艺术的方式，熬过了时间，也慢慢从痛苦的深渊中走了出来。艺术那种把人从深渊中拉出来的力量，在一些人身上凸显着。

我们提到了十二生肖，我们眼前还摆放着一套，这套是泥塑，与面塑不同。以前，他都是制作面塑的十二生肖。十二生肖，会出现在葬礼上。死者的属相上面挂着一条红丝带。大家能够从一个面塑上获取很多信息。里面还有一个环节，人们要去抢那些生肖，如果能抢到自己的属相，运气就最好，即便抢不到自己的属相，抢到了其他属相，也说明运气好。人们欢乐地抢着十二生肖，欢乐的气氛冲淡了已经困扰死者亲属很长时间的悲伤。当知道了面塑有着这样的作用时，我们才真正明白了面塑存在的重要意义。我们出现在了某个葬礼上，人们在那些铺着松毛的地上抢夺着面塑。当我们一开始看到众人的欢笑与戏谑时，总觉得是不是有些不妥。当老人跟我们解释后，我们不再觉得那样的行为有着什么不妥。我们的猜测，无疑是粗暴的。

　　当妻子离世之后的很长一段时间，应该是他人生最灰暗的时候，那也是他对艺术无比绝望的时候。艺术已经不再是美的东西，也不再是让人不会继续沉陷的东西。老人是怎么走出那段时间的，我很好奇，又不敢轻易去把伤疤揭开。当我们谈论到他的妻子时，天气就像是要烘托气氛一般，突然变冷了。他的人生和从事的泥塑很相似，泥塑显露在人们面前，自己的人生却趋于隐秘。很多人在看到他的泥塑时，看到了可能会永恒的艺术。他反驳了我们，他的泥塑时间一长总是会裂，现在有一些新的泥土，专门用来泥塑，用这种泥土做的泥塑不会轻易坏。老人尝试着用过，却不怎么顺手而放弃，他还是习惯原来那种天然的泥土，那些泥土从童年开始就被他把玩着，他能感觉到自己对于这种有着童年记忆的泥土的情感。裂缝出现，修补裂缝。老人面塑的一生，基本都伴随着人的去世，只有不多的时候，是去展示给别人。在一场葬礼上，把蒸熟的米饭舂成面团状，在还很烫的时候，就开始捏，只是捏成形即可，惟妙惟肖感消失，匆忙状，大致的一个形状，那种民间艺术与葬礼的紧密联系，让它有了匆忙的感觉。人生如逆旅，匆忙而感伤。

老人的面塑，渐渐变得不那么为众人需要，市场上早已经出现替代品。我们看到了泥塑的十二生肖，还有一些蔬菜水果，在面对着那些蔬菜水果时，一开始还以为是真的，老人开玩笑说只有地瓜是真的。二十多年后，老人谈论自己的妻子时，已然是另一种态度，里面已经有着对于生命的坦然感。布扎是缺席的。与泥塑不同，泥塑在那个房间里可以看到很多。说到布扎，只能依靠老人的讲述。我一开始以为他会的布扎是为一些死者扎马扎鹿扎钱树，他说自己扎的是舞狮用的狮子头，与逝者和葬礼无关。如果老人扎的是与逝者和葬礼有关的东西，对老人的认识又将是另外一种。我们希望他是，又希望他不是。是的话，给我们的感受将更加复杂和奇妙。狮子头。当我们吃饭时，见到了那个舞狮的年轻人，他说自己的狮子头破损了，想找老人帮忙修一下。老人曾改良了狮子头，从重到轻。他做了好几个，只是说已经被时间碾碎，残躯都不留，只余空谈。友人跟他说起，在花桥还有一些狮子头。当我出现在博南山下的花桥时，是为了去看元梅，元梅长得很繁盛。

经过花桥，翻越博南山。更多时间在森林里行走。世俗的生活与眼光，被暂时抛到森林背后，我们暂时不会心悸，我们暂时不会焦虑和不安。在博南山，世界变得安静，森林会让我成为另外一个我，或者是会唤醒另外一个自己。感觉开始变得敏锐，我们开始感觉着世界（再次想起了在雪山河边说起的"我们失去了动物的那种最敏锐的动物性，也即对世界的神秘感觉。世界的神秘性，只能通过感觉，除了感觉之外，有些事情无法解释"）。我无法肯定在博南山中，所有的感觉真被打开了。唯一能肯定的是，我可以席地坐于石头与树叶之上，石头光滑，树叶柔软，空气潮湿，静静地感受着源自自然的舒适气息。感受着植物的丰富与庞杂，一些植物，水晶兰、栲树、棠梨、披蓑衣树、野姜、金桂、古茶树、元梅、唐梅等等，还有一些松树混杂于阔叶林中。众多植物的存在，以及它们生长的方式和形态，总是让人诧异和激动（我已经多久没进入森林了？）。有时，我们是可以用树来反证人的存在。升庵祠成为遗址，我们在遗址面前谈论着一个古人的人生与命运。落寞的断墙上生长着各种各样的植物，一些树木长得粗壮繁盛，与建筑被建造的时间相比，与诗人相比，即便遗址上新生长的植物可能已经上百年，但依然很短。植物与人，似乎在我的思想里，第一次完成了对调。在这之前，往往都是把人放置在植物面前进行比照，此次是把植物（还不只是一种植物）放置在一个人面前，数量的多面对着唯一。灵魂依附于那些植物，那些本是无生命气息的墙体，此刻，一切有了生命的鲜活，一切有了生命色彩的深，在这个季节，是深绿，是深黄。墙体上生长的植物上还生长着一些寄生植物，寄生植物上可能还寄生着其他植物。植物把那些建筑的痕迹慢慢掩埋，以植物生长的方式。

博南山中的博南古道，同样被厚厚的树叶和腐殖物覆盖，一些路段很清晰地呈现在我们面前，我们走在上面感受着时间的质感从那些光滑的石头上滚落。我们谈论着在过往的很多朝代里，有些路修到了哪里，意味着国家的统治就到了哪里，也意味着一些文化渗透到了哪里。

回到花桥的博物馆里（那时，我们正在进行着翻越博南山的准备），看到了一个摄影展，一个永久展出的摄影展。有个摄影家沿着南方丝绸之路，拍摄了一条活着的南方丝绸之路，他的行走充满了难度，一些特殊的地点，或完整或残存的物，生活在当下的人。在博物馆，我们还看到了那些曾经穿越博南山的身影，他们的足迹被覆盖。那些外国的考察者，那些诗人，那些古代的官员，还有众多平常的人，他们已经成为过往（他们又无法成为过去），我们又在一些诗文中在一些人的讲述中在想象中，看到了清晰的可能的身影。澜沧江上被江水淹没的霁虹桥和摩崖石刻。一个在澜沧江上打鱼的人，在澜沧江上撒下渔网。他从澜沧江爬上来，跟我们说摩崖石刻随着江水的下落，又重现了一部分，他拍下了一些模糊的照片。花桥博物馆里，缺了民间艺人制作的用来舞狮的狮子头，还缺了老人的代表作十二生肖。

4

十二生肖，还有其他那些泥塑作品，被他小心翼翼地摆放着。它们成为展示的东西。这成了它们的命运。它们的命运被时间拉到了另外一个境地。在这之前，它们不是展品，它们往往被用于葬礼。人们在葬礼上找寻着它们的影子。人们在葬礼上谈论着它们。当葬礼结束，它们的价值完成。老人将在另外一个葬礼上，重新开始创作。

在老人看来，那时很少有人会去谈论它们的艺术价值，而现在当它们不再被用于葬礼时，人们更多去谈论它们艺术的一面。老人的内心里，是有了一些波澜，有了一些五味杂陈的东西。那是很多民间艺术在当下的命运。老人已经没有多少心力完成它们了。那些泥塑成了唯一的东西，在这之前，老人创作了许多的东西，它们消失了。当他的面塑还未用泥土做时，它们在葬礼上被人抢走，还被人吃掉，它们的消失被解读为另外的深意。他创作的狮子头、灯笼等东西残损后，被人丢弃。除了眼前的那些不多的艺术品外，再没有其他了。老人作为民间美术大师（那是经过命名的，老人无愧于这个称号），只留下了眼前这些不多的艺术品。如果这一切都消失的话，老人的称号就会成为空的东西。老人知道这些为数不多的东西的重要。我们也知道它们的重要。当它们成为展品时，既是老人的，又不只是老人的。每一次拿出去展示，都要冒着残损的危险。它们是易碎的。艺术的易碎感。

当老人提到展示时，我似乎有了一点点印象。在一个文化节喧闹的大街上，有一些民间艺术的展室，我不敢确定很早以前就已经见到了老人和他的这些作品。没有似曾相识感。我就像是第一次面对着它们，面对着它们的惟妙惟肖，又有着艺术上的有意创新与变化，这都让我感到吃惊和钦佩。一个真正的民间艺术家，他并不狭隘。一些民间艺人，专注与不急不缓，以及狭隘与固执，都让人感动。

其中一位友人，在多年前就曾采访过他，他们成为好朋友。老人跟友人说话时的语气，很亲切。友人比起我们是幸运的，他在采访老人时，布扎不是缺席的，面塑也不是缺席的。那时的他七十八岁，他制作着一个灯笼，他还制作着龙灯表演的道具大头和尚，他还在给面塑上色。当我们出现在他家时，他已经八十三岁了，只是五年的间隔，时间对于一个民间艺人的影响却很大。友人跟我们回忆着采访他时的情景，耳朵还未像此刻这样背，精力也比现在好。现在的老人，耳朵很背，高血压，除了画画和书法，别的都已经不做。

我们此次来主要是为了那些他早已不做的纸扎、面塑、剪纸、木石雕刻。友人所能感受到的现场感，我们都已经感受不到，我们只能通过想象与讲述。银江河在雨季时涨起来的样子，我们也只能想象，我们现在看到的是银江河枯水季节的瘦弱。我们真正把银江河与他的艺术生涯联系在了一起。他们无比相似，他们又确实不同。老人的艺术生命与河流的季节性不同，他的艺术生命会终止，终止之后就停留在了某个时刻的样子，他停留在了人们的讲述里，他停留在了那些艺术品的背后。他的影子投在了那些很小的塑像上，我们找寻着他的影子，我们想象着他创作时的样子。此刻，我们总会担心老人在讲述中变得太过激动。保姆说今天的血压还没有测，一测之后，果然很高。老人并不担心，他觉得在谈论自己的艺术生命时，又有多少人能做到心如止水。

他的一生，先是在多年前成为美工，然后是教师，再到后面因校点撤销失去工作，然后就是回到那个城郊。这是关于他的一个概况式的人生。一个简况，里面却暗含了太多东西。命运感很强烈，被时代的变化和发展裹挟着往前，不断经历着失去，不只是失去了工作，还过早地失去了妻子，还失去了其他的东西。众多失去带来的唏嘘，我们并没有聚在一起谈论它们，我们还未从他的艺术品和他在艺术上的造诣中回过神来。我是一个人面对着老人的人生与命运，我所处的房间外面，是一个嘈杂的施工现场，机器轰鸣，一些人敲击着东西发出梆梆的声音，声音刺耳，扰人心智，老人的命运感变得更加强烈。一些人只是经历某一种失去，就已经很难从中走出来，他却在好几种沉重的打击与失去面前，反而是一副乐观幽默向上的姿态。只有真正与他接触，才真正会被他那种昂扬向上的一面影响和感染。我们在一些时间里成了悲观主义者，老人在一些时间可能也如此。用太多的可能，就有扭曲老人生命态度的可能。当他失去工作回来那段时间，我们在回忆这段时间，老人在回忆，我们以自己的方式置于那个时间段中，老人此刻在谈论那段时间，变得超然。我们却不同，我们切身想象着从中走出来的艰难。以艺术的方式从中走出来。那时很多人很多村落需要他的艺术，舞狮、灯会需要他制作的道具，他的作品成为喧闹的一部分，这样的喧闹会消解个体的孤独。很多时候，群体的喧闹又无法消解个体的孤独。对于他而言，自己创作的艺术作品，成了他的工作成果，也是那些艺术品维持着自己的生活。我们暂时跟着他，回到那段自己艺术创作数量最多，技艺也在不断精进的时间段。

5

从老人那里出来，我问友人东山河的位置。那时，我再次失去了方向感。我习惯了用河流来确定方向。银江河的位置，我基本能确定银江河一直伴随着我进入老人的院子，河流来到那个院子后，流动了很长时间，河流河道天然的曲折，在院子里留下痕迹，然后伴随着我离开院子。当我离开县城，河流也一直存在着。银江河的形态，异常清晰。银江河，在我的记忆里还留下了其他的形态，浑浊的样子，涨水时把河道差不多淹没的样子，浩浩荡荡感，我们完全无法把它们与眼前的河流联系在一起。这与我们有时很难把一些民间艺人与他们创作的艺术相互联系一样。河流的历史，我们也很模糊，我们看到的都是此刻的河流。我甚至很难说出银江河继续往下，最终汇入澜沧江的途中，要经过的那些地名，我们暂时无法说出银江河在流动过程中经历的命名上的变化。

我从银江河出发，经过水泄，在那里我不再沿着河流往下，我们去往另外一个地方。银江河从一个叫鱼坝平坦的地方汇入澜沧江。我暂时还没有去过鱼坝平坦，这地名只是道听途说。我们暂时错过了这个地名。我们去的地方，有一些苗族村庄，在绵绵细雨中，进入其中一户人家。在火塘边，我们烘烤着潮湿的衣物，同时听那个刚刚放羊回来的老人吹奏着芦笙。芦笙在一些祭祀活动里被吹响。芦笙里也夹杂着一些雨水的潮湿气。我们只是简单地问了一下，就匆匆离开了，我们都知道要再次出现在那个世界的可能性很小。一些东西，就这样成为不可知的部分。在那个村落，已经离河流很远，离澜沧江更远。我们也是去拜访那些民间艺人（其实只是顺路进去看了一眼而已，我们去看那些村落的变化）。如果我们真是去拜访那些民间艺人的话，一些东西就不会这么贫乏，也就不会这么模糊。一切真是模糊的。模糊的记忆，模糊的人，模糊的乐器，让一切变得模糊的雨。一些声音会慢慢消失，这是我们能肯定的。

现实中出现了另外一个吹奏芦笙的人，是年轻人，他还说有着属于自己的乐器。我们看到的也是此刻的民间艺人。一切是在场的。一切我们又无法肯定是在场的。我们在那些民间艺人身上，找寻到了太多自己不曾有的品质。为了去看河流而看河流，也是为了要把河流与民间艺人强行联系起来。我们都无法说清楚老人与河流之间的联系，也无法肯定老人对于河流的情感。我们在他的艺术品中找寻着，没发现任何的蛛丝马迹，河流在艺术品中的缺席，也无法就判定老人对于河流的无感，毕竟我们只是看到老人一生中为数不多的几件作品，还有一些未装裱的画和书法，随意卷在一起。其中有好些书法和画，是有人订了，只是还没有被拿走。那些未打开的作品中，可能就有着河流的影子。

我们沿着那些田地走着，一些玉米苗正破土而出，空气里还弥漫着刺鼻的粪草气味，我们熟悉那些气味，我们也不排除那些气味。来到东山河边，河流的小，我们早已经有思想准备，河床里长满杂草，还长着紫茎泽兰（它们的身影随处可见）。东山河，离老人的院子不远。在与老人闲聊时，我们没有人有意谈起过任何关于河流的话题。我们只谈艺术，勉强地说，我们是在谈论艺术的河流。无论是银江河，还是作为它的支流的东山河，在枯水季节的样子，总会让我们有一些感慨，我们甚至会无端感伤。已经至少有一个冬季，我出现在了很多条河流边，它们在枯水季节呈现给我们的是相似的瘦小和没有生气。涨起的洪水可以吞没一切的气势。我们想象的世界与眼前的世界之间，就是两个极端，如果把四季河流的样子联系在一起看的话，突兀感会变淡很多。我们在东山河，只是看到不多的几个人，一个妇女出现在田里，与我们简单闲聊着，她和村子里的人遇到了一个很荒诞的事情，有个退休的女的，把自己的狗拴在东山河边的那些路口上，惊扰行人。我们还看到了一个身子因为生活的挤压变形的人，出现在刚刚长出来的庄稼地里。除了他们而外，世界给人的感觉多彩宁静。

当我们再次出现在那个泥塑工作室门口时，姓"字"的老人，已经把门关起，过河，回到银江河对岸的家里。与这个老人，只是简短地闲聊了一会儿。他不是原计划要拜访的人，只是当看到他的工作室紧闭之时，也意识到他的一些东西于我而言，也紧闭起来，我又只能从他的只言片语中，重塑一个人。我记得他说自己有传承人，他指着那个根雕和老虎泥塑结合在一起的艺术品，不无骄傲地说那是他的孙子做的，一个基本已经完成的作品。那是那个空间里唯一完整的泥塑品。除了那个而外，其他的泥塑是不完整的，我们看到了一个还在工作着的老人。与杨荣品呈现给我的是不同的状态，杨荣品给我们展现了一些完整的作品，已经不再继续创作了，已经无力继续创作了，我们都坦然接受那样的无奈，也替老人叹息的是，他暂时没有传承人。

当我们离开，于他们而言，还是会有一些人继续出现在他们生活日常中，与他们谈论艺术和生活。与友人相比，我们出现在他们生活中的时间很短，短到转瞬即逝，短到不知不觉就已经落日将尽。友人给他拍了好些照片。友人也给他拍下了很多他工作时的照片。当我们面对他时，他只是在讲述着过往自己工作时的情形。这与亲眼见到他工作时的情形还是不同。老人已经无力去工作了。在去拜访很多民间艺人时，我遇见了很多人，他们已经不再从事那个民间艺术了。在白石江边，我见到的那个泥塑艺人，刚刚完成了艺术人生中最后的一次彩绘。每次内心的感受都很复杂。我见证了一个又一个民间艺人艺术生涯的结束。

6

我们的目的地是黑水河边的狮子窝。当进入这个世界后，依然是博南山中，我把注意力放在了那些命名之上。在这里，命名变得无比细微。细微到世界因丰富的命名而变得无比丰富和庞杂。世界并没有那么丰富，树木有了层次感，华山松聚集，然后桤木林，核桃林，再到黑水河边，是芦苇。海拔也开始不断降低。当我们出现在黑水河谷时，并没有在这之前出现在一些河谷时那样闷热，反而有点阴冷。

黑水河与银江河的区别，很明显，在今日，我只是在不同的时间但都出现在了两条河边。银江河流经县城后，开始流经一些村庄，还流经一些正在施工的现场。雨季还未到，只是下了几滴雨。银江河本应是洁净清澈的。眼前是浑浊的银江河。太像雨季的河流。在这之前，我听说了双鹤桥，一个古老的铁索桥，我曾在想象中出现在那座桥上。当我真正出现在这座桥时，与想象的世界完全无关，想象抵达了另外一座桥，一座可能是存在于其他地方的古桥，或者只是在想象中才会出现的古桥。与想象有了一些重叠，是古桥上铺的木头已经被时间侵蚀，腐朽的木头，有着无数虫洞的木头，又到了人们要替换那些木板的时间。还与想象重叠的是除了我们外，已经没有人经过古桥。修桥的人，正在其中一个桥墩上朝我们望着，眼睛里没有警惕的神色，只是看看我们。我们简单聊到了古桥的修复，古桥将被修复，只是过古桥后，已经没有什么村落了，只有一条正在修的高速公路，古桥成了一个古老的缓慢的时间象征物，时间的两种形态。在正被修复一新的古桥上，一些古老的彩绘图案被刷去了过往清晰的色彩与线条，很模糊。我们已经无法肯定那些仅存不多的几个图案，是过往的某个民间艺人画下的，还是当下某些人的随意之作。

银江河另外一个河段旁的民间艺人，已经有一段时间没见到他了，他的现状暂时不知道。问友人，他也好长时间没见他了。当我沿着银江河，继续想打捞一些民间艺术，最终却有些失望了。眼前的修复现场，我们都觉得是必要的，一些细处的处理，我们又觉得多少有些粗暴了。其实我们都没有资格去评判一个正在进行着的修复现场。

我甚至希望，自己拜访的那个民间艺人，会重新拿起画笔，在桥墩上画下一些彩绘。老人已经在银江河边，多次跟我们说着，自己已经有心无力了，自己早已经收手了。那种收手背后的无奈，只有老人自己清楚。在时间面前，他服老了。老人还记录着自己过往辉煌的东西，那些不多的面塑作品，就是不用明说的对于自己艺术生涯的概括。用数字的少，概括着一个完整的人生。

老人说自己曾出现在这座古桥上。老人从古桥上退回到县城边的那个院子里。木板在雨淋风蚀日晒后，即便经过了特殊的处理，它们依然集体在腐朽。堆积着的木板，已经换了一些的木板。修桥的人出现，就一个人，站在正在修复的古桥上与我们告别。油桐树开了，白色的花朵簇拥着开放。季节已经在发生变化，再也不是冬季。黑水河没有流经城市，也没有经过村庄，最近的村落要在四五百米之外，这与银江河完全不同。我们朝黑水河源头方向望着，黑水河朝我们涌来。

在黑水河边。我们成了捡拾石头的人。当我们把河流中的一些石头拿出来，摆放在一起，它们在阳光下色彩斑斓。这是一条有着色彩的河流。

流淌着的河水是有色彩的。黑水河里有光唇裂腹鱼，它们依附在那些五彩的石头上，它们也有了丰富的色彩。我们沿着黑水河行走时，我想在河流中找寻到它们的身影，没有任何影子，它们只是存在于友人段成仁的口中。眼前是段成仁的黑水河。里面贮存着他的童年和记忆。他跟着自己的父亲经过黑水河，他们要去往澜沧江边，当江水落下，人们在那些淤泥中种下一些庄稼。当他第一次跟我说起这条河流时，我就忘不了这个命名。黑色的河流。并不是黑色的河流。并不是单一的河流。彩色的石头。人们在提到黑水河时，都提到了彩色的石头。河流改变了河床。河流也改变了那些石头，许多的石头质地柔软，河流轻易就改变了它们的形状，我们也可以轻易就改变它们的形状，我们无法改变的是它们的色彩。来到这里之前，我还未曾见过这么多色彩的石头，它们无序地排列在一起，它们被我们有序地排列在一起。我们只是看到了河流的一种形态。友人段成仁说起了去年他们出现时，河边的芦苇还没有这么多，河床也没有现在这么宽。

狮子窝，段成仁的老家。狮子窝，我们觉得这样的命名很神奇。我们在去往狮子窝前，经过一个叫老鹰坡的地方。黑水河边，还有一个叫决坝田的地方，那里几乎没有什么外人进去。在那个世界里，还有风吹梁子、勒岩羊处、大河沟、石房子、香笋林这样的命名……在狮子窝，人们要在祭祀杀鸡时，准备一碗淘好的米，让鸡血滴入米中，根据图案来占卜。他们还将把鸡翅下的绒毛沾着血贴在石头上，也是祭祀仪式的一种。友人的母亲，在一些因世俗的事情无法入睡时，要喝一杯高度酒才能入睡。段成仁在狮子窝还跟我谈起了众多的古树，在不远处的大河沟，有许多古茶树。

我以为银江河与黑水河汇合后，才一起汇入澜沧江。那是想象。现实中，它们之间没有任何交接，它们面对的群山和村落完全不同。黑水河先流入澜沧江，银江河接着拐了一个弯，才缓缓汇入澜沧江。银江河在那一刻，真像极了自己见到过的许多民间艺人。

诗歌

- 天空忽明忽暗　梁平
- 仿佛有什么正在雨中发生　胡弦

梁 平，当代诗人，编辑。著有诗集14部，以及散
文随笔《子在川上曰》、诗歌批评札记《阅读的姿
势》。现为中国作协诗歌委员会副主任、中国诗歌学
会副会长、四川大学中国诗歌研究院院长，居成都。

天空忽明忽暗　梁平

天眼之梦

一只眼看天，看天之外，
望远的射电追踪，地球人打探宇宙，
绕不过这只眼。

银河系流窜的无线信号，
以及发出信号的智慧生物，行为轨迹，
历历在目。

太顽皮了，那些捉摸不定的非人类，
也有一只，或者亿万只眼盯着我们，

219

地球是他们的谜，我们也是。

可能他们比地球上的人类更高级，
怎么称呼自己，怎么称呼我们，
猜测，或者自以为是都是徒劳。

外星人是我们给他们取的名字。
人类心旌荡漾了多年，比如天空飞碟，
也许就是他们失手的玩具。

像我们年少玩过的陀螺，只不过
他们玩得太大了，就算是任性、失手，
也不会让我们捉住。

想知道他们身高和体重，生活日常
有没有霓虹、高楼，鱼肉和百姓，
有没有烟火和户籍。

如果有一天他们找到我们，
我们的接待该有什么规格和仪仗，
想到这些有点紧张，有点头疼，天亮了。

把食指竖在嘴唇的中央

嘘，把食指竖在嘴唇的中央，
拦截前后左右不良情绪。一匹马

乱了发际线，鼹鼠在台前正襟危坐。

一点点光，以浩荡的名声欺行霸市，
信号灯挪动跑道，股掌之间，
魔方旋转临时起意。

爆破音休养生息，瑜伽让所有的骨头，
软了，一杯过期老酒年份不详，
岁月蒸蒸日上。

必须崇拜我的食指。如此温文尔雅，
又如此隐忍，以微笑面对时间，
时间伤口上流的血，结了痂。

一枚紫黑色勋章硬埋在时间里，
不是终结。时间和泥土一样真实、可靠，
过眼花落花开，保持静默。

以后

一个似是而非的界定，以后，
爱上树叶脱落的枝丫，爱上瞌睡的鸟。

在天空整片的蓝里留下记忆划痕，
收敛的翅膀不打听梦的方向。

休止热闹。有一种美好叫静默，
米沃什八十八岁生日的城市、海湾，
以及拖鞋后跟的暗哑。

像水文的刻线，有人线上落寞，失语，
有人打胡乱说，我在河边散步。

以后还有很多日子，一壶茶、一杯酒，
一本书的字里行间修改日月星辰，
沙发上随便摆放喜欢的姿势。

府南河边挖耳的师傅老熟人了，
绿道固定的摊位也上了年纪，水底的鱼，
窃窃私语，比耳边的风轻。

江湖

江湖污名，梁山好汉没觉察。
很多人水浒挂在嘴边，一支牙签挑剔
虎踞龙盘。

江湖不止于水浒。
真正江湖儿女行走江湖，坐怀不乱，
比牌坊下的行为端庄。

袖口私藏暗器、阳光下玩阴招，

道貌岸然，满口仁义道德的不配。

江湖流水泥沙一目了然。

相忘于江湖，就是怨不过夜，

戒尺还是要有，与酒的度数互为印证，

没有酒化不了的干戈。

小肚鸡肠穿街走巷到不了江湖。

蝇营狗苟乔装打扮到不了江湖。

江湖门禁皮笑肉不笑，去你的吧。

卸却了

卸甲丢盔感觉如此美妙，

卸下面具，卸下装扮，赤裸裸。

南河苑东窗无事从不生非，

灯红与酒绿限高，爬不上我阁楼。

南窗玻璃捅不破，不是纸，

新叶带露攀爬而上，滴落过期的言情。

与世无争，撤离明里暗里的追逐，

大事小事都不是事了。

阅人无数不是浪得虚名，

各色人等各种姿势，经不起风吹。

把所有看重的都放下，就是轻，
轻松谈笑、说爱，轻松面对所有。

任何时候都不要咬牙切齿，
一杯茶，看天天蓝，看云云白。

远去的兵工厂

一个远去的词埋伏在身体里，
靶场、围墙、哨卡和高音喇叭，以及
第一个证明我身份的家属证。

三线建设的第三线，线条清晰，
卵石和水泥混凝的形象，
很硬。墙根的野花，
白得干净。

男夹克工装和女背带裤，很时髦，
一个时代的标签，假日上街一个来回，
一树梨花压了海棠。

子弟校的同学之间，
没有不认识的母亲，都是妈，
张妈、王妈、赵妈，梁妈，喊久了，

妈忘了自己的名字。

我爷爷那辈、父母辈，我这一辈，
我的晚辈、晚晚辈，上下五世家谱，
装订三线成册。

一线基因，一线血脉，
一线梦里指认的日月星辰。一首挽歌，
在记忆别处回放。

兵工厂的词已经淡出，
机油、铁屑、火药的味道随风飘散，
渐行渐远的背影，比秘密深邃。

蒙顶山与采茶女邂逅

背篓里的山很柔软，
蓝天白云剪裁的布衣，发梢上的黄芽，
睫毛挑起的甘露，一幅水墨，
烟雨里。

指尖上的春风很薄、很轻，
掐下来都是叶子的模样，一滴雨，
绿了杯沿，采茶女飘然而至，
有人在半山读《聊斋》。

茶枝丫在野地招摇苦涩，
截至西汉，蒙顶山人吴理真打坐的禅，
从野生到种植悟出的道，
大行其道。

七棵茶树成仙，七个采茶女，
穿越两千年时空，与我不期而遇。
蒙顶山2380亩茶园、2380首诗魔幻了，
每一行都是绝句。

"只有绿茶才是茶"，我的极端，
以诗为证。采茶女对我报以莞尔，
擦肩而过的风，掀起我落座的盖碗茶，
唇齿留的香，波涛汹涌。

突然想给麻将写一首诗

麻将144张已经精兵简政，
东南西北中发白闲置，
梅兰竹菊淡出江湖。

筒条万正好水泊梁山好汉，
排过的座次。

成都战局还要清理一支部队，
挑选自己过硬的将士，

血战到底。

名声在外，飞机上听见麻将声，
有夸张有虚构成分，但是，
麻将确实玩成了城市方圆。

大开大合，大起大落，
比如单吊一个幺鸡成就大事，
三个九筒死等一个杠全军沦陷。

理想重于泰山。严肃活泼，
严肃是对对手的尊重，
活泼是心性，舒缓紧张一种能力。

有人桌上惊风活扯，
一把自摸吆喝请看大屏幕，有人
放炮自嘲：请老板笑纳。

牌桌上出手与接招都是学问，
脸上乱云飞渡和谈笑风生，
生成的格局与赌博无关。

娱乐精神可以放之四海而皆准，
输赢并不那么重要，斤斤计较，
总是赔了最后一滴血。

红星路内参

红星路上日光很毒，
辣辣的毒。我在人行道过马路，
身边的人突然停下来，
都没有觉察。
一个少女面无表情，
赤身裸体如入无人之境，
高跟鞋敲打在路面，
格外惊心。
女警官一路捡拾扔下的衣物，
和她涣散的眼神。
两个阿姨围上一阵忙乱，
少女有了披挂。
所有的原因都不是原因，
所有的解释苍白无力。
绿灯亮了，好多人还在原地，
检查自己身上掉了什么，
每一个光鲜时刻如此不真实，
路面在痉挛，很疼。

饭局

饭局酒局都是局，
高档宽座和街边馆子无妨，
预约或者临时起意，

不免擦枪走火。

我庆幸我的朋友圈，

有鸿儒谈笑，白丁往来，

满腹经纶和为稻粱谋各色人等，

可以丢盔卸甲的聚齐。

吃饭就吃饭，喝酒就喝酒，

与太古里包间的衣冠楚楚，

和九眼桥散座的眉来眼去，

不是一个套路。

我的饭局是快活的局，

所有流言蜚语不落座。

酒过三巡无障碍亲近，

一些煽情的话度数很高，

深浅都要挥发，

最后挂杯的话三个字：

——不存在。

亲爱的瞌睡

大白天恍兮忽兮，

居然有那么多亲爱的瞌睡。

读书眼疲劳，卧室软床引诱躺平，

电视催眠，连续剧不连续，

支离的情节和破碎的场景，

似是而非。醒了捎带一骂，

瞎编的什么鬼！

红码黄码蓝码，咳嗽高烧，

外面的世界兵荒马乱。

家里的绿植、花草，

阳台上望去府南河的流水，

以静默向我行注目礼。

居家久了，我的这些亲友团，

无怨无悔无原则地迎合，

悄无声息。好好睡觉真好，

睡得肆无忌惮。

情景剧

体温枪频繁对准我，

之前做过很多假设，比如应声倒下，

比如像熟悉的电影里一个反手，

徒手夺枪。终于只是想了想，

闭上眼睛，每次获得特赦以后，

一步一回头，有点依依不舍。

体温枪为什么叫枪，

我想不明白，而且每个人献上额头，

显得大义凛然。这样的情景，

有了某种职业训练的感觉，

血管里奔涌英雄主义。

如果有一天街上遇见白狐脸，

从雪山上下来，

是不是可以拿枪对准她的额头，

我又想了想，只是想。

碎纸

夜深人不能静，
一张纸撕碎，一种刀刺
划拉的尖锐。

纸上文字痉挛，
色彩和图案变形，
都是隐隐作痛的荣誉史。

撕纸的声音，
坠入门前的府南河，
修改了一成不变的水文线。

一张纸和一叠纸撕碎，
不动声色地撕，咬牙切齿地撕，
效果一样。

窗外四面埋伏的黑，
黑得确凿，只有一张白纸，
侥幸逃得过去。

夜雨

雨的声音强行穿堂入室，
身体之外梦走过场。一只落汤鸡，
坐在床沿回收三千里江山，
情节断片、连接，再断片、再连接，
蒙面芭蕉手持风的刀，
剥落失信的烟岚。

雨一直在数落我，
卧室、客厅、书房漂浮起来，
很魔幻。眼睛不敢睁开，害怕光影
把夜切割成碎片不可收拾。
面壁打坐，窗外雨点串成念珠，
拷问皂白与青红。

线上清明

父亲上山以后，
清明再也没有雨。阴阳隔离，
一条线线上线下严格划分。
烛火、鲜花，哀思的祭奠，
只能线上虚拟抵达。
父亲加过我的朋友圈还在，
没有动静，应该是睡了，
好好睡吧父亲。

我们线上文字敲打的问候，

一键发送。母亲很好，

儿女很好，孙们曾孙们很好，

那是平常百姓相依为命，

粗茶淡饭留下的好。

此时此刻，天色清明，

草木念念有词，有风吹送，

父亲熟悉的鼾声。

就此别过

天空忽明忽暗，

日子一天比一天潦草。

时间长了，走过的路平铺直叙，

划不出章节和段落。

月亮收割的闲言碎语，

堂而皇之批发零售，

遍地萤火流浪。

猫在夜幕里蹲守的微光，

保持最后的尊严。

天亮之前清点半生余额，

三五个人模狗样，

就此别过。

胡 弦，中国诗歌学会副会长，江苏省作协副主席，
著有诗集《沙漏》《定风波》；散文集《风的嘴唇》
等。获《诗刊》《星星》《作品》《钟山》等杂志年
度诗歌奖，花地文学榜年度诗歌奖金奖，柔刚诗歌
奖，十月文学奖，鲁迅文学奖等。现居南京。

仿佛有什么正在雨中发生　　胡弦

水仙

花瓣滑落，
像不安、羞怯的手指。

像远去的背影……
此地，有世界被激烈消耗后
剩下的安宁。

——重新跌回
初夏那无底深渊般的深处。
预言之外，轻薄的人儿在飞升，

从一朵周游世界的花

变成一颗水滴。

他回来了，落在平静的水面上，

涟漪，像被小心控制的记忆，

像当初，

我们心中浪费掉的起伏。

2023 年 3 月

独白

回忆就是消耗。

我并不希望我的梦从我这里

把一部分你抽离。

有次，在一座古建筑里，

我望着墙上的老照片，

忽然明白：时间并没有改变一切，

它只是让纸张发黄，

而对于其中年轻的面容，

却从未触及。

2023 年 4 月

雨中，桃花谷

"你爱的是我吗？也许，
你爱的只是一个你想象中的我？"
爱像一个浑浊的国度，在远方摇晃。
漫长春日，眩晕袭来，仿佛那眩晕
是爱，也是爱的副产品。
现在，爱像一棵朴树在风中摇晃，嶙峋树干
穿过屋檐的缺口，
出现在后现代的天空下。
又像一棵黄连来到庭院中，接受修剪，
与看不见的利刃在一起。
细节错综复杂，花秋树像个陌生人，观景台
没人的时候被虚空锁住。
仿佛有什么正在雨声中发生，
又仿佛什么也没有发生。
江水流淌，那是黄连树走过的缓慢之夜。
石头带着恐惧，像誓约在变成受伤的野兽，
并从音乐的影子中缓慢穿过。
现在，爱，不像雨，更像一种古老的语法；雨，
一部圣经，使界限有了化身——遥远的
国境线在雨中消失了。
满河谷的桃花怒放，汹涌花浪奔赴到
我脚下时，如同

暴力带着它的魔法在触碰
岁月的尽头。

2023 年 4 月

张孝祥[①] 衣冠冢

如果雕像是结局，
这长久的站立是什么？

雨中的山河有点模糊，有点晃动。
如果这是结局，哪一点得到过
矫正的历史该安放在何处？

衣冠埋入黑暗，
雕像，**矗**立在前语言的沉默中。
如果这是结局，他站在这里很久了，望着
结局之外变化的世界，
并和我们在一起。

2023 年 4 月

---

① 张孝祥为南宋著名主战派，曾上书为岳飞鸣冤。

香堂

岁月那头传来一声棒喝。

而在寺庙里的香案上，一缕轻烟无声，

仿佛是对所有声音的回应。

　　　　2023 年 4 月

无想山

寺在山南。

按对称法则，我该说到山这边的一座学校。

一条路到山前就断了。

脚步曾向空旷释放出它的声音，

现在天黑了，

所有路都被黑暗收走了。

按我的习惯，

我该在路边坐下来，抽支烟。

不是吗，所有路的尽头都该有一点火星。

实际上，这首诗的下半段里没有人——这不是

一首关于失踪者的诗。

山顶上，一个气象塔取代了制高点，

那是个圆球，

——像被所有信仰遗弃在那里，

在星空下。

2023 年 5 月

看船

天际线上，有船冒出来，

一个不断变大的小黑点在向我们致意。

当它渐渐驶近，变成了眼前的庞然大物，清晰度

突然超出了你对远方的需求。

风把旗子吹得哗哗响，海水晃动，

像在一个巨大的实验室里晃动。

而当它启航——它再次启航，

渐渐变小，从天际线上消失，变成了只能

属于远方的、

再次拒绝被理解的事物。

2023 年 5 月

这颗心

这颗心爱你总是不够，

变成荔枝不够，

变成火山不够，

变成酒，冒泡，仍然不够，

来到海边，这颗心仿佛消散在大海上，一阵阵

涛声取代了爱，而这颗心像忍受着

澎湃大海的海岸线，

涨潮重新塑造了它，

落潮则把它留在沙滩上，留在潮水

无论怎样奔腾也够不着的地方。

2023 年 6 月

水果颂

形而上的思考到此为止，

往日所得隐入芬芳。

我对世界的想象也结束了，一个果园

现在只证明感官的可靠。

就像我们每次相遇，对世事的洞见

瞬间消失在对果肉的爱里。

在炎热的国，樱桃的笑容是久违的笑容，

椰子从高大的树上落下来，在海水中

荡漾，一个硬壳内部的

一小点甜，呼应着大海无边无际的呼啸。

又一次面对这果盘，我像在

重新建立和幸福的关系。

饥饿像面包果，紧张像番荔枝，

对往昔的回忆止于水蜜桃，止于它细腻

光滑的腹部和细小绒毛。

从柠檬里挤水是性感的，品尝红毛丹像品尝

一段丢失在青春里的初恋，

——它被保存得很好，并重新归来。

悔恨，失去了掌控时

才会化身橄榄，肉甜，祛毒，防咽炎。

像在另一个果篮里，果篮在桌上，

桌子在房间深处，黄昏的

芒果、龙眼、荔枝，在不同的时辰

各自重塑了自己的形体。

而混合的香气在研究形体，以及形体和形体的区别。

让我们开始吧，让手指在抚摸中找到

一个不断围绕的核心。或者用刀子

打开那核心，像取出身体的另一种组合。

叉子刺痛，果脯和果干

曾排出水分，度过备受煎熬的时辰。

夏天，总在漫长等待的尽头，甜蜜

如此危险，像秘密程序的破坏者。

当我们醒来，当石榴的裂开像一声叫喊，

微型天堂里，汁水如抽泣。

久治不愈的忧郁症在一瞬间解体。

2023 年 6 月

在大凉山"诗人之家"

雨像最好的早餐。
雨落下来，
雨就是黎明。

雨抚摸玻璃的透明，让它
重新变得模糊——雨就像诗歌，
在我们和世界之间移动。

雨落在布宜诺斯艾利斯郊外，
博尔赫斯的雕像，
摆放在中国的木桌上。

史诗像暴雨，
抒情诗像细雨，
贝奥武甫像遥远的雨，
奥丁坐在王座上，望向我们看不见的世界。
雨落在年轻的岁月，
十八岁的吉狄马加
正在雨中远行，大厅一角，他青铜的身体旁，
几个六十多岁的胖子，
像他遗忘的前世。

雨落在树叶上，
也落在大理石、汉白玉上，

那是回廊上的桑戈尔、塞泽尔、吉尔维克……
树叶的倾覆被石头吸收，
雷霆、电、火和清凉，
在不同的语种和声音间传递。

每本书都是一场雨，
不同时间的雨，下在同一种时间里。

挂毯上，一个老妇人在抚摸她的绵羊，
眼窝陷得太深，看上去
像个盲人——这是穷人的方式，
她望不见太多，抚摸，
用粗糙的手感受到羊毛的柔软。

雨像勒俄的衣衫，
雨像战马，追随着阿米亥和虎皮武士。
有个人的脸裹在织物中间，
像一颗内脏——雨，已只剩下的雨声。
雨来到荷马的竖琴上，雨丝
曾化为竖琴的弦。
——雨来看望永恒，
但它只是经过，不停留。

在游人留影的墙边，一个
希腊的工匠手捧陶罐——他不知道
有人已把他从照片里抠出来，

并把他身后的现代化都市，

替换成了一座古堡。

我们在楼梯上合影，

像站在马雅可夫斯基不同的诗节中。

他的雕像是金属做的，

他心中落着金属的雨。

我们经过聂鲁达、洛尔迦，

经过深歌、二十首诗和一首绝望的歌。

萨摩手抚长卷；呼德呼德，

棕榈树在青铜里摇晃。

我们经过雨季，经过黎明，

而远山上，一个彝族人扛着木犁走向梯田，

他意识不到自己被歌唱，但能听到

雨落向树叶，和世界之外的地方。

　　　　2023 年 7 月

昭觉

你要像那个牧羊人那样，

喝醉了酒，

蹲下来，靠在电线杆上。

你要像那个孩子那样，

得到一把塑料枪，就很高兴。

你要像那个妇人那样，

背一篓玉米到镇上去。

你要像桌上的香炉那样，

许多愿望化成的灰烬堆在它心里，

余温也堆在它心里。

你要像一头牛那样，用尾巴

驱赶着苍蝇，

在正午的水田边。

你要像一根骨头那样

在锅里翻滚。

你要做过了地上的污水，

才能有一颗干净的心。

你要像那个小贩那样，

推销着小商品，

在讨价还价中忘掉人间的苦。

2023 年 7 月

口弦

火是神秘的，

黑衣服，银纽扣，都是神秘的。

围着火堆跳舞的人，

又手拉手结成了神秘的链环。

斗牛在长角，穷孩子在水洼边玩耍，

风，借助风车统治了群山。

在布拖街头，彝族少女像风的幻影，

她们银冠沉重，身姿轻盈，

当她们行走，满身银饰的沙沙声里，

古老的神秘性在其中

继续移动，生长。

黄伞好看，毕摩书难懂，黑绵羊

一旦登上高处，就会变成广场上的雕塑。

在那里，一个少女讲起彝族的源头、分支、方言……

当她侧转身向我说话，我感到

整个世界的甜蜜都在神秘地迁徙。

人一代代逝去，神不会：她已重新

坐到我们身旁。

——她是去年的金索玛，名叫乌果，不知道

有人在借助她归来，只知道自己

是临县尔恩家的大女儿。

2023 年 7 月

在大凉山看河

那么高的山，

去看一条河要登上那么高的山，

那么高的山，山坡上的马尾松那么小，

像小小的灌木。

我们一点点爬上去，直到深渊在背后诞生。

我们站在山顶俯瞰，

除了那河，什么也没有。

除了那静静的、峡谷的河，什么也没有。

后来我们下来，把风声和马尾松留在高处，

后来我们想起那条河，总是无话可说。

只记得那山坡，坡那边那条

几乎不为人知的河流，

只记得我们看见过的一切，就在那高高的、

没有任何标记的蓝天下。

2023 年 7 月

在威海

海浪拍打在沙滩上，

那哗啦声，像一种告知。

第二声，则来自它退回大海时，

与后一浪相遇时的激荡。

如同两种时间在相互催促。

时间，到沙滩为止。

世间事消磨于粒粒细沙。

我们就是从那里乘船出发的，

来到这大海深处，漂浮在

一个叫作大海的没有岸的概念上，

极目远望，再无所得。

2023 年 8 月